暗礁《あんしょう》（下）

黒川博行《くろかわひろゆき》

平成19年10月10日　初版発行
平成29年2月20日　14版発行

発行人――石原正康
編集人――菊地朱雅子
発行所――株式会社幻冬舎
〒151-0051東京都渋谷区千駄ヶ谷4-9-7
電話　03(5411)6222(営業)
　　　03(5411)6211(編集)
振替00120-8-767643
印刷・製本―中央精版印刷株式会社
装丁者――高橋雅之

幻冬舎文庫

ISBN978-4-344-41025-1　C0193　く-10-2

幻冬舎ホームページアドレス　http://www.gentosha.co.jp/
この本に関するご意見・ご感想をメールでお寄せいただく場合は、
comment@gentosha.co.jpまで。

この作品は二〇〇五年十月小社より刊行された
ものを文庫化にあたり二分冊にしたものです。

幻冬舎文庫

暗礁(下)

黒川博行

暗礁（下）

黒川博行

幻冬舎文庫

暗礁（下）

1

六月十九日から二十一日の三日間、二宮《にのみや》はセツオの部屋で過ごした。

セツオは昼前に起きて毛馬《けま》の二蝶会《にちようかい》へ行き、夜の十一時ごろまで電話番をして帰ってくる。食事は事務所で店屋物をとってもらうといい、アパートで作ることはない。セツオは帰ってくるとすぐにシャワーを浴び、ジャージに着替えて芋焼酎を飲みながらテレビを見る。午前二時ごろになると眠くなるのか、押入れに入って寝る。そうしてまた昼前に起きて組へ出る、という判でおしたような暮らしぶりだ。サラリーマンよりまじめで勤勉なヤクザを二宮は初めて見た。

セツオが出かけると、二宮は起きて裏ビデオを鑑賞する。大半が国産アダルトビデオの無修整版だが、洋モノや盗撮モノもある。ラブホテルの消し忘れモノはベッドの脇に赤ん坊を寝かせていたり、裸で炒飯《チャーハン》を食っていたりするのが、妙にユーモアがあっておもしろい。セツオ自慢の自作ビデオはデパートやショッピングセンターの女性トイレを盗撮したもので、演技がないだけに生々しい。さすが〝便所コオロギ〟の面目躍如だ。

ビデオを見ていると、ついトランクスの中に手が行ってオナニーをしてしまう。寝ては起き、起きてはオナニーをして居眠りをするという生活をつづけていると、ほんとうに脳味噌が溶けるような気がしてくる。反省してテレビのスイッチを切りはするのだが、またいつのまにかビデオをセットして見てしまうのが実に情けなく、嘆かわしい。

あのトラックの運転手、小西幸夫からの電話は二十日にかかってきた。会社の近くの自動車工場で修理費の見積りをとったら、十七万三千四百円だったという。正直な男だ。

二宮は小西の口座番号を聞き、銀行へ行って約束どおり残りの十万円を振り込んだ。残高はもう十数万円しかない。郵便局にはおふくろが親父の香典を分けてくれた七十万円の定期貯金があるが、解約は時間の問題だ。

携帯への電話は悠紀からもかかった。詳しい事情を説明しろというから、東羽衣《ひがしはごろも》の現場で組筋とのもめごとが起きた、とだけいった。『旭《あさひ》レジデンス』の〝人柱《ひとばしら》〟になりかけたといったら、悠紀は警察に通報しかねない。

啓ちゃんはどこにいるの――。都島《みやこじま》の知り合いのアパートや――。恵美須《えびす》町のウィークリーマンションはどうしたん――。先週の土曜日に契約切れや――。着替えや荷物があったでしょ――。それは預かってもろてる――。わたしが取りに行ったげよか――。いらん。ウィークリーマンションには近づくな――。危ないことしたらあかんで、啓ちゃん――。大丈夫や。おふくろには黙っといてくれ――。ほんまに心配ばっかりさせるんやから――。

悠紀はそれ以上、なにもいわなかった。肚《はら》が据わっているというか、能天気というか、世の中で起きるもろもろの事象は、つまるところはなるようにしかならないと、悠紀は考えている。
そうして二十二日の昼、二宮は横淵町の喫茶店でサービスランチのトーストを食いながら、朝刊を開いた……。

《汚職疑惑の元警視が焼身自殺
奈良県警の汚職事件で、約2400万円を受け取ったとする収賄容疑で書類送検されていた元交通部企画課長の柴田暁《しばたあきら》警視（57）が21日、同県田原本町《たわらもとちょう》の墓地駐車場で焼身自殺しているのが見つかった。同県警が書類送検にとどめたことに批判が集まり、奈良地検が「県警の捜査は不十分」として、異例の再捜査に乗り出した矢先だった。
奈良地検は同日、柴田元警視の自宅など十数カ所を捜索。押収した資料を分析し、わいろ金の出処や、贈賄側の運送会社「奈良東西急便」（奈良県奈良市）との癒着実態の解明を急ぐが、柴田元警視の立件は困難。県警ＯＢを介在した県警と同社の癒着の実態解明は大きくつまずき、交通違反もみ消し疑惑などの捜査に大きな影響を及ぼしそうだ。
県警の調べによると、柴田元警視は同日午後4時20分ごろ、奈良県田原本町味間《あじま》の町立墓地「青水苑」の駐車場で燃え上がった乗用車の中で見つかった。墓地にある柴田家の墓に掛けられたブレザーのポケットから「私は柴田暁です。お世話をかけます」などと書かれた遺書が見つかった。また自殺直前、柴田元警視は自宅の捜索に立ち会っていた妻に「(4月に死亡した)おふくろのところへ行く」と電話。県警が柴田元警視の立ち回り先を探していた。》

あのおっさん、自殺しよったがな……。

つぶやきが洩れた。ついひと月ほど前に同じ卓を囲んだ男が死んだのだ。それも焼身自殺という派手な死に方で。

奈良地検が捜査に乗り出したことを二宮は知らなかった。テレビは見ていたが、裏ビデオだけだったのだ。

関連記事がいくつかあった。

《奈良県警元警視自殺　肩落とす捜査幹部

「おふくろのところへ行く」。奈良県警贈収賄事件の渦中にいた柴田暁元警視(57)は21日、家族にそうもらし、10ページに及ぶ遺書を残して自らの命を絶った。奈良地検と県警による異例の家宅捜索のさなかの焼身自殺。母親は今年4月に亡くなっていた。「最悪の結末だ」とうめく地検幹部。県警本部は驚きとともに重苦しい空気に包まれた。「真相は闇に消えるのか」。〝構造癒着〟の解明に向けた検察、警察の捜査が問われる。》

《奈良県警贈収賄事件　「最悪の結末」

21日午後3時30分ごろだった。柴田元警視から奈良市内の自宅で家宅捜索に立ち会っていた妻に電話が入った。「私だ……。おふくろのところへ行く」

自殺を直感する捜査員。県警は元警視の関係先に走ったが、捜査員が元警視の母親の眠る田原本町の墓地に到着するのが遅かった。墓地の駐車場で黒煙とともに炎上する一台の乗用車。運転席には柴田元警視が座っていた。柴田家の墓石には愛用のブレザーと白いシャツが掛けられ、近くには数珠《じゅず》も置かれていた。

自宅の家宅捜索で柴田元警視は留守だったため、地検係官が元警視の携帯電話に連絡。その際、元警視は「戻るのに二時間くらいかかる」と返事をしていた。

現場には焼け焦げた車が残り、炎上を目撃した男性（76）は「車の前の方がよく燃えていた。車だけが燃えているのだと思った。まさか自殺とは……」と驚いたようすで語った。

柴田元警視は昭和44年、県警入り。北陸北署長を経て一昨年3月から県警交通部企画課長を務めた。

事件では、柴田元警視は運送会社「奈良東西急便」の新庄雅博社長（65）と、同県警OBの落合堅治副社長（58）、同県警OBで奈良東西急便関連会社の河出寿彦《としひこ》社長（62）＝贈賄容疑などで書類送検＝から、好意的な取り計らいをして欲しいとの趣旨を知りながら、約2400万円を受け取った疑いを持たれていた。

捜査の進捗状況を注視していた奈良県警の幹部は、一報に「えっ、ほんと……」と言ったまま絶句。しばらくしてようやく「追いつめられていたのかな」と声を震わせた。次々に流れるテレビニュースを無言で見つめる署員。別の幹部は「肝心な場面で本人から話を聞きたかった」と話し、「真相究明は難しいだろう」と肩を落とした。

捜査の〝生命線〟を断たれた格好の奈良地検では4階検事正室の窓のカーテンが閉められ、室内で幹部らが対応を協議。「最悪だ」との声も漏れた。閉庁時間を過ぎても帰宅する職員はほとんどいない。報道陣にも「個別に対応はしない」と頑《かたく》なな態度だった。》

《元警視自殺　奈良県警、所在の確認怠る

奈良県警幹部らによる贈収賄事件で自殺した元県警交通部企画課長、柴田暁警視（57）について、県警が一週間ものあいだ、所在の確認を怠っていたことが分かった。

県警は元警視と携帯電話で連絡を取り合うのみだったにもかかわらず、今回強制捜査に乗り出した奈良地検に対しては「所在確認はできている」と伝えていたという。事件のカギを握る人物の自殺という最悪の結果を招いただけに、捜査のあり方に疑問の声が上がっている。

県警関係者によると、柴田元警視は6月15日に収賄容疑で書類送検され懲戒免職となった前後から奈良市内の自宅には帰っておらず、その後の連絡は携帯電話のみで行われていた。奈良地検と県警の家宅捜索が行われた21日の朝も携帯電話で連絡がついていたため、捜査について支障はないと判断していたという。

同元警視はその後、強制捜査中の午後3時30分すぎ、田原本町の墓地駐車場で焼身自殺を図った。》

なにが〝最悪〟や。どこが〝声を震わせた〟や。ちゃんちゃらおかしいわ——。

二宮は舌打ちした。奈良県警はわざと柴田を泳がし、この結末を待っていたのだ。誰もが望んでいた柴田の自殺。そうして柴田は望まれたとおり自らの口を封じた。出来レースというには、あまりに後味がわるい。

世間を震撼《しんかん》させる自殺だったのか、解説記事もあった。

《元警視は「憤死」　心変わりした？・検察
21日、奈良県警の元警視（57）が汚職の疑いをかけられた末、人里離れた先祖の墓のそばで焼身自殺した。この自殺、関係者の間で「憤死ではないか」と波紋を呼んでいる。

県警の調べによると、元警視の妻は今年3月までの過去10年間に、奈良東西急便の関連会社に役員登記され、報酬として総額約2400万円を受け取っていた。

ところが妻は実際に勤務しておらず、県警はほぼ全額が元警視本人に提供されたものと判断。元警視も取調べに対して現金授受を大筋で認めており、逃亡の恐れもないとして、15日、奈良県警に書類送検され、併せて懲戒免職となっていた。

ところが「逮捕をせず身内に甘い」という世論の猛反発が巻き起こる。そのため奈良地検は独自で強制捜査に乗り出す方針へ転換。元警視は自宅の捜索を受けた当日に自ら命を絶った。

「書類送検という処分は、地検の了解も織り込み済みだったはず。途中で心変わりされたとしか思えない」。そんな不満の声が県警周辺から漏れてくる。

逮捕するか、書類送検にとどめるか。警察と検察は事前に協議を尽くすのが通例だ。ところが、今回のケースでは書類送検のあと、奈良地検に大阪地検の特捜検事が合流、専従班を設置するという思わぬ事態になった。県警内に「裏切られた」という思いが駆けめぐったのもうなずけぬ話ではない。

司法関係者によれば、「今回の方針転換は地検レベルでは説明できない。世論に配慮した大阪高検の強い意向が働いたようだ」という事情が背後にあったらしい。

いずれにせよ、奈良県警の元警視が亡くなったことは事件解明の上で大きな失点となった。捜査当局同士のきしみの狭間《はざま》で事件の当事者が亡くなってしまっては、いちばんの被害者は蚊帳《かや》の外で何も知らされない一般市民だろう。》

警察も検察も腐っとる。こいつらは同じ穴の貉《むじな》や――。

世論の反発がなかったら、奈良東西急便の事件は書類送検で終わっていたのだ。体裁だけ繕って、あとはシャンシャンの株主総会みたいなものだ。あまりの汚さに反吐が出る。

がしかし、これから事件はどう展開するのか――。

柴田ひとりをスケープゴートにして幕を引くのか。それとも継続して捜査をするのか。奈良県警はともかく、奈良地検がここで幕引きをするとは思えない。

つまりは〝第二ラウンド〟のゴングが鳴ったのだ。奈良東西急便の副社長、落合の逮捕は近い。そうして、奈良店の放火は徹底的に捜査される……。

中川の携帯に電話をした。すぐにつながった。

――こんにちは。二宮です。

――おう、なんや。

——柴田が死にましたね。びっくりしました。

——いまごろ、なにを寝ぼけたこというとんのや。昨日からニュースになっとるやろ。

——おれ、潜伏してますねん。いま新聞を読んだとこです。

——そういや、建設現場の穴ぼこに放り込まれそうになったんやて？

——桑原《くわばら》に聞いたんですか。

——わしが花鍛冶《はなかじ》のチンピラを脅したせいやとぬかしよった。おのれのことは棚にあげてな。それで、いまはどこにおるんや。

——二蝶会のセツオのアパートです。

——あの青瓢箪《あおびょうたん》か。寝るときは尻の穴に蓋をしとけよ。

——下品なアドバイス、ありがとうございます。セツオはええやつですわ。

話がずれている。本筋にもどした。

——柴田が死んで、放火の捜査はどないなるんです。

——そいつはちょいと難航しとるみたいやな。

——どう難航してるんです。

——ドライバーやバールに付着した指紋や。あんただけやのうて、何人もの指紋が出たらしい。チンピラのやることは間が抜けとるわ。

——ほな、花鍛冶組の東や池崎の指紋も？

——そこまで詳しいことは知らん。わしは大阪府警や。

——おれは花鍛冶組と天海《あまみ》組に命を狙われてるんです。なんとかしてください。

——あんたはわしに要求するばっかりで見返りがない。なんぞおもしろいネタはないんかい。

——新しい情報をつかんだら、必ず中川さんに報告します。

——ま、ええやろ。今晩、桑原に会うから、来いや。

——『ボーダー』ですか。

——ちがう。生野《いくの》の焼肉屋や。塩タンが食いたい。

午後七時。御幸《みゆき》通・コリアタウンの『龍城《リョンソン》』。そういって、中川は電話を切った。

くそっ、桑原のやつ——。独りごちた。二宮がセツオのアパートに来てからの三日間、桑原からはたった一度の連絡もない。柴田が自殺したことすら知らせてこず、おまけに二宮を除《の》け者にして、中川とシノギの相談をしようとしていたのだ。

桑原の肚は読めている。二宮をセツオの部屋に閉じ込めて監視させているのだ。そう、二宮が勝手に動きまわってシノギの邪魔をしないように。

むかっ腹が立った。なにか気晴らしをしないといけない。セツオの部屋にもどって、六時までビデオを鑑賞することにした。

ＪＲ環状線鶴橋駅から南へ十分ほど歩き、御幸通商店街に着いた。ここは在日韓国・朝鮮人の町だ。キムチや朝鮮半島の食材、チマチョゴリなどの民族衣装、焼肉などの店が軒を連ねている。棒鱈《ぼうだら》やトウガラシを並べた乾物屋の店先で立ち話をしているおばさんたちの会話は朝鮮語だ。懐かしい。二宮は去年、桑原といっしょに、北朝鮮へ逃げた詐欺師を追って平壌《ピョンヤン》から羅先《ラソン》直轄市、中朝国境を駆けめぐったのだ。命がけの追跡行だったが、いまとなってはおもしろい思い出だ。

見当をつけて商店街を東へ歩くと、『龍城』があった。木造の二階建でなんの変哲もないこぢんまりした店構え。こういう焼肉屋はたいてい味がいい。

中川と桑原は床に油紙を張ったオンドル部屋にいた。炭火を入れた七輪から煙があがり、肉を焼いている。ふたりは卓を挟んで話をしていた。

「すんません。遅れました」二十分の遅刻だ。

「なんや、おまえ……」

桑原は二宮を振り仰いで驚いたようにいった。「なにしに来たんや」

「塩タンを食いに来たんですわ」

桑原は中川からなにも聞いていなかったようだ。

「ま、あがれや」

中川がいった。二宮は桑原の隣に座布団を敷いて腰をおろす。桑原はさもうっとうしそうに煙草のけむりを吹きあげた。

「ひどい顔やな、え」

中川が笑う。「天海組の極道にやられたんか」

「黒沢とかいうカマキリです」

拳銃で殴られたとはいわなかった。暴対課の刑事は拳銃の押収がいちばんの手柄だから、下手に喋ると中川がどう動くか分からない。いくらヤル気がなくても、最低限の〝ノルマ〟はあるはずだ。

「その傷、縫わんかったんか」

「医者に見せるほどの大怪我やないし、ほったらかしですわ」

腫れはひいたが紫色の痣《あざ》が残り、傷口はカサブタになっている。

「極道の扱いに馴れてるコンサルの先生もやられたか。極道はやっぱり怖いやろ」

「おれはね、ヤクザの扱いに馴れてると思たことはいっぺんもありませんわ」

桑原を見た。横を向いている。二宮は店員を呼び、大ジョッキと生レバーを注文した。

「柴田は十ページもの遺書を残したんやろ」

桑原は中川にいった。「奈良急にたかったやつらや、裏金の流れを書き残したんとちがうんかい」

「遺書は身内と三人の友人宛やったらしい。『わたしはヤミ給与をもろたけど、決して私腹を肥やしたり、警察官としての信義にもとるような便宜ははかっておりません。わたしは被害者です。わたしは奈良東西急便に嵌《は》められたんです』と、くさい言い訳を延々と書き綴《つづ》ってたみたいやな」

「警察の仲間うちのことはどないなんや」

「いっさい触れてへんらしい」

柴田の遺書は捜査の足しになりそうにない、と中川はいう。「遺書というやつは誰が書いても似たようなもんや。容疑真っ黒のワルに限って〝身の潔白を証明するために命を絶ちます〟と最後の大嘘をついて首を吊るのがパターンやな」

中川は塩タンをつまみ、レモンを搾る。二宮も箸を割って塩タンを食った。さっぱりして旨《うま》い。焼けた塩タンをみんな皿にとった。

「こら、欠食児童みたいな真似すんな」桑原が怒る。

「腹が減ってますねん」

昼からなにも口にしていない。セツオの部屋には、カップラーメンのほかに食い物がないのだ。

生レバーとビールが来た。ジョッキを一気に半分飲み、レバーを食う。焼肉屋の味は当たり外れが大きいが、この店は正解だ。特上のミノとユッケを注文した。

「――で、東和桜花連合の桐間《きりま》組に仕事を頼んだやつは分かったんかい」

低く、桑原は訊いた。中川はひとつ間をおいて、

「いちばんの問題はそれや。わしは奈良急の落合が桐間に頼んだと当たりをつけてたんやけど、そんな単純なもんではないらしい」

「どういうこっちゃ」

「柴田といっしょに送検された暴対調査官の青木や。柴田の騒動のあと、青木が失踪したんや」

「なんやて……」

桑原は上体を乗り出した。二宮も箸をとめる。

「まだニュースにはなってへんけど、奈良県警は泡食うとる。柴田に自殺された上に青木まで失踪したとなると、面目丸つぶれや。本部長の進退問題になる」

「青木はいつ消えたんや」

「昨日の夜や。上牧町《かんまきちょう》の自宅に帰ってへん」

「ほな、青木は……」

「どこぞ山ん中で冷とうなってるような気がする」

中川は眉根を寄せて、「わしは落合と桐間をつないだんは青木やないかなと踏んでたんや。青木は柴田とちごうてマル暴畑が長い。県警本部の暴対ナンバーツーともなったら、奈良の組筋はもちろん、大阪の組筋にも顔が利いたはずや」

「なるほどな。そいつはある話や」桑原も同意する。

「奈良急と奈良県警の癒着が『ディテール』に嗅ぎつけられた時点で、落合は柴田と青木に相談した。これはもう監察の手に負えんようやから、いずれ大騒動になる。なんとか逃げおおせる策はないか、とな。……誰がいいだしたんかは分からんけど、そこでたぶん、奈良店を燃やして証拠を湮滅《いんめつ》しようということになったんや」

「おもろい。大阪府警の中川刑事は絵に描いたような講釈をしてくれるのう」桑原は笑う。

「ひとつ教えといたろ。わしは若いころ、本部長表彰を三回も受けた刑事《デカ》や」

「まともなところがあったんや、おまえにも」

桑原はカルビをつまんで口に入れた。「奈良の極道が奈良店に火をつけたんではすぐにバレる。大阪や神戸の極道を使え、となったんやな」

「ま、そういうこっちゃ」

中川はうなずいて、「神戸方面は東西急便の本社があるからまずい。京都や和歌山は組の数が少ないから足がつきやすい。そこで、大阪の泉州の田舎極道に眼をつけたというわけや」

東和桜花連合桐間組の組長を知っていたのは青木ではないか、と中川はいう。

「青木が桐間に火つけを頼んだんかい」

「あほいえ。青木は腐っても警視や。警察官が極道に犯罪を頼めるわけないやろ。奈良急の落合に桐間を紹介したんや」

「落合は桐間に会うたんか」

「酒でも飲みながら、奈良急は近いうちに解散する、いっそ火事にでもなったら保険金が入るのにね、と示唆したんやろ」

「桐間は誘いにのったんやな」

「報酬は保険金の何割かを払うと、落合はいうたんかもしれん。それで桐間は手を打ったんや」

中川は胡座《あぐら》をくずして壁にもたれかかった。「奈良急の事件は思てたよりずっと根が深い。柴田と青木は現職警官十二人の運転免許証をコピーして奈良急に渡してた。奈良急はその十二人の口座を作って、毎月三十二万の給料を振り込んでたんや」

この二年間に振り込まれたとされる給与の総額は約九千二百万円。むろん現職警官十二人の手もとには渡らず、全額が裏金として落合の懐に入っていると中川はいう。「ところが、この給与台帳が火事で燃えた。その元になるコンピューターの記録もきれいさっぱり消失した。してやられたと、奈良地検は臍《ほぞ》を噬《か》んだらしい」

「それはおまえ、落合が本社から借りた極道対策費とは別口か」

「そう、別口や」

中川はいって、「そもそも柴田に裏給与が払われていたことが発覚したんは、柴田のよめはん名義の給与台帳が怪文書になって出まわったからや。その怪文書を『ディテール』が手に入れて、あの記事になったんや」

現職警官十二人の給与台帳は怪文書として流出していないという。

「おれ、思い出した」

二宮はいった。「奈良東西急便が火事になった晩、おれは歩道橋の階段下にあった段ボール箱から、カード入れとファイルを三冊持って帰ったんです。あとでそのファイルを見たら、従業員の給与台帳でした」

「なんやと……」

桑原がいった。「なんで、そんな大事なことを黙ってたんや」

「ちゃんと報告したやないですか。火事の次の日、日航ホテルのバーで」

あのときは中川もいたのだ。あれからもう八日経っている。

ミノとユッケが来た。二宮はビールを飲みほして真露《ジンロ》の水割りを注文した。ミノを網に載せ、カルビをとる。

「給与台帳はどんな内容や」中川が訊《き》いた。

「コンピューターの画面をそのまま印刷したような感じです。従業員の名前と基本給や残業手当の項目があって、数字がびっしり詰まってます。闇給与の台帳とは思えません」

「三冊のファイルは何人分の台帳や」

「一冊に二十人くらいかな。……全部で六十人です」

「その中に、毎月三十二万の給料をもろてるやつはおらんのか」

「詳しく見たわけやないんです。ぱらぱらっとめくっただけやから」税込みで五十万から六十万の給与が多かったように思う。

「そのファイルが欲しいな」

「手もとにはないんです。恵美須町のウィークリーマンションですわ」

先週末で契約が切れたといった。「ファイルと着替えを管理人に預かってもろてます」

電気料金やガス料金を清算してから受けとることになっている。

「預けてるんやったら、取りに行けや」

仏頂面で中川はいう。この男の表情と口調には感情というものがない。

「行きたいのはヤマヤマやけど、ひとりではね……」

「分かった。このあとで、わしがついて行ったる」

「ほう、えらい熱心やないけ」

桑原がいった。「大阪一の不良刑事のセリフとは思えんな」

「おまえは黙っとれ。台帳の中に現職警官の名前があったら、またとない材料になる」

「なんの材料や。奈良急の落合を強請《ゆす》る道具か」

桑原はにやりとして、「花鍛冶のチンピラどもがなんぼノータリンでも、警官の名前が載った台帳を捨てるわけがない。毒にも薬にもならん台帳をこいつに持って帰らして、放火の犯人に仕立てる肚やったんや」

「そんなことはいわれんでも分かっとる」

中川は桑原を睨《ね》めつけた。「花鍛冶の連中はドライバーやバールに複数の指紋をつけたまま現場に置いてくるようなヘチマ頭や。給与台帳の中身を確かめてるとは限らんやろ」

「複数の指紋というのは、東や池崎の指紋ですか」二宮は訊いた。

「まさか、そこまでの間抜けやない。あんたのほかに何人もの指紋が採れたから、捜査員はひとつずつ、つぶして歩いてるんや」

「おれは逮捕されるんですか。……アリバイがないんです。火事の晩は奈良店の前にいてました」

「日本の警察はな、道具に指紋が付着してるというだけで被疑者を引くような、雑な捜査はせえへんのや」

中川はいう。「その代わり、いったん引いたら、なにがなんでも自供に追い込む」

「なにが悲しいて自供せなあかんのです。おれはね、してもないことをしたと認めるような骨なしとちがいまっせ」

皿をとってユッケを混ぜた。食う。

「被疑者を起訴して有罪に持ち込むには、必ずしも自供はいらん」

「あほな。冤罪《えんざい》やないですか」

「冤罪もへったくれもない」

中川はかぶりを振った。「調書一枚で檻ん中へ放り込めるからこそ、警察は極道や犯罪者に睨みが利くんや」

尊大、専横、増長、中川の言葉に市民に対する謙譲や慎みはない。死んだ柴田もそうだったが、不機嫌な顔で麻雀《マージャン》を打ち、初対面の二宮に対しても横柄な態度で終始した。職業がひとを作るというのなら、二宮は何度生まれ変わっても警察官にだけはなりたくない。

「――おまえ、桜花連合を調べたんやろ」

桑原が中川にいった。「桐間の組長はどういう男や」

「桐間実。五十八。東和桜花連合の副理事長で、来年の春に引退する理事長の跡目を、岸和田の俠邑《きょうゆう》組組長東野規三郎《ひがしのきさぶろう》と争うてる。その多数派工作に、いまはなんぼ金があっても足らんのや」

「桐間の兵隊は」

「シノギは」

「十八人」

「土建と不動産や。土建は泉南市の公共事業を請けて、実際の仕事は丸投げしてる」

不動産は公共用地の払い下げを受け、息のかかった造成業者に分譲させてカスリをとっているという。

「桐間には殺人の前科がある。二十歳のとき、泉璽《せんじ》組という一本独鈷《どっこ》との抗争で幹部を刺した。泉璽組は解散して、その縄張りを、出所した桐間が継いだ」

「桐間は何年、食ろたんや」

「十三年や」

「そらおまえ、金筋の極道やないけ」

「花鍛冶や天海のチンピラ連中とはモノがちがうわな」

「上等や。たまにはそういう骨張った極道とやりおうたろ」

「桐間は桜花連合の副理事長や。正面切って仕掛けるわけにはいかんぞ」

「誰も正面から行くとはいうてへんわい。どんなやつでも弱みはあるんや」

「ほう、どういう弱みや」

「そいつをこれから調べるんやないけ」

桑原は網の上のミノをつついた。


御幸通で桑原と別れ、中川と二宮はタクシーで恵美須町へ向かった。

刑事の月給て、なんぼくらいですか――。子供はいてるんですか――。奥さんは専業主婦ですか――。いまつきおうてる女とは長いんですか――。なにを訊いても中川は返事をせず、一言も口をきかない。二宮と喋っても金にはならないと思っているらしい。

通天閣の西、堺《さかい》筋から新今宮のほうへ入った恵美須小学校の裏門前でタクシーを停めた。

ウィークリーマンション『スワン恵美須』は六階建で、各階に１ＤＫの部屋が八室ある。マンションとはいいながらベランダのないのっぺりした建物だから、二宮は洗濯物を干す場所に困った。一階のコインランドリーには三台しか洗濯機がなく、一台は壊れていた。パートの管理人は午前十時から午後十時まで玄関横のフロントに詰めている。

　タクシーを停めたまま、しばらく周囲のようすを見た。人通りはなく、怪しげな車も駐《と》まってはいない。

「早よう行って、台帳をとってこいや」中川がいう。

「さっきは、つきおうたるというたやないですか」

　ひとりでは危ない。もし襲われたときは中川を楯にして逃げるのだ。

「胆《きも》が小さいな、あんた」

「いままでになんべんも怖いめにおうてますからね」

　中川とふたり、タクシーを待たせて外に出た。ガードレールを跨《また》ぎ越し、マンションの階段をあがる。オートロックのデジタルボタンを押して錠を開け、玄関に入った。フロントの管理人がこちらを見る。

「二宮さん、こんばんは」

　管理人は名前を憶えていた。四十すぎの小柄な女性だ。

「清算しに来ました」カウンター越しにいった。

「ありがとうございます」

管理人はパソコンのキーを叩いた。モニターを眺めながら、追加料金は一万三千六百五十円だという。

「ちょっと待ってください。電気代とガス代がそんなに高いんですか」

「二日分の延長料金です」

契約は先週の土曜日まで。二宮は部屋のカードキーを持っていたので、郵送で送り返した。そのキーがここに着いたのが月曜日だったという。「申しわけありません。ルームキーを返却していただくまで、ルームチャージがつきますから」

「ふーん、ええ商売ですな」

文句をつけてもしかたない。厭味をいって金を払った。

管理人は後ろのロッカーを開けてボストンバッグを出した。二宮は受けとり、中をあらためる。着替えと三冊のファイルが入っていた。

「おれを訪ねて、誰か来んかったですか」訊いてみた。

「はい、来られましたよ」

管理人はうなずく。「男のひとがおふたりで」

「ガラのわるそうなやつですか」

「いえ……。でも、ちょっと怖い感じでした」管理人は言葉を濁す。

「ひょろっとしたパンチパーマと、角刈りのがっしりした男ですか」

東と池崎の特徴をいった。管理人は首を振る。

「ほな、眼の細い、眉毛の薄い、頰のこけた男はどうですか」天海組の黒沢の人相をいった。

「はい、おひとりはそうでした」

「もうひとりは猿みたいな小男ですか」

「いえ、すごく背の高いひとでした」

身長は百八十センチほど、痩せていた、と管理人はいう。

二宮はぴんときた。東羽衣の現場で地元自治会の代理人を騙《かた》った〝井上徳馬〟とかいう男だ。井上は現場事務所に現れず、その帰りに二宮は追突されて、黒沢と豊川にさらわれたのだ。

「そいつは時代劇の役者顔ですか」

「あ、はい。そんな感じでした」

眼がぎょろっとして眉が濃い。『水戸黄門』の助さんのようだったというが、二宮はもう何年もテレビの時代劇を見たことがない。

「ぎょろ眼は天海組の極道やな」

低く、中川がいった。「素性はすぐに分かる」

「ふたりの男はいつ来たんですか」管理人に訊いた。

「先週の土曜日でした。夕方です」

金曜の夜、二宮は黒沢と豊川に襲われたのだ。あれからずっと二宮を追っているらしい。

「そいつらはなにかいうてましたか」

「二宮さんの仕事仲間やといって、部屋番号を教えてくれと……。わたしは、解約して出ていかはりましたと答えました」

ふたりの男はあっさり帰ったという。

「そうですか。……いや、ありがとうございました」

二宮はバッグからファイルを出した。「これはどうします」中川に訊く。

「わしが預かる」

中川は手早く給与台帳を繰り、ファイルを持ってさっさと玄関を出ていく。二宮はボストンバッグを提げてあとを追った。

2

二十三日は誰からも連絡がなく、セツオの部屋で怠惰な時間を過ごした。事務所に出ればあれこれ仕事の電話もかかってくるだろうが、金を稼ぐよりは身の安全だ。命あっての物種。君子は危うきに近寄らず。ひとりおとなしく裏ビデオを鑑賞しているのがいい。

そして二十四日の夜、セツオが土産を持って帰った。

「これを二宮に見せたれと、桑原の兄貴から預かった」

セツオは二枚の紙片を炬燵《こたつ》に放った。二宮は手にとる。葉書をコピーしたものだった。

《大阪市都島区毛馬西一五—六　(有)二蝶興業御中》が表書きで、裏の文面は、

《破門状

謹啓　御尊家御一統様には益々御隆盛の段大慶至極に存じ上げます

さて　今般

元当組若中　東和樹　(三十五才)

元当組若中　池崎博　(三十一才)

右の者再三の忠告に拘《かかわ》らず当組の規約に反し　俠道上許す可《べ》からざる行為多々有り　依《よ》って幹部一同協議の結果　平成××年六月二二日を以《もっ》て破門致しました
従って今後当組とは一切関係なき事を御通知申し上げます
尚《なお》御賢台様には念の為　右の者との客分縁組交遊商談等一切御断り申し上げます
万一右の行為ある場合は「当方に敵対行為」あるものとみなし　俠道上に基き断固たる処置を取らせて頂きます
平成××年六月
神戸川坂《かわさか》会東和桜花連合内　花鍛冶組　幹部一同》

一枚は破門状、もう一枚は絶縁状だった。文面はほとんど同じで、絶縁の対象は、《元当組預かり　勝井義正（三十八才）》だった。

「東と池崎は破門、勝井は絶縁か……」

「放火がバレたとき、組に迷惑がかからんようにしたんやと、桑原の兄貴がいうてた」

「しかし、こんなもんを葉書で出すとはな」

封書にすればいいものを、プライバシーもへったくれもない。そもそも葉書の宛先である二蝶興業がヤクザの組だと知れるではないか。こういう雑な神経だから代紋を張っていられるともいえるのだろうが。

「破門状は月に四、五枚、とどくんや。手紙より葉書のほうが多いで」セツオはいって、

「あんた、破門と絶縁のちがいは知ってるか」

「知ってる。破門は組に復帰できるけど、絶縁はヤクザ社会からの永久追放やろ」

「ふーん、あんた、詳しいな」

セツオは二宮の父親が初代二蝶会の大幹部だったことを知らないようだ。

「東と池崎は政略的な破門やけど、勝井はどないもならんのやろ。あいつは孝子峠《きょうし》のキャベツ畑でなにもかも喋《しゃべ》ったからな」

「そらあんた、桑原の兄貴に責められたら口が裂けても喋るがな」

「桑原さんは怖いんか」

桑原を呼び捨てにするとセツオは怒りだす。

「めちゃくちゃ怖いわ」

セツオは肩を竦《すく》めた。「あんなイケイケのひとはおらへんで。うちの組ではいちばんキツいやろ」

「イケイケがすぎて組持ちになれんらしいな」

——と、中川から聞いたことがある。

「桑原の兄貴は組なんかいらんはずや」

「けど、ヤクザになったからには、組長とか親分といわれたいんとちがうんかいな」

「そらおれは、いつかは組持ちの金バッジになりたいと思てる」

「あんたなら、なれるやろ」

追従でいった。「礼儀作法がしっかりしてるし、まじめにやってるから」

「そうかな」

さもうれしそうにセツオは笑った。「けど、一人前になろと思たらシノギがいる。極道は一に金、二に金、三、四がなくて、五に喧嘩や」

「桑原さんは強いな」水を向けた。

「ほれぼれするで」セツオはうなずく。

「あの喧嘩は天性のもんやろな」

いままでに十回近く遭遇したが、桑原の喧嘩は水際立っている。へらへら笑いながら手を出して、次の瞬間には相手が倒れている。向こうが拳銃や匕首《あいくち》をかまえていようと関係ない。いったいどういう神経をしているのか、二宮にはまるで理解できないのだ。

「喧嘩はな、持って生まれた才能や」

気合と根性、腕っぷしはもちろんだが、その場の状況を読むセンスが必要だとセツオはいう。「なにがなんでも突っ込んでいって死んでしもたら、元も子もないからな」

「あんたも喧嘩が強そうやないか」

「あかん。おれは弱い。どないがんばっても桑原の兄貴みたいなゴロはまけん」

いつもは寡黙なセツオがよく喋る。「おれは中学の三年までパシリやったんや」

セツオは不良グループに属してはいたが、いつもいじめられていた。殴られたり蹴られたりするのは日常茶飯事で、金もせびりとられた。グループを抜けようとして集団リンチにあい、金を持ってこいといわれた。セツオの家は市場の魚屋で、それまでに何度も売上をくすねていたが、父親に見つかって殴られた。父親は事情を打ち明けられるような性格ではないし、母親は後妻だった。

セツオは刺身包丁を隠し持ってグループのたまり場のゲームセンターへ行き、番長に切りつけた。刃が頭蓋骨《ずがい》に当たり、頭皮を削いだ感触がいまだに手に残っている。ゲーム機や床に血が飛び散り、不良グループの連中は悲鳴をあげて逃げまわった。誰もセツオに向かってはこない。番長は血まみれになって倒れ、あとで聞いたら全治三カ月の重傷だった。セツオは根元から折れた包丁の柄《え》を持って警察に出頭した——。

「おれは反省せんかった。それで鑑別所から少年院送りや。一年経って出てきたときは、切りつけた相手がおれを殺すといいふらしてた。おれは身を守るために二蝶会に入った」

「そうか。いろんな事情があるんや」

「おれは身体が小さい。舐められたら終《しま》いや」

セツオはそういうが、外見は誰が見てもヤクザだ。パンチパーマに細く剃った眉、三白眼、白のオープンシャツに生成りの麻のズボン、白の革靴を履く日もあれば、雪駄《せった》で組事務所へ出る日もある。二宮がセツオと歩くときは、誰もが視線を伏せてすれちがうのだ。こんなバリバリのヤクザがスーパーやデパートの女子トイレに閉じこもって覗きをしているのだから、ひとは見かけによらないものだとおかしくなる。

「ひとつ訊いてもええか」

「なんや」セツオは煙草を吸いつける。

「桑原さんはなんであんな羽振りがええんや。カラオケボックス二軒と建設現場のサバキで、あの生活は維持できんやろ」

車はＢＭＷ７４０ｉ、スーツは誂《あつら》え、三日とあげず新地で飲んでいる。いくら税金を払っていないからといって、あの金遣いは納得できない。

「あんた、桑原の兄貴のシノギを聞いたことないんか」

「そんなこと、冗談でも訊けるわけないがな」あの凶暴な男に。

「兄貴のいちばんのシノギは整理や」

「倒産整理やな」

「整理の現場というやつは極道だらけや。そこへ乗り込んで、切った張ったの話ができるのは、二蝶の代紋と兄貴の度胸があればこそや。あのひとのイケイケは鳴り響いてる。極道はブランド稼業やから、顔ができたらシノギもできるんや」

そういえば、『キャンディーズ』と『キャンディーズII』も倒産整理で手に入れたと桑原から聞いた。ひとりで債権者会議の場に乗り込むのなら自前の組をかまえる必要はない。〝二蝶会の桑原〟で充分なのだ。その意味で二蝶会が神戸川坂会の直系であることは大きい。

「おれは桑原の兄貴について、整理を勉強してる。兄貴はそこいらの弁護士より法律をよう知ってるんや」

「なるほどね……」

桑原のちがう一面を見たような気がした。

「ごちゃごちゃ喋ってたら腹減ったな。ラーメンでも食いに行くか」

「ああ。おれは餃子《ギョーザ》が食いたい」セツオに奢《おご》ってやろう。

「ほな、行こか」

セツオは煙草とライターをポケットに入れて立ちあがった。

翌二十五日──。

朝、セツオが出かけたあと、二宮はテレビをつけた。裏ビデオではなく、NHKのニュースを見る。奈良県警と奈良東西急便関連のニュースはなかった。奈良県警暴力団対策課調査官の青木康祐《こうすけ》が失踪したことはまだ報道されておらず、死体も出てはいない。

コーヒーでも飲みに行って、新聞を読むか──。ズボンを穿《は》き、靴下を探しているところへノック。二宮は反射的に窓を見た。開いている。窓の外には手すりがあるから、ぶらさがって脱出できる。ブロック塀の向こうは隣のアパートだ。

ノックはやまない。二宮は裸足のまま、窓の外に身を乗り出した。もしドアが破られたら、ブロック塀を伝い降りるのだ。

「こら、開けんかい。中におるんやろ」

声が聞こえた。桑原だ。二宮は舌打ちし、玄関へ行って錠を外した。

「さっさと出んかい。ボーッとしくさって。いつまで寝とるんや」

ドアが開いた。本日の桑原は薄茶のスーツにあずき色のオープンシャツ、ノーネクタイ、髪をびしっとオールバックになでつけ、縁なしの眼鏡をかけていた。

「鼈甲《べっこう》縁の眼鏡はどうしたんです」

挨拶代わりに訊いてやった。

「あれはやめた。あんまりインテリくさいからな」

「ほう、インテリですか」

「なんや、その言い方は」

「いえ、なにも……」

「奈良へ行くぞ。支度せい」

「奈良のどこです」

「学園前や」

近鉄京都線学園前駅の南だという。

「そこになにがあるんです」

「新庄の自宅や」

「新庄て、奈良急の社長やないですか」

「今日の一時や。やっとのことでアポがとれた」

二蝶会の嶋田《しまだ》の知り合いが、奈良の川坂会系の有力組織にいる。その人物を介して面会の約束をとりつけたと桑原はいった。「新庄は病気や。めったなことでは人に会わん」

そう、新庄は糖尿病が悪化して腎透析をしていると聞いた。

「新庄に会うたら、我々のことが落合に知れますよ」

「上等やないけ。落合が檻ん中へ行く前にケリをつけんといかんのや。ぐずぐずしてる暇はない。早よう支度せんかい」

「はいはい」

靴下を探してポケットに入れた。三和土《たたき》に降りてローファーを履く。廊下に出て施錠した。

「おまえ、臭いの」

「そうですか」

「風呂は」

「毎日シャワーを浴びてます」

「着替えは」

「ちゃんとしてますがな」

トランクスは替えている。ポロシャツとチノパンツは着たきりだ。

「おかしいのう。このアパートが臭いんか」

桑原は鼻をこすった。


ＢＭＷを運転し、学園前に着いたのは一時前だった。桑原はカーナビを見ながら、右や、左や、と指図する。

「東のほうに広がってる丘はなんです」

「奈良国際ゴルフ倶楽部《クラブ》や」桑原はカーナビを読む。

「桑原さんはゴルフせんのですか」

「あんなもんはおまえ、与太者《よたもん》の遊びや。とまってる球を打つより、動いてる人間をしばき倒すほうがおもろいやないけ」

付近の住宅はどれも大きく、広い。中でもひときわ豪勢な築地《ついじ》塀の邸《やしき》の前で、桑原は車を停めるようにいった。

「この家ですか」

「みたいやな」

敷地はざっと五百坪、寄棟風《よせむねふう》銅板葺《ぶ》きの平屋は百坪を優に超えているだろう。冠木門《かぶきもん》の右横はパイプシャッターのガレージで、中にベンツのSLとBMWの7シリーズ——桑原のBMWと同じ7シリーズだが、現行型だ——が駐められていた。

「もうちょっと前へ行け」

冠木門の真ん前に車を駐めた。表札に隷書《れいしょ》で《新庄》とある。

「ひとつ訊いてもよろしいか」

「なんや」

「なんで落合やなく、新庄に会うんですか」

「おまえはほんまに昼行灯《ひるあんどん》やな。将を射んと欲すれば先《ま》ず馬を射よ、やないけ。先に外濠《そとぼり》を埋めてから落合を叩くんじゃ」

「深謀遠慮ですね」

「あほぬかせ。遠慮なんぞするかい」

桑原は車を降りた。二宮もエンジンをとめて降りる。

桑原はインターホンのボタンを押した。防犯カメラがこちらを向いている。

──はい、新庄です。

女性の声が聞こえた。

──こんちは。桑原といいます。

──お待ちください。

扉の向こうに足音が近づき、通用口が開いた。ひっつめ髪の小柄な女性が顔をのぞかせる。齢は五十すぎ、白のブラウスに麻のカーディガンをはおっている。手伝いの女性らしい。桑原を見て怯《おび》えた素振りがないのは、その身元を事前に聞いているからだろう。

「どうぞ、お入りください」

女性は丁寧にお辞儀をした。

「——獅子身中《しししんちゅう》の虫とは、落合のことでしたな。とんでもない男を、ぼくはスカウトしてしもた」

　弱々しく新庄はいう。「落合が来てからというもの、ぼくの会社は県警の天下り先になり果てた。確かに業績は拡大したけど、気がついたときはもう県警の子会社でした」

「本社の武内専務もそんなふうにいうてましたわ。庇《ひさし》を貸して母屋をとられたと」

　桑原は正座をくずして胡座になる。

「奈良東西急便という会社はどうあがいても右翼やヤクザとの関係を断てんかった。……ヤクザに乗っ取られるか、警察に乗っ取られるか、いずれにしても会社の舵《かじ》とりを誤ったことにはちがいありませんな」

　自らを嗤《わら》うように新庄はいう。土気色の骨張った顔、はだけた着物の襟元から朽木のような胸がのぞいている。二宮の父親も同じ糖尿病だったからよく分かる。腎透析をしている新庄の余命は一年もないだろう。

「落合は蛇やと、武内専務はいいましたわ」

　桑原は煙草をくわえた。金張りのデュポンで火をつける。「蛇を退治するにはどないしたらよろしい」

「さぁ……。それはむずかしいですな」

「おたくは社長で、落合は副社長ですがな」

「肩書はどうあれ、病気療養で半年も会社に出てない社長に実権はない。ぼくはただの飾りですよ」

「飾りが下手に動いたら、解任でっか」

「役員はみんな、落合の子分やからね」

奈良東西急便はもう落合の会社だと新庄はいう。「本社もほとほと困ってるけど、落合には警察というバックがある。小口の運送会社に対して、警察ほど強いもんはありませんからな」

「その強い警察の柴田が自殺した。青木も失踪したこと、知ってまっか」

「えっ、青木が……」

「月曜の夜から上牧町の家に帰ってへん。警察は必死になって青木を探してますわ」

「まさか、青木も自殺を？」

「その可能性はありますな」

「なんと……」新庄は下を向いた。その表情からはなにも感じとれない。

「新庄さん、おたく、奈良店に火をつけたんは誰やと思てます」

「たぶん、落合でしょうな」

「その狙いは」

「保険金でしょう。奈良急はいずれ、解散します」

「落合は一昨年から県警の現職警官十二人の口座を作って、毎月三十二万の給料を振り込んでた。九千二百万ほどの裏金が落合の懐に入ったんです。……そのことは知ってましたか」

「初耳です。しかし、落合ならそれくらいのことは平気でするでしょう」

「奈良店のコンピューターや資料が灰になって、いちばん得するのは落合ですな」

「まぁ、そのとおりですな」

「放火の犯人が大阪の極道やというのは知ってはりまっか」

「いや、知りません」

「泉佐野の花鍛冶組ですわ」

あっさり、桑原はいった。「その花鍛冶に仕事を頼んだんが東和桜花連合の桐間組の組長で、組長と落合をつないだんが青木やないかといわれてますねん」

「なかなか複雑なルートですな」

新庄に驚いたふうはない。「確かに、落合はヤクザや右翼対策を青木に依頼してました」

警察ＯＢと現職警察官のあいだには、民間人には想像もつかない深いつながりがあると新庄はいった。

「落合の口から、東和桜花連合とか桐間組というのを聞いたことは」

「ありません。わたしは青木とのつきあいはなかった」

新庄はかぶりを振って、「あなた、落合に恨みでもあるんですか」

「恨みはないけど、シノギになると思てます」

桑原はにやりとした。「この時節、金の生《な》る木は極道や警察という毛虫が寄ってたかって食いにかかりますんや」

「奈良急はしかし、解散する会社ですよ」

「わし、倒産整理が専門ですねん」

「なるほど。倒産整理がね……」

新庄は座卓の麦茶のグラスをとる。「で、落合は金になりそうですか」

「そいつはこれからの成り行きですな」

桑原も麦茶を飲んだ。「どないでっか。お望みとあれば、おたくの代わりに落合を叩きまっせ」

「いっそ、殺したらどうですか」

「なんですて……」

「落合はわたしの会社をつぶした。その責任をとってもらうんです」

「たまげたな。奈良急の社長さんとは思えんお言葉や」

「冗談ですよ」

新庄は小さく笑った。「落合が死んだら、わたしの退職金がなくなってしまう」

「ほな、殺さん程度に落合を叩きまひょか」

「方法があるんですか」

「ま、いろいろ考えてますわ」

「落合は近いうちに逮捕されますよ」

そのときは自分も逮捕されるだろう、と新庄はいう。

「それで、わしも焦ってますねん」

桑原はいって、「落合に会いたいんやけど、つないでくれまっか」

「あなたがたの肩書は」

「二蝶興業渉外部長の桑原と、二宮企画所長の二宮。それでよろしいわ」

「分かりました。今日にでも連絡をとって、返事をしましょう」

「ありがとうございます」

桑原は頭をさげた。二宮もさげる。新庄はコホッとひとつ空咳《からせき》をして、

「あなたがた、昼食は」

「まだですけど……」と、二宮。

「鮨《すし》をとりましたから、食べていってください」

「いや、時間がないんですわ」

桑原がいった。「すんまへん。またの機会に」

胡座を解いて、立ちあがった。


ＢＭＷに乗るなり、桑原はいった。

「むかしは飛ぶ鳥落とす勢いやった奈良急の社長ともあろう者が、あそこまでしょぼくれてるとはな」

「老けてましたね。七十すぎの爺さんに見えましたわ」新庄の齢《とし》は六十五と聞いていた。

「人間、威勢を失うたら、あんなふうになるんやのう。病気のせいだけでもなさそうや」

桑原は煙草をくわえ、シガーライターを押し込む。

「青木や桐間のこと、知らんかったですね」

「新庄は狸や。どこまでほんまのことをいいよったか、わしには分からん」

「その狸に、花鍛冶組が放火したてなことを喋ってもよかったんですか」

「どうってことあるかい。新庄の口から花鍛冶や桐間のことが落合の耳に入ったら、おまえの身体《からだ》にも保険がかかるやろ」

「おれに手出しをしたら、放火の真相が明るみに出るということですね」

桑原の悪知恵に感心した。

「ぬかよろこびはやめとけよ。おまえは懸賞首なんやからな」桑原は煙草に火をつけて、「行かんかい。こんなとこでじっとしててもしゃあない」

いわれて、二宮はパーキングブレーキを解除した。走りだす。

「どこへ行きます」

「飯を食うんやないけ」

「鮨を食うたらよかったのに」

「あんなしょぼくれた爺《じじい》といっしょに食えるかい。わしは人見知りするんや」

「へーえ、鬼より強い桑原さんが人見知りね……」

「わしがいま、いちばん嫌いな人間、知ってるか」

「中川ですか」

「ちがう」

「森山さん？」二蝶会の組長だ。

「ちがうな」

「誰やろ……」

「おまえや」

「はいはい」

県道一号線に出た。左折する。奈良市内に向かって走っていれば、適当なレストランがあるだろう。

「おれ、びっくりした。新庄は、落合を殺したらどうや、といいましたね」

「あの爺の本音やろ。恨み骨髄というやっちゃ」

「落合を紹介してくれというたけど、大丈夫ですか」

「どこの馬の骨とも知れん極道とコンサルが、いきなり奈良急の副社長には会えんやろ」

桑原はサンルーフを開けた。夏の光が射《さ》し込み、けむりが抜けていく。

「あと一週間で七月ですね」

「それがどうした」

「柴田と麻雀してから、一カ月以上ですわ」

その柴田がいまはこの世にいない――。

食いそこねた鮨が食いたくなって、県道沿いの『黒潮』に入った。回転寿司なんぞ食えるかい、と桑原はわめく。

「そら誤解ですわ。いまどきの回転寿司はネタも新鮮やし、旨いんです」

「一皿がなんぼや」

「高うても三百円ですわ」

「そんな値で儲けが出るとは思えんな」

「ま、食うてみてください」

車を降りて店内に入った。昼どきをすぎたのに客は五分の入りだ。カウンターに陣どり、二宮は中トロ、桑原はウニをとった。食う。

「ほら、けっこう、いけるでしょ」

「おまえはいつも、こんなもんを食うとるんか」

「そう。善良な庶民のための和風ファストフードです」

「おまえは庶民やけど、善良やない」

桑原はビールを注文する。缶ビールがベルトに乗ってきた。

「おれも飲みたいな」

「二宮くん、君はショーファーやろ」

と、ズボンの携帯電話が震動した。出して着信ボタンを押す。中川だった。

——いま、どこや。

——奈良です。

桑原とふたりで新庄の自宅へ行った、といった。

——ぎょろ眼の正体が分かったぞ。井上徳馬とかいう東羽衣の自治会の代理人や。

——天海組の組員でしたか。

——井口雄三。天海組の黒沢の兄貴分や。

——やっぱり……。

——これでまちがいない。天海組は端《はな》からあんたをさらうつもりやったんや。

——天海組の連中を逮捕してください。利本《としもと》と井口と黒沢と豊川を。

——あほいえ。そんな簡単にことが運んだら、日本中からヤクザがおらんようになる。

「誰や」桑原が訊いた。

「中川です」

「代われ」

携帯を渡した。桑原は小声で話をする。

二宮はイクラとヒラメとウニを食べ、アワビをとったところで、桑原は長い話を終えた。

「おまえはなんや、ごみ箱みたいに食いくさって」

「ビールが飲めんから、食うことに専念してますねん」

「青木はどうも、逃げたらしいぞ……」

「逃げた？　吉野あたりの山ん中で冷とうなってるんとちがうんですか」

「青木は二十三日の夕方、大阪の難波《なんば》の銀行で金をおろした。二百万、自分の口座からな」

「どういうことです」

「逃走資金や。逃げた先でキャッシュカードやクレジットカードを使うたら、足がつくやろ」

　青木が二百万もの現金をおろしたのは、その金で潜伏するつもりなのだと桑原はいう。

「奈良県警のうすのろどもは、今日になってやっと青木の隠し口座をつきとめたらしい」

「それで、中川はどういうたんです」

「泉南へ行け、といいよった」

「まさか、桐間組へ？」

「いや、桐間に会うのはまだ早い」

　桑原は缶ビールを飲み、「桐間に縄張りをとられて解散した組があったやろ」

「泉屢組とかいいましたね」中川から聞いた。

「その泉璽の若頭《かしら》に会うんや」

「若頭はなにか知ってるんですか」

「さぁな。会うてみたら分かるやろ」

桑原は二宮の皿に手を伸ばして、アワビを口に入れた。

3

奈良から泉南はさすがに遠かった。国道二四号線を南下して郡山《こおりやま》インターから西名阪自動車道に入り、松原ジャンクションで阪和自動車道へ。高速道路を百二十キロで飛ばす。助手席の桑原はずっと居眠りをしていた。

「――着きましたよ」桑原を起こした。

「どこや……」

「いま、泉南インターを出たとこです」

ＢＭＷはＥＴＣを搭載しているから現金を払う必要がない。

「次の信号を左折せい。海のほうへ行くんや」

桑原はカーナビを見ながら指図する。

ＪＲ阪和線の高架をくぐり、国道二六号線を横切った。住宅街に入る。家々の生垣が密に生い茂って、街並はけっこう旧《ふる》い。

「あれやな。貞観寺《じょうかんじ》」

銀杏《いちょう》並木の向こうに黒い瓦《かわら》屋根が見えた。泉璽組の若頭だった名越《なごし》は、貞観寺で寺男をし

ている という。

　まわりに細長い濠《ほり》をめぐらせた、こぢんまりした寺だった。軒の高い本堂の西側に四階建、煉瓦タイルのビルが隣接している。ピロティーになったビルの一階駐車場には七、八台の車と、バイクが三台駐められていた。

「これはなんや、マンションかい」

「みたいですね」

　賃貸マンションのようだ。人気《ひとけ》のないベランダが多いのは入居者が少ないからだろう。

「マンションいうのはおまえ、町中に建ててこそ需要があるんやぞ。こんな田舎に建ててどないするねん」

「バブルの置き土産というやつですか」

「住職が銀行に吹き込まれたんやろ。土地さえあったら金が儲《もう》かると、甘い話に踊らされよったんや」桑原の想像はたくましい。

「銀行は客を二階にあげて梯子外すんが商売やからね」

「貧乏人が銀行を毛嫌いするというのは、おまえのことやな」

「銀行だけやない。税務署や警察も嫌いですわ」

　ヤクザも嫌いだといえなかった。

濠の脇に車を駐め、貞観寺の門をくぐった。池に鯉が泳いでいる。水面に浮かんでいる丸い葉は睡蓮だろうか、赤い蕾《つぼみ》がいくつかふくらみかけている。

池のそばで玉砂利を掃いている白髪の男がいた。色褪《いろあ》せた作務衣《さむえ》を着ている。

「すんまへん。名越さんいうのは、おたくでっか」

「ああ、そうです」男は振り返った。

「わし、毛馬の二蝶会の桑原といいますねん」

「二蝶会……」

名越は桑原の顔から足もとに視線をすべらせた。「わしはもう足を洗うたんやで」

「それはよう分かってます。いまは素っ堅気ですやろ」

桑原は笑いかけて、「泉壐組の若頭をしてはったと聞いて、押しかけましたんや」

名越は長い息をついた。警戒しているふうはない。齢は六十をすぎているだろうか、抜けあがった額に深い皺が幾重にも刻まれている。

「誰に聞いたんや、わしのことを」名越は竹箒《たけぼうき》を立てた。

「府警の中川ですわ」

「中川……」

「いまはマル暴のデカやけど、若いころは和泉砂川の交番におったらしいですな」

「ああ、あの男かいな。確か、柔道をやってたな」

中川と名越は顔見知りのようだ。それで貞観寺へ行けといったのだろう。

「名越さんを男と見込んでいいますわ。わしはいま、泉佐野の花鍛冶組と込み合うてますねん」

「ほう。物騒な話やな」

「ただし、命《タマ》のとりあいをするほどの込み合いやない。渡世の義理もおまへん。あくまでも、わしひとりです」

二蝶会の代紋を背負った喧嘩ではない、と桑原はいう。

「桑原さんとかいいましたな。わしはもう……」

「堅気のおたくに火の粉がかかるようなことはしまへん。ただちょいと教えてもらいたいことがありますんや」

桑原は脚を広げ、両膝に手をあてて頭をさげたが、名越は明らかに迷惑がっている。むかしは若頭を張ったヤクザだったといえ、いまは初老の寺男なのだ。

「それで、わしになにを訊きたいんや」名越はいった。

「花鍛冶組と東和桜花連合と桐間組のことですわ。桐間は泉甕組の幹部を刺して、縄張りをとったんですやろ」

「えらい前の話やな……」

名越は遠い眼をして、「ま、いろいろあったわな」

「立ち話もなんやし、一服しまへんか」

「そうやな」

名越は砂利道を歩いて築山のほうへ行った。太い松の根方に腰をおろす。桑原も座って煙草を差し出すと、名越は一本抜いてくわえた。桑原はデュポンを擦る。二宮も腰をおろして煙草を吸いつけた。

「セミが鳴いてますな」

桑原は頭上を見あげる。「なんちゅうセミです」

「クマゼミやろ。今年は鳴きだすのが早かった」

「名越さん、この寺に住み込みでっか」

「住んでるのは、あれや」

名越は西隣のマンションをあごで指し、管理人をしている、といった。「わしもこの寺は長い。そろそろ十年やで」

「どういう縁で、ここへ」

「先代の住職に拾うてもろたんや。組を解散してからな」

「それまでは泉璽組の若頭やったんですな」

「若頭いうても、解散したときはたった五人しか組員がおらんかった。シノギが細うなって、おやっさんが組を投げたんや。みんな、散り散りばらばらやで」

名越はぽつりぽつり話しはじめた——。

昭和四十年代まで、泉璽組は東和桜花連合内で一、二を争う有力な組だった。資金源は土建と賭博で、組員も三十人あまりいたが、佐波の新興組織、五峰会とシノギをめぐって衝突するようになった。泉璽組の賭場で五峰会の組員がふたり、ドスを振りまわし、泉璽組の合力が斬《き》りつけられて重傷を負ったのが発端で本格的な抗争に発展し、五峰会の幹部だった桐間が泉璽組の幹部を刺殺した。殺されたのは泉璽組の金庫番で土建のシノギをひとりで差配していたため、組は資金繰りに窮した。同じころ組長も病死して若頭が跡目を継ぎ、名越が新しい若頭になったが、組の立て直しはできず、縄張りも周囲の組に食われて小さくなるばかりだった。組長は泉璽組の解散を決意し、縄張りを東和桜花連合の理事長に預けて引退した。

「——わしが思うに、組が傾いたんは、五峰会との戦争で金庫番を殺《や》られながら、それに見合うだけの相手を殺《と》れんかったんが理由やな。泉璽組はまともな喧嘩もできん骨なしやと、舐められてしもたんや」

「極道の世界は弱肉強食や。安う見られたら、寄ってたかって食われますわ」

「五峰会は愚連隊あがりのチンピラの集まりやった。破れかぶれの勢いだけはあったな」

賭場荒らしは泉璽組に喧嘩を仕掛けるための手段だったと名越はいう。

「それにしても、桜花連合の理事長が泉璽の縄張りを五峰会にやったんは、どういうわけです」

「五峰会の頭《アタマ》は金城《きんじょう》いうめちゃくちゃの武闘派で、こいつが理事長のよめはんの遠い親戚やった。……いま考えたら、裏で理事長が金城の尻を掻いてたんかもしれんな」

「五峰会が桐間組になったんはどういう経緯です」

「金城が死んだからや」

金城は八重山諸島の竹富島《たけとみ》で磯釣りの最中、波にさらわれて溺死《できし》した。目撃者はおらず、殺されたという説もあったが、警察の見解は事故死だった。五峰会は懲役からもどった桐間が継ぎ、一年後に桐間組と名称をあらためた。桐間組の幹部はいま、五峰会時代の愚連隊仲間が占めている。

「桐間は出所してすぐに組を継いだんでっか」

「いや。二、三年、ぶらぶらしてたんとちがうかな」

「十三年も塀の向こうにおった男が、よう組長になれましたな」

「仮釈で、十一年で出てきたんや」

十三年も十一年も変わりはない、と二宮は思うが、顔には出さない。

「金城や桐間を引き立てた理事長はどないしてます」

「死によったわ。五、六年前に」

「桜花連合のいまの理事長は、岐《き》楊《よう》組の田端ですな」

「田端は近々、引退するやろ」

「それですねん、わしが訊きたいのは」

桑原は煙草を地面に押しつけて消した。吸殻は捨てず、煙草のパッケージに入れる。あまりの行儀よさに二宮は驚いた。

「俠邑組の東野と桐間の次期理事長争いはどっちがリードしてます」

「さぁな……」名越は言葉を切って、「わしは部外者やから分からんけど、五分五分とちがうかな」

「おたくは東野に勝って欲しいんでっしゃろ」

「そら、わしはな……」名越は小さくうなずく。

「東野とは知り合いでっか」

「若いころはよう口をきいたな」

「どんな男です」

「侠気《おとこぎ》のある、むかしながらの極道や」

「シノギは」

「金融と岸和田競輪のノミ。興行もやってる」

「桐間と東野の資金力は」

「ま、ええ勝負やろ」

名越も煙草を消した。植込みに投げ捨てる。

「いま、桐間が警察に引っ張られたら、東野は雀躍《こおど》りしますな」

「そらうれしいやろ。競争相手が消えるんやから」

「わしがもし、桐間の弱みを喋ったら、どないします」

「わしはもう足を洗うた人間や。かかわりとうはない」

「こんなこというたらなんやけど、東野のとこに話を持っていったら百万や二百万の小遣い稼ぎにはなりまっせ」

「わしはな、あんた、寺男とマンションの管理人で充分なんや。いまさら切った張ったのできる齢やないがな」

「名越さん、わしのネタで桐間を叩きたいとは思いまへんか」

「あんた、桐間とことをかまえる気かいな」

「わしはいま、花鍛冶組とトラブってる。花鍛冶を攻めるには、桐間をいわすのが早道やと思てますねん」

「花鍛冶とどないもめてるんや」

「そいつはここでいえまへん」

「桐間を叩くネタというのは」

「花鍛冶組の若頭の福島が、桐間の組長からある仕事を請けた。福島は組のもんにその仕事をさせたんやけど、えらい大きな新聞沙汰になってしまいましてね。福島はとばっちりがくるのを恐れて、組のもんを破門、絶縁処分にした。……このことは名越さん、知ってはりまっか」

「そういや、花鍛冶の廻状がまわったという噂を聞いたな」

「東と池崎いうのが破門、勝井というのが絶縁ですわ」

「どういうわけで、そんなことになったんや」

「奈良東西急便の放火ですわ」

あっさり、桑原はいった。「福島に放火を頼んだんは桐間の組長で、組長に話を持ちかけたんは奈良県警の柴田という警視です」

「奈良県警の柴田……」

名越はあごに手をやって、「こないだ、奈良の霊園で自殺した男やな」

「そう、柴田は車の中で焼身自殺しましたがな」

「なんと、派手な事件やないか」

「柴田は奈良東西急便から何千万という金を引っ張ったんやけど、これがどこをどう探しても見つからん。桐間の懐に入ったんやないかという情報がありますねん」

いつ考えたのか。桑原は虚実をないまぜにして適当な話を作る。その悪知恵と口の巧さに、二宮は舌を巻いた。

「わしはある人物から、柴田が引っ張った金を取りもどせといわれてる。……で、もしかしたら桐間とことをかまえる羽目にもなりかねん。それで名越さんにこんな打ち明け話をしてますねん」

「あんた、ひとの褌《ふんどし》で相撲とる肚か」

「そんな虫のええことは考えてまへん」桑原は笑って、「わしは桜花連合理事長の跡目の件を小耳にはさんで、俠邑組に肩入れしたいと思いましたんや」

「そら、親切なこっちゃな」

「親切やない。さっきもいうたように、奈良急の放火事件はいずれ桐間の首を絞める。首が締まってヒイヒイしてる隙に、わしは金を取りもどしたいと思てまんねん」

「要するに、あんたと俠邑組は利害が一致するといいたいんやな」

「ぶっちゃけた話が、そうですわ」

「花鍛冶の下っ端が奈良の運送屋に火をつけたんは、ほんまの話やろな」

「嘘やおまへん。わしもこうやって代紋張ってるからには、根も葉もない与太話が命とりになるのは知ってるつもりですわ」

「桐間が花鍛冶の福島に火つけを頼んだんも、ほんまやな」

「まちがいおまへん」

桑原は断言した。「東、池崎、勝井……、どれでもええからひっ捕まえて口を割らしたら、桐間は檻ん中ですわ」

「桐間はなんで奈良県警の警視と知り合うたんや」

「そいつは分かりまへん。柴田が死んでしもたからね」

肝腎のところはとぼける。桑原は役者だ。

「放火はけっこう重罪やろ。何年ぐらい食らうんや」

「現住建造物等の放火は五年以上の懲役ですわ。もちろん、福島も桐間も同罪でっせ」

「ほう、そこまで調べたんかいな」

「わし、若いころは司法試験の勉強してましてん」

　桑原の口から出任せには正直、感心する。

「あんた、なかなかの悪党やな」

　名越はおもしろくもないといった顔で、「桐間に手錠がかかったら、金は取りもどせんやろ」

「それならそれで、スポンサーに言い訳がたちますねん」

「誰や、スポンサーは」

「いえまへん。そればっかりはね」

「自分で桐間を叩こうとは思わんのか」

「わしが先頭切って攻め込んだら、二蝶と桐間の戦争になる。詰める指が何本あっても足りまへんわ」桑原は両手の指を広げて見せる。

「あんた、ほんまの悪党やで」

　名越は初めて笑い声をあげた。「やっぱり、ひとの褌で相撲をとろうと考えとる」

「わしの話、俠邑組の東野さんに伝えてくれまっか」

「いや、わしにはできんな」名越は横を向く。

「そうでっか。残念やな」

桑原は腰をあげた。「今日のとこはこれで帰りますわ」

名越は桑原を見あげたまま黙っている。

「ほな、また……」

桑原はひょいと頭をさげて歩きだした。


「あの爺は使えるな」

ＢＭＷに乗るなり、桑原はいった。「こんな田舎の寺男でくすぶってるのは、ほんまのわしやないという顔やったやろ」

「そう。おれもそんな気がしましたわ」

「あいつの身体には、まだ極道の血が流れとる。桐間に一泡吹かせとうて、背中のモンモンが疼《うず》いたやろ」

「あのひと、刺青《ほりもの》してましたか」

「おまえはなにを見とんのや。このくそ暑いのに長袖の作務衣を着てんのは、身体中に模様が入っとるからやないけ」

そういえば、名越は額の汗を何度も作務衣の袖で拭っていた。

「名越は桐間を恨んでますね」

「あの爺は引退したといいながら、やたら泉州の極道情勢に詳しかったやろ。足は洗うても、頭は洗えんのや」

「名越は俠邑組へ行きますね」

「いまごろ、マンションの管理人室に入って東野に電話しとるわ。二蝶会の桑原いう男が寺に来て、こんな話をした、とな」

「花鍛冶の放火のことを、あそこまで話してかまわんのですか」

「餌を撒いたんや。東野は桐間をつぶす手段《すべ》を考えるやろ」

東野は奈良急の放火事件を調べるだろう、と桑原はいう。「俠邑組が動きだしたら、花鍛冶の福島はあわてて東や池崎を逃しにかかる。騒動かえしてるとこを、このわしが叩くわけや」

「そこまで考えて、名越に会うたんですか」

「わしのすることに抜かりはあるかい。ひょっとして俠邑と桐間が込み合いになっても、名越の持ち込んだ与太話が原因やということになるやろ」

「けど、俠邑組を巻き込んだんは危ないでしょ」

「ヤバいのはいまもいっしょじゃ。あちこちに保険をかけてリスクを分散しとくのが兵法の基本やないけ」

「とことん、やるんですね」

「どいつもこいつも自分の思惑で走っとんのや。走るやつが多いほど、つまずいて倒れるやつも増える。倒れたやつを食うのがシノギのコツや」

桑原はシートを倒し、ダッシュボードに足をのせる。

国道二六号線を左折した。車が混んでいる。午後三時半。そろそろ夕方のラッシュがはじまっている。

「おれはこれからどないなるんです」

「どないもなるかい。セツオのアパートでじっとしとれ」

「おれにも生活があるんですよ」

事務所はほったらかし。千島のアパートにも帰れない。おまけに、いつ放火の疑いで逮捕されるかもしれない。このままでは、二宮の生活は崩壊する。

「おまえ、誰の世話になって、ぶちぶち文句たれとるんや」

「そら、世話になってるのは確かですけど……」

「セツオがいうてたぞ。おまえは朝から晩までエロビデオばっかり見てると」

「そんなことまで報告してるんですか」くそっ、セツオのやつ。

「おまえはとにかく、うろちょろすんな。花鍛冶と天海に狙われてる懸賞首なんやから」

「懸賞首ね……」気が重い。

「今日はしかし、有意義な一日やったのう」

桑原は煙草を吸いつける。「新庄と名越に会うて網は仕掛けた。あとはどれだけ獲物がひっかかるか楽しみや」

「なにからなにまで計算ずくなんですね」

そんな思いどおりにいくのなら苦労はいらない。

「まぁ、見とれ。桐間と落合はいまにボロを出す。そこを一気に攻め込むんや」

桑原はサンルーフのスイッチを押し、「このシノギはでかいぞ。放火の証拠をつかんで落合を脅したら、一億や二億にはなる」つぶやくようにいった。


六月二十六日、土曜——。

裏ビデオもこう毎日見つづけると、さすがに飽きてしまうが、しかし、テレビの番組にはろくなものがない。昼のバラエティー番組はまるで興味のない芸能ネタばかりだし、再放送のサスペンスドラマにはリアリティーがまったくない。プロ野球中継は相も変わらぬだらだらゲームで緊張感に欠け、かといって報道番組はどの局も新味がない。

こんなノータリンのテレビばっかり見てるから、日本人はあほになるんや——と、独りごちてはみたが、裏ビデオはそれに輪をかけてノータリンだと気づいた。気晴らしに外へ出てパチンコをしたら、あっというまに二万円も負けて、余計に気が滅入った。事務所に出て仕事がしたいとつくづく思う。商店街の定食屋で晩飯を食ったあと、古本屋で松本清張と司馬遼太郎の文庫本を買って帰り、セツオの焼酎を飲みながら読みはじめたら、十分もしないうちに眠り込んだ。

電話の音で眼が覚めた。炬燵から這い出して受話器をとる。
——こら、起きんかい。何時やと思とんのや。
疫病神がわめいた。窓の外は明るい。
——朝ですね。
腕の時計を見た。午前九時をすぎている。今日はもう日曜だ。
——十二時半までに関空へ来い。ＪＡＬのカウンターや。
——関空て、関西空港ですか。
——なにを寝ぼけとんじゃ。チケットはとったぞ。
——乗るんですか、飛行機に。
——どつくぞ、こら。空港で船に乗るやつがどこにおるんや。

——おれ、パスポートは千島のアパートですねん。

——誰が外国へ行くというた。沖縄や、沖縄。

桑原の言葉が読めない。なぜ沖縄へ飛ぶのだ。

——あの、沖縄でなにを……。

——ややこしい説明はあとや。十二時半までに関空やぞ。ええな。

電話は切れた。

なんやねん、えらそうに——。受話器を置き、煙草を手にとった。一本も入っていない。

セツオの煙草を探したが、見あたらなかった。

押入れの中から寝息が聞こえる。セツオは昨日の夜遅くに帰ってきたらしい。

暑い。エアコンは作動しているが、寝ているあいだに汗みずくになってしまった。

風呂場へ行って着たきりの服を脱ぎ、シャワーを浴びた。ついでに歯も磨く。眠気は失《う》せたが、胃がむかむかして頭痛がする。焼酎を飲みすぎたらしい。

トランクスを替えてチノパンツを穿き、脱いだポロシャツを拾って鼻に近づけると、饐《す》えた臭いがした。こんなシャツで空港のセキュリティーチェックを受けたら警告音が鳴る。

ウィークリーマンションから持ち帰ったバッグをひっくり返すと、一着だけ、洗濯したポロシャツがあった。赤と白の派手なボーダー柄は小学生に似合いそうだが、着た。悠紀が誕生日のプレゼントにくれたポロシャツだから、捨てるに捨てられないのだ。

「桑原さんからの電話や。おれ、出かけるから」

押入れに向かって声をかけた。

「ああ……」セツオの眠そうな返事。

「あんた、沖縄の話を聞かんかったか、桑原さんから」

「知らん。聞いてへん」

「そうか……」

靴下を穿き、三和土に降りてローファーを履いた。ポケットの金を確かめる。四万八千円しかない。このままでは、あと一週間で干上がってしまう。

「ほな、行ってくるわ」

セツオにいって、ドアを開けた。


横淵町の銀行で口座のほぼ全額の十一万円をおろし、ＪＲ環状線の桜宮《さくらのみや》駅から天王寺駅へ行った。特急『はるか』に乗り換えて関西国際空港へ。去年の十一月、北朝鮮から中国を経由して関空へ帰ってきたことがよみがえる。早いもので、あれからもう七カ月だ。

十一時五十分、関西国際空港に着いた。空港ビル二階の出発ロビー、ＪＡＬの国内線カウンターに行ってみたが、桑原はいない。時刻表を確かめると、桑原は十三時十分発の沖縄那覇空港行きJAL2590便のチケットをとったらしい。

早よう来すぎたな——。空港ロビーでは煙草が吸えない。三階のレストラン街にあがり、カフェバーに入った。灰皿のある席を探して窓際へ行くと、〝ドナルドダック〟のサマーセーターを着たオールバックの男が座っている。あわてて引き返そうとしたが、眼が合ってしまった。

「なんや、おまえ、その格好《なり》は。どこのサーカスで玉乗りするんや」

「沖縄へ行くと聞いたから、リゾート気分を演出したんです」ポロシャツの裾《すそ》を引っ張って見せた。

「これやもんな。こいつはいつでも遊び半分や」

桑原は舌打ちした。「ま、ええわい。遅刻せんと早めに来たんは褒めたる」

「おれ、時間は守るのがモットーですから」

桑原の向かいに腰をおろした。ウェイトレスが来る。アイスコーヒーを注文し、煙草を吸いつけた。

「ええ天気やの。雲ひとつない」

窓の外を見やって桑原はいう。「沖縄はひりひりするくらい暑いぞ」

「なんでまた、沖縄へ？」

「昨日の晩、中川から電話があった。花鍛冶の池崎と東は沖縄におるんやないかといいよった」

「それ、確かな話ですか」

「中川の当て推量や」

「そんなあほな……」

「話は最後まで聞け。池崎と東だけやない、奈良県警の青木も沖縄へ逃げたんやないかと、中川は見当をつけたんや」

「見当の根拠は」

「おまえ、死んだ柴田が遺書を残したんは知ってるな」

「中川がいうてましたね」

遺書は身内と三人の友人宛だった。《わたしは闇給与をもらったが、私腹は肥やしていない》と、書き綴ってあったらしい。「遺書は捜査の足しにならんかったんでしょ」

「それが大嘘やったんや。奈良県警の発表と、遺書の内容はえらいちがいやった。そのことを中川が県警の刑事《デカ》から聞き出した」

「柴田は警察の仲間うちのことを書いてたんですか」

「柴田と青木はな、現職警官の買収をネタにして、奈良急の落合からどえらい金を引っ張ってたんや」

桑原は話しはじめた――。

柴田と青木は現職警察官十二人の運転免許証をコピーして落合に渡し、落合はその十二人の銀行口座を作って、毎月三十二万円ずつの給与を振り込んでいた。二年間に振り込まれた給与総額約九千二百万円は落合の懐に入ったとみられていたが、柴田の遺書によると、その大半が奈良県警内の警官――交通課と暴対課が主――を懐柔、買収するため、柴田と青木に還流していたという。

「還流口座は柴田のおふくろの名義で、青木が通帳、柴田が判子を持ってた。キャッシュカードは作ってへん」

「それはつまり、柴田と青木が合意せんことには、金を引き出せんということですね」

通帳と印鑑を各々が持つことで互いを監視しあうというのは、いかにも悪党らしい腐った発想だ。

「ところが、この四月に柴田のおふくろが死んでしもて、口座の金をどこぞに移さないかんようになったんや」

「そうか、相続税の対象になるんや」

「柴田のおふくろは死ぬ前の日までぴんぴんしてた。脳溢血《のういっけつ》でころっと逝ったんは予想外やったやろ」

「口座の残高はなんぼほどあったんです」

「柴田の遺書には、七千万と書いてあった」

「なんと、大金や」

「そのおふくろ名義の預金が、柴田の自殺する三日前に、きれいさっぱりおろされてる。青木が持って逃げたというのが、いまの県警の調べや」

「ちょっと待ってください。口座の印鑑は柴田が持ってたんでしょ。それに、口座の名義人が死んでるのに金をおろしたりできるんですか」

「名義人が亡くなっても相続人から死亡届が出されん限り、銀行は死亡を確認する手段《すべ》がない。通帳と判子が揃てて、引き出し請求があったら、銀行は金を出す」

六月十八日の朝、三協銀行三条宮前支店に柴田ナオと名乗る女から電話がかかり、普通預金口座の全額を引き出したいと請求があった。行員が口座を調べると、約七千万円もの残高があったため、行員は本人確認をするため、いったん電話を切って口座の届出番号に電話をかけなおした――。

「電話には柴田ナオが出て、息子を引き出しに行かせます、というから、行員は断る理由がない。まさか委任状を作ってくれというわけにもいかんから、息子さんの身分を証明するものを持参してください、というて電話を切った」

柴田暁は昼前に、柴田ナオ名義の通帳と印鑑を持って支店に来た。行員が柴田の運転免許証を見ると、現住所は通帳のそれと一致する。柴田暁は柴田ナオの同居人にちがいない。そこで行員は用意していた七千万円の現金を柴田に渡し、柴田はボストンバッグに詰めて支店を出ていった。

「銀行に電話をかけてきた柴田ナオは、柴田のよめはんですね」

「そういうこっちゃ」

「柴田は青木から通帳を預かったんや……」

「青木は銀行のそばの喫茶店で柴田を待ってたんやろ」

柴田と青木は柴田ナオの遺産相続手続きをする前に全額を引き出した。そしてその三日後に、柴田暁は焼身自殺を遂げたのだ。

「青木はいま、七千万もの現金を持って逃げてるんですか」

「いいや。金は引き出したその日に、別の銀行に預けたというのが中川の説や」

桑原は首を振る。「青木はなんらかの理由で、その金を引き出すことができん。そやから、難波の大同銀行で自分の口座から二百万の逃走資金をおろしたんや」

「もったいない。七千万を山分けしたら三千五百万ですよ。柴田はそんな大金を持ちながら自殺しよったんや」

「金をおろしてから死ぬまでの三日間に、なんぞあったにちがいない」

桑原はほくそ笑む。「これをおまえ、千載一遇のチャンスといわずにおられるか」

この男は金の匂いに鼻が利く。奈良県警の青木から七千万円を掠《かす》めとり、奈良東西急便の落合を強請って億の金を懐に入れる肚なのだ。

アイスコーヒーが来た。シロップを入れ、ミルクを落とす。二本目の煙草に火をつけた。

「それで、中川はなんぼくれというたんです」

中川がタダでこれほどのネタを明かすはずはない。

「一千万や」桑原は吐き捨てる。

「なんと、そこまで吹っかけてきましたか」

「あのボケはわしを操り人形にして青木を追い込みたいんや。大阪の刑事が沖縄くんだりまで出張るわけにはいかんからのう」

「青木が沖縄へ逃げたというのは……」

「桐間組が手引きしたんやないかと、中川がいうた」

平成七年に亡くなった桐間実の母親は旧姓を平良《へいら》といい、戦前、沖縄の名護から大阪へ出てきて、泉佐野の巽《たつみ》紡績に就職した。昭和十五年に桐間の父親と結婚し、実が生まれたが、父親は海軍に応召。十九年に戦死。母親は女手ひとつで実と妹を育てたが——。

「桐間はグレた。中学を出るころにはもう一端《いっぱし》のゴロツキになって、地元の組に出入りしてた。二十歳をすぎたころ、愚連隊の五峰会を結成して極道業界にデビューしたというわけや」

新興の愚連隊には賭博や土建、港湾荷役といったむかしながらの資金源がなく、周辺の組と抗争を重ねて縄張りを奪いとるしか食う道がなかった。五峰会は沖縄や先島諸島の出身者が中心だったから結束力はある。組長の金城は石垣島の生まれで気性が荒く、いざ喧嘩となると一歩もあとには退かない。金城や桐間の名が売れるにつれて縄張りは拡大し、組は大きくなっていった。

「そうか。それで金城は八重山まで釣りに行ったんや」

貞観寺の寺男、名越に聞いたのだ。金城は竹富島で磯釣りをしていて波にさらわれ、溺死した。五峰会の跡目は桐間が継ぎ、桐間組と名称をあらためた——。

「桐間のルーツは沖縄や。親戚や知り合いがぎょうさんおる」

ビールを飲みほして桑原はシートに寄りかかり、「柴田が七千万を引き出した十八日の夜、奈良市内でふたりの男と酒を飲んでる。その相手の年格好が、青木と桐間に一致するんや」

「へーえ、中川はそこまで調べたんですか」

「あのガキは本業をほっぽり出して、おのれのシノギに精出してくさるんや」

「柴田が青木と桐間に会うたというのはまちがいないんですか」

「それは分からん。中川も名前まで確かめたわけやない」

「ほな、青木が桐間の手引きで沖縄へ逃げたというのも」

「中川の説や。花鍛冶の池崎と東も沖縄におるといいよった」

思わず、身体の力が抜けた。桑原は中川の当て推量にのって、沖縄まで飛ぼうとしているのだ。根拠のない自信というやつはほんとうに怖い。

「おれはなんのために沖縄くんだりまで行くんです」

「おまえは大阪におったらヤバい。沖縄に疎開するんや」

「それは親切な心配り、痛み入ります」

胸糞がわるい。この腐れヤクザは沖縄で二宮を使い走りにしようとしているのだ。

「おれ、琉球王国の城跡に行きたいですね。首里城跡とか、勝連城《かつれんぐすく》跡とか。世界遺産に登録されたんでしょ」厭味でいった。

「二宮くん、君は沖縄で観光をするつもりかいな」桑原はにこやかにいう。

「海洋博公園もおもしろそうですね。ソーキそばや豆腐ようも食うてみたい」

「なんやったら、わしのゲンコツも食うてみるか」

「いえ、それはやめときます」あわてて手を振った。

「ちゃらけたことばっかりぬかしとったら、そのたこ焼みたいな顔が餃子になるんやぞ、え」

「そういう意味やないんです。生まれて初めて沖縄へ行くのがうれしいんです」

「呆れたな。おまえはその齢まで沖縄を知らんのかい」

「おれ、北海道も東北も行ったことないんです。北は中学の修学旅行で行った日光、南は高校の修学旅行で行った指宿《いぶすき》が打止めですわ」

「悲惨な人生やの。おまえと話してたら貧乏が伝染《うつ》る」

桑原は腕のブルガリに眼をやった。「さ、行くぞ。時間や」

立って、キャスターつきの赤いトランクを引く。

4

ＪＡＬ２５９０便の席は桑原の隣ではなかった。桑原はビジネス、二宮はエコノミーと、クラスがちがっていたからだ。

二宮にはしかし、そのほうが好都合だった。桑原の隣であれこれ話しかけられたら、同じ人種だと思われてしまう。桑原の〝ドナルドダック〟のサマーセーターは愛嬌があって人目をひくが、セーターから顔に視線を移した途端、相手は横を向く。桑原がなにをどんなふうに着ていようと、染みついた稼業の匂いは消せないのだ。

ほぼ満席の飛行機は十分遅れで関空を発《た》ち、二時間後に那覇国際空港に着いた。空港ビルのバゲージエリアで桑原に再会する。二宮は手荷物すら持っていないから身軽だ。

「おまえ、着替えはどないするんや」

「そこらの百円ショップで買いますわ」

下着と靴下は使い捨てにすればいい。「桑原さんはトランクになにを詰めてるんです」

「一週間分の服と靴や」

「靴なんか一足でええのに。かさばるでしょ」

「いらん心配すんな。コーディネートじゃ」

桑原は白い麻のズボンに白のローファーを履いている。

赤のトランクがベルトラインの奥から出てきた。桑原はとりあげて空港ビルを出る。二宮はインフォメーションカウンターで沖縄の地図をもらい、桑原のあとを追う。タクシーに乗って那覇市内に向かった。

「ホテルはどこに泊まるんです」

「さて、どこやろな」

「予約してないんですか」

「いちいちうるさいのう。先に寄るとこがあるんや」

「飯を食うんですね」早く本場の沖縄料理が食いたい。

「二宮くん、頼むからそのべらべら喋る口にチャックをしといてくれるか」

市内へ向かう国道は渋滞していた。片側三車線の広い道路だが、運転手によると、沖縄は公共交通網が未発達で観光や移動にタクシー、バス、レンタカーを利用するため、各地の幹線で慢性的な渋滞が見られるという。

朝夕はこんなして混んでるさぁ。空港から県庁まで四十分もかかるよ——。運転手はすまなさそうにいうが、二宮は渋滞が気にならなかった。国道の周囲に広がる景色がおもしろい。

灼熱《しゃくねつ》の陽射しにヤシやハイビスカスの深い緑が映え、いかにも南国の島らしい情緒がある。国場《こくば》川にかかる橋から見る那覇軍港の高速輸送船や警備艇も、二宮には興味をひく光景だった。

沖縄は七八年まで右側通行さ――。乗っていた車はGMのシボレーで、制限速度表示も〝マイル〟だったと運転手はいう。

「沖縄の日本復帰はいつでした」

「七二年さ」

「六年間も準備して左側通行に変えたんや」

二宮はそのころ五歳だった。沖縄は戦争の傷跡が深い。

タクシーは国道五八号線を北上した。市街のようすは大阪と変わりがない。松山の交差点を右折してくれ、と桑原はいい、久茂地《くもじ》川の手前でタクシーを降りた。

「あれやな」

桑原はあたりを見まわして、薄茶のタイル張りのビルを指さした。一階が酒屋と不動産屋、上階はスナックやバーの入った五階建の雑居ビルだ。

桑原はトランクをごろごろと引いてビルに入った。エレベーターのボタンを押す。

「どこへ行くんです」

二宮は訊いた。こんな時間から酒を飲むとは思えない。

「知り合いの事務所や」

「事務所……」

わるい予感がする。「組事務所ですか」

「虎洞《こどう》組や。うちのオヤジがここの組長を知ってる」

「川坂会の系統ですか」

「ちがう。沖縄に川坂の枝はない。関東の大手も沖縄に代紋を張ろとしたけど、あかんかった。沖縄の極道が大同団結して、はね返したんや」

沖縄にはいま、広域暴力団に属する組はないが、他府県の組との友好関係はある。虎洞組の組長は年に一、二回、大阪へ来て、二蝶会の森山や嶋田とゴルフをする仲だと桑原はいった。

「わしらの業界はネットワーク社会やから、日本中の極道に渡りをつけとかんと、いざというときのシノギができへんのや」

エレベーターの扉が開いた。桑原は乗って五階のボタンを押した。

「遠くからメンソーレ。ウチナーや梅雨が明けて、毎日、かんかん照りやっさぁ、昼間は外を歩からんさぁ」

　虎洞組の幹部、安里《あさと》はソファにもたれてにこやかに話す。「で、今日はどこに泊まるか」「まだ決めてませんねん。なにせＪＡＬのチケットがとれたんが、昨日の晩でしたから」桑原も愛想よく話す。

「そうなら、読谷《よみたん》の『マリンパレスホテル』に予約しようねぇ。残波岬《ざんぱ》のすぐ近くだから、東シナ海が部屋から見えるさ。水平線に沈む夕陽は雄大さ」

「すんまへんな。お世話かけます」

「ま、どうぞ。飲みなさい。内地のビールと味は変わらんよぉ」

　安里はオリオンビールをすすめる。髪は短いスポーツ刈り、濃い眉に濃い髭《ひげ》、背は二宮より低く、ずんぐりしているが、赤銅色《しゃくどういろ》に灼けた腕は驚くほど太い。沖縄空手でもやっていそうな体格だ。話しぶりと表情にヤクザの幹部という印象はない。

「で、例の件は調べてもらえましたか」

　桑原はビールに口をつけた。

「調べてるよ。うちの若者《ニーセー》がねぇ」

「最近、蘇泉《そせん》会に客人は来てませんか」

「奈良の警官ね？」

「青木康祐。元警視ですわ。まだ指名手配にはなってへんけど、奈良県警が必死で探してますねん」

「沖縄は狭いから、内地の人間が来たら分かるさ。もう少し待ってよぉ」

安里は口早にいい、そこで〝例の件〟の話は終わった。二宮には意味が分からない。青木は蘇泉会という組織に関係しているのだろうか……。

「ところで、桑原さんはゴルフはするねぇ」

安里は太い腕を伸ばして桑原のグラスにビールを注ぐ。応接室はエアコンがよく効いている。二宮の汗もひいた。

「わし、ゴルフはまるであかんのですわ」

桑原は笑う。「年にいっぺんほどコースに出るけど、ええカモです」

「じゃ、明日のラウンドはやめるねぇ」

「いや、安里さんが行きはるんやったらつきあいまっせ。せいぜいカモにしてください」

どうでもいいような雑談になった。安里はよほどゴルフが好きらしい。そういえば左手の甲だけが日灼けしていない。

「二宮さんは、なにかリクエストがあるねぇ」安里が訊いてきた。

「いえ、ぼくは不調法で、なにもできんのです」

「酒は」

「下戸《げこ》です」

「博打は」

「パチンコだけです」

下手に話にのったら、安里がセッティングする。ヤクザといっしょに遊びたくはない。

「それじゃ、明日はクルーザーで沖に出て、シューティングでもするねぇ」こともなげに安里はいう。

「標的《マト》はなんです」桑原が訊く。

「ビンでも缶でも、なんでもいい」

「そら楽しそうやな。お願いしますわ」

「二宮さんは」

「ぼくはけっこうです」

断った。ヤクザがシューティングにエアライフルなど使うとは思えない。

以前、嶋田から、日本海の沖に出て七挺の拳銃を試射した話を聞いたことがある。海上は巡視艇の接近がすぐに分かるし、捜索を受けそうなときは銃や実弾を海に捨てればいい、と嶋田は笑っていた。安里も東シナ海で拳銃を撃つつもりなのかもしれない。

そこへノックがあって、若い衆が現れた。『マリンパレスホテル』の部屋がとれたという。

「とりあえず、チェックインしましょうねぇ」

安里はいい、若い衆が桑原のトランクを持つ。

「甘えついでに頼みがあるんやけど」

桑原はいった。「車を貸して欲しいんですわ。島内を動くのに」

「ああ、それなら、わしの車を使いなさい」

安里はズボンのポケットからキーホルダーを出した。車のキーを外してテーブルに置く。

ベンツのマークがついていた。

「そんなええ車は贅沢ですわ」

「いや、わしはあまり車に乗らんからさぁ」

「すんまへん。ほな、遠慮なく」

桑原はキーを手にとって立ちあがった。二宮も立つ。

「日が暮れたら、迎えに行くさ。今夜は飲もう」

安里は笑って手をあげた。


シルバーメタリックのベンツＥ２４０は現行型だった。桑原のＢＭＷとちがって右ハンドルだから、運転はしやすそうだ。沖縄まで来てショーファーをさせられるのは業腹だが。

エンジンをかけ、カーナビのスイッチを入れて、読谷の『マリンパレスホテル』をセットすると、経路図が出た。那覇から読谷まで、渋滞がなければ四、五十分の行程だ。二宮はベンツを発進させた。

「ひとつ訊いてもよろしいか」

「なんや」

「蘇泉会というのはなんですか」

「桐間がむかし、泉州で五峰会を結成したやろ。そのころの仲間が沖縄に帰って組を作った」

それが蘇泉会だという。「組長は比嘉《ひが》正義。桐間とはツーカーの仲や」

桐間が青木の逃亡を手引きしたと考えれば、逃亡先は沖縄であり、島内での潜伏は蘇泉会に任せただろう、と桑原は考えた――。

「青木は外国へ飛ぶわけにはいかん。パスポートを使うたら足がつくからな」

十八日の夜、青木が桐間に会っていたのなら、それは高飛びの相談にちがいない、と桑原はいった。

「桐間は、青木が逮捕されて累が及ぶことを恐れたんですね」

「桐間の肚はわしにも読める。青木をコントロールできるとこに隠しといて、いざというときは処分するんや」

「青木はもう、海の底に沈んでるんとちがうんですか」

「それはないやろ。青木もマル暴担が長かったから極道の扱いは心得とる。むざむざ消されるような下手は打たへん」

「蘇泉会はどこに事務所をかまえてるんです」

「コザや」

「虎洞組との関係は」

「敵対でも友好でもない。沖縄の極道は表向き、共存共栄や」

「おれ、沖縄まで来て組事務所を見学するとは思わんかった」

「安里はええ男やろ。わしはあいつとウマが合うんや」

「喧嘩、強そうでしたね」

「あいつはな、三十すぎまで国体の沖縄代表やったんや」ウェイトリフティングだという。

「何級です」

「知るかい」

「国体にストリートファイトがあったら、桑原さんは大阪代表ですね」

「二宮所長、君もたまにはええことというやないか」

桑原は真に受けてよろこんだ。「レッスンしたってもええぞ。ゴロのまき方を」

「考えときますわ」

あまりおだてると、桑原は本気にする。

国道五八号線を北上した。浦添《うらぞえ》市から宜野湾《ぎのわん》市に入る。海沿いに大きな観覧車が見えてきた。

「あれはなんですかね」

「アメリカンビレッジや。三、四年前に女と行った」

「新地のホステスですか」

「なにが悲しいて大阪の女を沖縄まで連れてこないかんねん。現地調達やないけ」

「へーえ、おれにも調達してください」

「おまえはパイナップルでも抱いて寝んかい」

「はいはい、そうですね」

この男と話をすると、いちいち腹が立つ。大阪人らしいサービス精神が皆無なのは、但馬《たじま》の田舎の不良あがりだからだ。田舎の不良は野山を走りまわって足腰を鍛えてるから喧嘩が強い——と、いつか嶋田がいっていた。嶋田はなぜかしらん、桑原をかわいがる。

「おまえ、観覧車に乗ったことあるか」

「そういや、長いこと乗ってませんね。遊園地なんか行かへんから」

「わしはあんなくだらんもんに乗るやつの気が知れん。落ちたらどないするんや」

「おれも高いとこは苦手ですわ」

二宮は桑原が高所恐怖症だと知っている。そのくせ飛行機に乗るのは、下界が見えないからだとうそぶいていた。桑原は決して窓際の席には座らない。

「人類はな、樹上生活を捨てて地上に降りたからこそ、猿からヒトに進化したんや」

「なんと、ダーウィンみたいですね」

「分からんことはなんでも訊け。教えたる」

桑原はインパネのオーディオのボタンを押した。島唄が流れはじめる。

「趣味がわるいのう、安里は」

シートにふんぞり返ってあくびをした。


『マリンパレスホテル』は残波岬から三キロほど南の海岸沿いにあった。いかにもリゾートホテルふうのスペイン瓦の建物が南国の陽射しを受けて眩《まぶ》しい。広大な敷地の西側は東シナ海を望むプライベートビーチで、別棟のゲストルームやガーデンプール、ヨットハーバーまで完備しているという。安里は一泊三万三千円のツインルームを予約していた。

「ふたりで一部屋やったら、桑原さん、現地調達ができませんね」

同じ部屋で寝たくないからそういうと、桑原はフロントでもう一室を追加した。

「おまえの部屋代はおまえが払うんやぞ」

「おれ、一部屋でもかまわんのです。もったいないし」

「やかましい。キーを寄越せ」

ベンツのキーをとりあげられた。代わりにルームキーを受けとる。一泊三万三千円は痛いが、野宿するわけにもいかない。桑原はベルボーイにトランクを持たせてエレベーターに乗った。

二宮はロビーからビーチへ出た。うねった芝生の丘のむこうに雲ひとつない真っ青な空と紺碧《こんぺき》の海が眼前に広がっている。すばらしい光景だ。

芝生を歩いて波打ち際まで行き、砂をすくった。珊瑚《さんご》のかけらだろう、真っ白で軽い。海の水が緑ではなく、淡いブルーに見えるのは砂が白いからだ。遠く沖のほうに眼をやると、水平線がどこまでもつづいている。亜熱帯の島に来たと、あらためて実感した。

浜辺を歩いた。防風林の向こうに見える陸屋根の家はどれも端のほうに円筒形の大きな水タンクを載せている。このあたりは断水が多いのだろう。沖縄は高い山の少ない平坦な島だから、上水道は雨水をダムで堰《せ》きとめて分配すると聞いたことがある。

ぶらぶら三十分ほど歩くと漁港に行きあたり、防波堤の近くにてんぷらの屋台が出ていた。揚げているのは白身の魚、イカ、蒲鉾《かまぼこ》、モズクなどの海産物が多く、衣が厚い。ひとつ五十円ほどのてんぷら五つと缶ビールを買って埠頭に腰をおろした。繋留《けいりゅう》されている漁船のデッキで網を繕う漁師たちを眺めながら、てんぷらを食う。ほくほくして旨い。ビールも冷えていて旨かった。

空港でもらった地図を広げると、二宮がいるのは照屋《てるや》漁港だと分かった。漁港から北東へ三キロほど行くと座喜味城《ざきみぐすく》跡がある。城跡に寄ってホテルに帰ろうと思った。


安里は日暮れ前、若い衆の運転するクラウンに乗ってホテルに来た。コザで飯を食い、酒を飲もう、と桑原にいう。

「おれは腹が減ってへんし、ホテルで寝てますわ」二宮は断ったが、

「せっかく迎えに来てくれたのにわるいやろ」桑原が睨みつける。

「ほな、食事だけお願いします」二宮は頭をさげた。

読谷からコザへは二十分で着いた。七二年の沖縄本土復帰から二年後、コザ市から沖縄市に名称が変わったが、いまなお〝コザ〟というほうがとおりがいい。那覇に次ぐ沖縄第二の

都市だが、嘉手納《かでな》基地などの米軍施設に囲まれた土地柄のためか、アメリカ統治時代の面影が色濃く残っている街だと安里がいう。なるほど、ネオンのともりはじめた中心街のレストランやライブハウスの看板は英語と日本語が入り交じっている。

「蘇泉会の事務所はどこですねん」桑原が訊いた。

「胡屋《ごや》の郵便局通りさぁ」

「見せてくれまへんか」

クラウンは胡屋大通りを左折した。安里のいう沖縄郵便局が左にある。通り越して百メートルほど行った陸屋根の白い建物を安里は指さした。

「あれがそうさぁ」

「普通の家ですな」

組事務所を思わせる〝○○総業〟〝××企画〟といったプレートは見あたらない。一階から三階の窓は素通しのガラス窓で、表札もかかっていなかった。

「蘇泉会の兵隊は何人でっか」

「七、八人よ。予備軍が同じくらいいるかねぇ」

盃をおろしていない準構成員を予備軍というらしい。

「組長は」

「比嘉さんの家は諸見里《もろみざと》さぁ」

コザ運動公園の南にある住宅街だという。

「安里さん、比嘉組長とは」

「よく知ってるさぁ。いっしょに飲んだこともある」

齢は六十すぎ。むかしは〝火の玉〟と呼ばれた豪放な男だと安里はいう。

「シノギはなんです、蘇泉会の」

「パークアベニュー界隈で、クラブやキャバレーをやってるんだはずよ」

「米兵相手に？」

「あいつらはダメさ。金を持ってないし、ケチだからよぉ」

「どれか一軒、覗いてみたいな」

「あとで寄ろうねぇ」

クラウンはUターンし、中の町の沖縄料理店に横づけした。若い衆は店に入らず、車で待つ。桑原と二宮は安里の案内で二階の座敷にあがった。

「ここの豚肉が旨いよぉ。『おきなわ紅豚』というブランドの肉が食えるさ」

エアコンを効かせた八畳の座敷に、しゃぶしゃぶの鍋が用意された。淡い紅色の薄切りの豚肉が大皿いっぱい盛りつけられている。安里は肉を湯にくぐらせ、軽く塩を振って口に入れた。桑原と二宮も同じようにして食う。旨い。豚肉特有の臭みがなく、脂身にコクと甘味があって、なおかつさっぱりしている。

「これはいけますな」

「飼育期間が普通の豚より一カ月も長いからよぉ」

島胡椒《しまごしょう》と呼ばれるビーシャの葉のかき揚げや、アダンの新芽の炒め物も旨い。ビールを飲み、泡盛を飲む。

「沖縄の泡盛の銘柄はいくつあると思うね」

「百種類くらいでっか」

「五百以上なはずよ」

安里は笑って、「泡盛は熟成させて飲むさぁ」

蒸留所から泡盛を買ってきて家の南蛮甕《なんばんがめ》に寝かせると古酒《くーす》になり、それが各家独自の味になるという。

「死んだ親父《おとう》が古酒造りがうまくてよぉ、わしもすっかり泡盛飲みになったさ」

古酒造りを〝仕次ぎ〟といい、何本かの甕を土間に並べて、仕込んでからの年数のちがう泡盛を寝かせておく。いちばん古い酒を飲むと、その甕に二番目に古い酒を注《つ》ぎ、次はその甕に三番目の酒を注ぎ足す。そんなふうにして古酒をつないでいくのが〝仕次ぎ〟だと安里は説明した。

「それ、老舗《しにせ》の鰻屋のタレみたいでんな」

「クサヤの浸け汁もそうなはずよ。食ったことはないけどさぁ」

「わしはあきまへん。臭いで気絶しますわ」

「鮒鮨《ふなずし》はどうねぇ」

「いけまっせ。茶漬けにしたらなお旨い。今度、送りまひょか」

「ああ、頼むねぇ」

ヤクザ同士とは思えない平和な会話だ。桑原もずいぶん機嫌がいい。二宮は豚しゃぶを腹いっぱい食って大皿を空にした。

「おまえはなんや。落ち着いて食わんかい」桑原が睨む。

「いや、この豚が旨いから」箸を置いて泡盛を飲む。

「すんまへんな。この男は大阪一の大食いですねん」桑原は安里にいう。

「じゃ、もう一皿とろうねぇ」

安里は手を叩いて仲居を呼んだ。


沖縄料理店を出るころには、二宮は相当に酔っていた。はじめは晩飯だけと思っていたが、ひとりでタクシーを拾い、ホテルに帰るのは面倒だ。コザのクラブはおもしろそうだし、うまくすれば〝お持ち帰り〟という僥倖《ぎようこう》もなくはない。それを考えると、ヤクザふたりと飲むことに抵抗はなくなった。

「さ、次はどこですか」安里に訊いた。

「おまえは帰らんかい。そういうたやろ」桑原がわめく。

「ま、いいさ。せっかくの沖縄だからよぉ」安里がいう。

「こいつを甘やかしたらあきまへんで。どこまでもつけあがるんやから」

「客人はそれでいいさぁ」

安里は度量がある。パークアベニューの一角にクラウンを駐めさせ、『ハーフムーン』という、付近でいちばん大きなナイトクラブに入った。

「ここは蘇泉会の？」桑原が訊く。

「うん。オープンして二十年以上なはずよ」

エントランスのカウンターに黒服がいた。安里を見知っているらしく、軽く一礼する。

安里は馴れた足どりでカーペット敷きのロビーを歩き、突きあたりのドアを引いた。低いドラムの音が響く。

ライムグリーンのドーム天井にミラーボールを吊るした広い空間だった。ボックス席が二十あまり。奥のステージでフィリピンバンドが演奏している。ステージを飾る赤や緑のネオンチューブがアメリカ中西部のライブハウスふう——行ったことはないが——で、ここが基地の街だということを思い出す。

安里はステージ前のボックスに腰をおろした。桑原と二宮も座る。ちいママらしい白いツーピースの女が来た。

「メンソーレ。今日は早いねぇ」安里にほほえみかける。

「大阪の客人さ」

「あ、そうねぇ。遠いところをありがとうございます」

安里はバーボン、桑原はブランデー、二宮は泡盛を頼んだ。フィリピーナのホステスが三人、隣につく。二宮の相手は小肥りで、真っ赤なドレスの胸が西瓜を入れたようにふくらんでいる。巨乳は好きでも嫌いでもないが、ウエストまではちきれそうになっているのは興ざめだ。

「ウェア・アユー・フロン？」ホステスがいった。

「はぁ……」フロンは製造禁止のはずだが。

「ケニュ・スピーキングリッシュ？」

「オー・アイ・アム・ノーイングリッシュ」

「わたし、ローズです」

「ああ、そう……」

ちゃんと喋れるんやないか――。

「あなたは」ローズが腕を組んでくる。

「二宮です。英語でセカンドパレス」

「どこから来ました」

「大阪です」

「大阪はいいですか」

「いまは不景気でね、ノーグッドですわ」

酒を飲みながら、こういう会話は疲れる。わる酔いしそうだ。

「わたし、大阪のひとを好きです」

ほんまかいな――。

「ドゥリンク、いいですか」

「OK、なんでも飲んで」

おしぼりで顔を拭いた。バンドはシュプリームスのナンバーを演《や》っている。シンガーはスレンダーないい女だ。このホステスと代わって欲しい。

シンガーにウインクすると、向こうもウインクした。

5

眼を覚ますと、太陽がカーテンに透けて見えた。眩しい。

寝返りを打ち、周囲を見まわす。ホテルの部屋だ。

ナイトテーブルの時計は《AM11：27》。頭はボーッとして吐き気がする。

枕に額を埋めて、昨日の夜を思い出そうとした——。

コザの沖縄料理屋で豚しゃぶを食い、クラウンに乗ってパークアベニューのナイトクラブへ行った。『ハーフムーン』というクラブだった。背の低い小肥りのフィリピーナが横に座り、話をしたくないから泡盛を飲んだ。次々にお代わりをし、最後はボトルごと頼んだような憶えがある——。

そこで記憶は途切れていた。

〝現地調達〟も〝お持ち帰り〟も、酔いつぶれてしまってはどうしようもない。ハーフムーンを出て、まっすぐホテルに帰ったとは思えないから、ほかの店に行ったはずだが、きれいさっぱり、なにも憶えていない。これをブラックアウトというらしい。情けないことに、二、三年前からブラックアウトが頻発するようになった。

ベッドを出て放尿し、顔を洗った。吐き気はおさまらないが、少しはシャキッとする。伸び放題の無精髭。剃刀《かみそり》を手にとったが、放ってバルコニーに出た。籐《とう》の椅子に座って煙草を吸いつける。プレジャーボートが二隻、沖の浅瀬の近くを走っていた。

桑原はどないした――。ふと考えて、今日はシューティングだと気づいた。いまはクルーザーのデッキで散弾銃や拳銃を撃っているにちがいない。桑原に限らず、ヤクザは銃が好きだから、わざわざ飛行機に乗って済州島やマニラまで飛び、シューティングをする。趣味と実益を兼ねているわけだ。去年、二宮は嶋田から済州島へ行くかと誘われたが、断った。紙の標的に何百という穴をあけて、なにがおもしろいのかと思う。

昨日もらった朝食券を持って部屋を出た。一階のレストランに降りたが、朝食は十時まで。せっかくの無料《ただ》券を無駄にしてしまった。

別料金でランチを食うのも癪だから、ホテルを出た。安里に借りたベンツＥ２４０はパーキングにない。桑原が乗っていったのだ。

さて、どうする――。浜辺は昨日歩いた。照屋漁港も行ったし、座喜味城跡も見た。プライベートビーチで泳ぐのも気がすすまない。それより、どこかで昼飯が食いたい。

ホテルにもどり、フロントの係員に訊くと、那覇空港までシャトルバスが出ているという。バスは那覇市街に寄るから、そこで降りることも可能だ。ちょうど十二時にシャトルバスが出ると聞いた。

那覇の国際通りでバスを降りた。民芸店がたくさん並んでいる。珊瑚を材料にしたアクセサリーが目につく。南国の炎天下というのに人通りが多く、その半分以上が観光客と思われるカップルか、OLの三、四人連れだ。みんな、もの珍しそうに周囲を見まわしながら、歩道をそぞろ歩いている。

沖縄三越前のバス停に鞄を提げた女子高生がいた。眼がくりっとしてかわいい。話しかけた。

「このあたりで、旨い郷土料理を食えるとこあるかな」

女子高生は首をかしげて、「牧志《まきし》の市場があるよ」

「ウチナー料理……」

聞けば、市場の二階で魚や野菜料理が食べられるという。いっしょに食べようとはさすがにいえず、道順を教えてもらってバス停を離れた。

牧志第一公設市場はすぐに見つかった。狭い通路を挟んで八百屋や魚屋、肉屋がずらりと並んでいる。ゴーヤ、紅芋、サトウキビ、マンゴーやパパイヤもある。肉はほとんどが豚肉で、アバラの三枚肉や豚足、頭も丸ごと吊るされていた。五年ほど前に行ったソウルの南大《ナンデ》門《ムン》市場を思い出す。

魚屋の店先は赤や青の原色の魚がおもしろい。珊瑚礁の海で獲れるのはベラやブダイの仲間が多いようだ。

「料理してもらうのはどの魚がええかな」

ゴムのエプロンをつけたおばさんに訊くと、ハリセンボンを勧められた。小ぶりのを千円で買い、ポリ袋に入れてもらって二階にあがる。この魚屋はこの食堂、というふうに契約しているらしく、おばさんにいわれた『運天食堂』に入って、店主にハリセンボンを渡した。料理法はお任せだ。二階の食堂はどこも長テーブルにパイプ椅子といった気のおけない造作で、大阪ならジャンジャン横丁あたりの簡易食堂と感じが似ている。テーブルにチェック柄のビニールシートをかけたりしているのもキッチュな雰囲気がある。

二宮はオリオンビールを頼み、品書きを見た。ビールのあてに〝豆腐よう〟と〝ミミガー〟を注文する。豆腐ようは食べてみたかった発酵食品で、チーズのような味がするらしい。

携帯電話を出して短縮ボタンを押した。

――バレエスタジオ『コットン』です。

――二宮といいます。インストラクターの渡辺さんをお願いします。

――お待ちください。

悠紀はレッスン中だったのか、二分ほど待って出た。

——啓《けい》ちゃん、なにしてんのよ。なんべんもメッセージ入れたのに、返事もできへんくらい忙しいの。

いきなり怒られた。ここ三、四日、着信履歴を確認していなかったのだ。

——わるい、わるい。おれはいま、どこにおると思う。

——知らんわ、そんなこと。それより一昨日《おととい》、刑事が来たんやで。

——なんやて。

——スタジオに刑事がふたり来た。二宮さんはどこですと訊くから、知りませんと答えたけど、わたしが啓ちゃんの従妹《いとこ》で、二宮企画に出入りしていることを知ってるねんで。ほんまに、いい迷惑やわ。

——名前をいうたか、刑事は。

——岡本と北浜。

奈良県警捜査一課のコンビだ。

——刑事はどないした。黙って帰りよったか。

——啓ちゃんから連絡があったら、必ず知らせてくれって。

——悠紀はまさか……。

——あほらし。誰が警察なんかに協力するのよ。……啓ちゃん、どこにいるの。

——おれはな、那覇におるねん。

——那覇って、沖縄やんか。高飛びしたん？

——あのな、おれは冤罪を晴らすために必死で飛びまわってるんや。

経緯を手短に話した。桑原にいわれてセツオのアパートにころがり込んでいたこと。奈良県警の元警視を探すために沖縄へ来たこと。読谷の『マリンパレスホテル』に宿泊していること。いま那覇の食堂でハリセンボンを待っていること……。

——啓ちゃんの説明、全然分からへんわ。なにがどうしてそうなったんか、話がぶつ切れでつながってへんもん。だいたい、ハリセンボンなんて食べられるの。あんなトゲだらけの魚。

——一から事情を話してたら半日かかる。とにかく、いまは沖縄におって、しばらくは大阪に帰られへんのや。

——わたし、なんとなくご機嫌ななめやわ。前から沖縄へ行きたかったのに。

——それはひょっとして、おれといっしょにか。

——頭は大丈夫？　お日さんに当たりすぎてない？

——遊びで沖縄に来たんやないというてるやろ。桑原もいっしょやで。

——啓ちゃん、あんな悪党とは手を切りなさいと、なんべんいうたら分かるのよ。

——おれも疫病神とは縁を切りたいわ。けど、つきまとうて離れへんのや。

——もういいわ。お土産買ってきて。沖縄の。

——なにがええ。

——紅型《びんがた》。

——紅型て、染物やな。

——そう。かわいいのをね。

着物に仕立てたいと悠紀はいう。

——分かった。十反ほど買うて帰る。

電話を切った。

煙草を吸いながら考える。

岡本と北浜は二宮に任意同行を求めるつもりだったのだろうか。中川は任同を拒否しろといったが、ことがそう簡単に済むとは思えない。向こうがその気なら、なにがどうあろうと二宮は逮捕される。行き着く先は放火の凶悪犯だ。

沖縄へ来たのは正解だったのかもしれない。東と池崎を見つけたら、二宮の嫌疑は晴れる。青木を捕まえたら、二宮にも余禄はあるはずだ。危ないことはみんな桑原に振ったらいい。

豆腐ようとミミガーが来た。手酌でビールを注ぎ、箸を割る。

ミミガーは茹《ゆ》でた豚の耳を細切りにし、ピーナツと酢味噌で和《あ》えている。コリッとした歯ごたえがいい。豆腐ようはカマンベールチーズのようなとろみがあるが、あっさりした味だ。沖縄にいるあいだに郷土料理をみんな食おうと思う。

ビールを一本、空にしたころ、ハリセンボンの煮つけと味噌汁が来た。汁には脂がいっぱい浮いている。ひとすすりすると、濃厚な胆の味がした。


国際通りから首里城公園へはタクシーで行った。さすが沖縄第一の観光スポットらしく、いたるところに観光客がいる。修学旅行だろう、復元された首里城正殿前に二百人ほどの女子高生がいて記念撮影をしていたが、その騒がしいこと。ちゃんと並びなさいという教師の言葉など、まるで無視している。茶髪にピアス、みんながみんな狸のような厚化粧だ。どこのピンサロ高校や、とガイドの持つ旗を見たら、大阪の大正自由学園だった。千島のアパートのすぐ近くの女子校だ。思わぬ邂逅《かいこう》に、にやりとする。

すっかり観光客気分になって、首里の玉陵《たまうどぅん》、首里観音堂を巡り歩き、通りかかった沖縄そば屋で〝テビチすば〟を食った。テビチとは豚足のことらしい。長時間煮込んでいるのか、さほど脂っこくはない。

暑さと歩き疲れと満腹で、もうなにをする気にもならず、タクシーを拾って読谷のホテルに帰った。ベッドに横になった途端に眠り込んだ。

電話——。ジリジリとうるさい。耳のすぐそばで鳴っている。毛布をかぶったが、いつまでも鳴りやまない。毛布の下から手を伸ばして受話器をとった。

——こら、また寝とんのか。

あまりの大声に受話器を離した。

——おまえみたいなグータラはほかにおらんの。起きてる時間より寝てる時間のほうが長いやないけ。

——すんませんね。時差ぼけですわ。

スタンドの灯を点けて腕の時計を見た。八時すぎだ。

——飲みに行くぞ。着替えしてロビーに降りてこい。

——おれ、着替えるもんがないんです。いま着てるポロシャツだけですねん。

——ホテルのショップで買わんかい。

——考えときますわ。

国際通りで買えばよかった。九百八十円のポロシャツがあった。

——いますぐロビーへ来い。五分以内やぞ。

電話は切れた。

あほんだら。今度えらそうにほざいたら、ひねりつぶして海に叩き込んだるからな——。洗面所で髪の寝癖を直し、煙草をポケットに入れて部屋を出た。

桑原はロビー横の喫茶室でビールを飲んでいた。この男はいったい、一日に何本のビールを飲むのだろう。酒と喧嘩だけは、明らかに二宮より強い。

「迎えに来るんですか、安里さんが」

ソファに腰をおろした。

「今日はふたりや。おまえとわしの」

「おれ、調子わるいんです、二日酔いで。頭はガンガンするし、熱もある」

この腐れヤクザは二宮に送り迎えをさせようとしているのだ。「ひとりで飲みに行ってくれませんかね。わるいけど」

「聞こえんな。もういっぺんいうてくれや」

「そやから、今日は……」

「わしはな、二宮くん、君と飲みたいんや」

桑原はいいだしたらきかない。「コザへ行く。昨日の女と約束した」

「ふーん。そら羨ましいですね」

胸くそがわるい。どうしてこいつのためにつきあわないといけないのだ。

「おまえも約束したやないけ。明日も来るからねと、ゴミ髭だらけの鼻の下を伸ばしてたんは、どこのどいつや」

「おれ、ほんまにそんなことをいいましたか。あのミルクタンクみたいなフィリピーナに」

「おまえが口説いたんは三軒目の店の女やろ。ナオミとかいう若い女や」

ナオミは二十歳すぎ、モデルタイプだったと桑原はいう。「わしは不思議でしゃあない。なんでナオミがおまえを気に入ったんか。北谷《ちゃたん》のビーチで泳ぐ約束までしてくさったやないか」

「ちょっと待ってください。おれは二十歳すぎのモデルタイプとデートするんですか」

「なんじゃい。なにも憶えてへんのか」

「おれの記憶は『ハーフムーン』でシャットアウトですねん」

「呆れたな。あんなええ女を忘れるか」

「行きましょ、その店。おれが運転しますわ」

「これやもんな」

桑原はソファにもたれて嘆息した。「店の名前も憶えてへんのやろ」

「聞いたら思い出しますわ」

「パークアベニューの『レッドドラゴン』。ハーフムーンのすぐそばや」

桑原は腰をあげた。ベンツのキーを放って寄越す。二宮は受けとって喫茶室を出た。


コザ――。パークアベニューのパーキングに車を駐めた。胡屋大通りに向かって歩く。昨日の夜と同じシチュエーションだが、虎洞組の安里はおらず、桑原は〝ドナルドダック〟のセーターではなく白のスーツを着ている。

「おれ、このポロシャツでよろしいかね。昨日といっしょやけど」

ナオミに会うのなら、ホテルのブティックでアロハシャツでも買えばよかった。

「誰もおまえの服なんぞ見てへんわい」

『ハーフムーン』の前を通りすぎた。四つ角を右へ折れる。桑原は方向感覚が動物に近いのか、初めて行った店をよく憶えている。二宮は進化がすすんでいるから、二、三回、角を曲がると、どちらを向いているのか皆目分からない。

「そこや」

桑原は立ちどまった。黒っぽいビルの一角に《LIVE＆DANCE　RED DRAGON》と、赤いネオンが輝いている。

「キャバレーみたいですね」

「コザの飲み屋はみんな似とる」

水を打った舗道を渡って『レッドドラゴン』に入った。中は広い。奥にフットライトを並べたステージがあり、黒人のバンドがブルースを演《や》っている。ローズレッドのドーム天井、ビニールレザーのボックス席、ラメ入りのリノリウムの床はハーフムーンにそっくりだ。

「ここ、ひょっとしてハーフムーンの姉妹店ですか」

「ああ。蘇泉会がやってる」

いやな予感がした。桑原はなにか企んでいるような気がする。

壁際の席に座った。黒いスーツのマネージャーが来る。

「すみません。昨日はどうもありがとうございました」愛想よく、桑原と二宮にいった。

「ミホとナオミを呼んでくれるか」桑原がいう。

「承知しました」

マネージャーは一礼して離れていった。

「おれ、酒を飲んでもええんですか」

「かまへん。帰りは代行を頼んだる」

「なんとなく思い出した。この店に来たような気がしますわ」

「おまえというやつはどんな頭をしとんのや。いっぺん、脳味噌をほじくり出して掃除してもらえ。雑巾で」

　そこへミニスカートの女の子がふたり来た。

「メンソーレ。よく来てくれたねぇ」

　すらりと背の高いほうがいった。手足が長く色が白い。髪はミディアムショート、黒眸《くろめ》がちの瞳がいい。好みだ。

「ナオミちゃん、ここ座り」手招きして隣を空けた。

「わたし、ミホだけど」

「あ、そう……」

　ミホは桑原の隣に座った。もうひとりのずんぐりした子が二宮の横につく。

「あんたがナオミちゃん？」

　念のために訊いた。ずんぐりホステスはにっこり笑って、

「ありがとねぇ。うれしいさぁ。ナオミのこと憶えてくれてたんだ」

　こちらはさほどうれしくないが——。

「なに飲むねぇ」ミホが訊いた。

「コルドンブルー。ストレートで」と、桑原。

「先生は」ナオミが訊く。

「先生て、おれのこと?」

「そう。コンサルタントの先生よねぇ」

どうも、つまらぬことまで喋ったらしい。

「おれ、バーボン。水割りで」

ナオミはボーイを呼んで注文した。二宮は気が抜けて煙草をくわえる。ナオミがマッチで火をつけてくれた。

「ナオミて、本名?」訊いた。

「ちがうよぉ」

ナオミはさもおかしそうに、「知ってるねぇ? ナオミ・キャンベル」

「スーパーモデルやろ」

「あんなふうになりたいからよぉ」

なるほど。色の黒いのは似ている。

「おれ、約束したかな。ナオミちゃんと」

「なにを……」

「北谷のビーチで海水浴」

「連れてってくれるの」

「男に二言はあるかいな」

　ナオミはしかし、デートするとはいわない。わたし、日灼けしたくないもん、と牽制（けんせい）する。

ほな、山原でクイナ見物でもするか。山原は遠すぎるさぁ。あ、そう……。

あまりしつこくいうと嫌われるから、二宮は間をとり、おしぼりを使った。ナオミも見馴れるとかわいい。

「おれ、ブルースが好きやねん」

ステージを見た。「ロバート・ジョンソンとか、マディ・ウォーターズとか」

ナオミに反応はない。ただぼんやり笑っている。

「島唄もええな。情感があって」

「島唄大好きさ。歌ってくれるねぇ」

「ここでかいな」

「うん」こくりとうなずいてステージを指さす。

冗談じゃない。いま、ブルースを演っているバンドは三人だ。ギターとベースとドラムだけ。伴奏をしてくれるとは思えないし、のこのこステージにあがったら石を投げられる。

「おれ、演歌しかよう歌わんねん。カラオケの」

「演歌も大好きさぁ。高橋真梨子とか」

どうも話が嚙み合わない。高橋真梨子は演歌か。

ブランデーとバーボンが来た。ミホとナオミはビール。乾杯した。

ナオミとはデートの約束ができず、十一時にレッドドラゴンを出た。パークアベニューにはひとが出盛っている。絶えまなく行き来する車、クラブの前にたむろする男と女、客引きをするでもなく煙草を吸っている黒服、連れだって歩く米兵、コザの夜は熱く長い。

「さ、次はどこねぇ」

「こら、気持ちのわるい沖縄弁使うな」

「次、行きましょ」

すっかり勢いがついた。少し酔っている。桑原と飲むのはうっとうしいが、ミニスカートのホステスと飲むのは楽しい。

桑原は返事をせず、裏通りに入った。軒の低い建物が多く、こぢんまりしたスナックが並んでいる。

「こういうとこのスナックは、女の子を外に連れ出せるんですかねぇ」

「知るかい、そんなこと」

「おれ、半月ほど行ってませんねん」

「どこへ」

「フーゾク」

「金もないくせにくだらんことすんな」

「男の本能やないですか」

「うるさい。黙れ」

「あてはあるんですか。次の店」

「シッ」桑原は制した。「尾けられてる」

「誰が……」

「とまるな。そのまま歩け」

低く、桑原はいう。「さっきから尾けてくさる。与太者が二匹や」

「ほんまですか」振り向いて確かめたい。

「ふたりとも若い。三下や」

ひとりは黒のダボシャツ、もうひとりは白のオープンシャツだという。

「それ、勘違いやないんですね」

「レッドドラゴンを出たときに眼が合うた。わしらが出るのを待ってくさったんや」

「ひょっとして桑原さん、蘇泉会の店を飲み歩いてたんは……」

「おまえとわしは鉄砲玉や。案の定、食いついてきよったわ」

「鉄砲玉て……ほかの縄張りに放り込まれる斥候兵やないですか」

そう、敵対する組が鉄砲玉に手を出せば、それを口実にして抗争を仕掛けるのだ。昭和三十年代から四十年代にかけて、神戸川坂会が勢力を広げるために多用した作戦だ。「冗談やない。おれは堅気ですよ。なにが悲しいて鉄砲玉に仕立てられんとあかんのです」

「やかましい。タダ酒飲んでごちゃごちゃぬかすな」

「まさか、背中から撃たれるてなことはないですよね」

「分からん。ここは沖縄や」

「そんなあほな……」

いっぺんに汗がひいた。酔いも醒める。振り向いて尾行を確かめたいが、その勇気がない。桑原を追い越して前にまわった。

「こら、なにをしとんのや」

「怖いやないですか。撃たれたら」

「いきなり殺られるかい」

襟首をつかまれ、ひきもどされた。

「今日、シューティングをしたんでしょ。ピストル持ってへんのですか」

「あほんだら。チャカをベルトに差して飲み歩くやつがどこにおるんじゃ」

桑原はやはり拳銃を撃ったのだ。クルーザーのデッキから東シナ海に向かって。

「次の角を左に曲がる。わしについて来い」

二宮は唾《つば》を呑み込んでうなずいた。

四つ角を曲がった途端、桑原は走った。二宮も走る。

狭い路地に桑原は入った。二宮も入って路地の民家の陰に身をひそめる。

黒のダボシャツと白のオープンシャツが通りを走りすぎた。桑原は路地から出る。

「待たんかい。どこ行くんじゃ」

桑原の呼びかけに、ふたりのチンピラは振り返った。踵を返して近づいてくる。桑原はふたりと対峙《たいじ》した。

「なんや、おまえら。なにをこそこそ尾けまわすんじゃ。相手をまちごうてるんとちがうやろな」

ふたりとも口をきかない。黒シャツは角刈り、白シャツはスキンヘッドだ。桑原をじっと睨みつけている。

「おまえら、どこのもんや」

角刈りもスキンヘッドも背は桑原より低い。薄ら笑いを浮かべた酷薄な表情は、まぎれもなくヤクザのものだ。

「聞いとんのか、こら。極道なら極道らしく名乗ったれや」

桑原は半歩、間合いをつめた。二宮は後ろで身構える。いつでも逃げられるように。

「答えがないとこみると、おのれら、蘇泉会の三下やな、え」

ふたりは答えない。角刈りが左へ動いた。スキンヘッドが右に動く。

瞬間、桑原は踏み出した。膝先が伸びて角刈りの股間を蹴りあげる。角刈りは呻いたが倒れず、スキンヘッドが頭から突っ込んだ。ゴツッという頭突き。間合いがあく。スキンヘッドは殴りかかった。桑原はひねって躱《かわ》し、スキンヘッドの喉に拳を叩き込む。スキンヘッドは膝をつき、そのこめかみに桑原の蹴りが入った。スキンヘッドは腰から地面に崩れ落ちる。

「桑原さん、後ろ！」二宮は叫んだ。

振り向いた桑原に角刈りがナイフを突き出した。桑原はかいくぐってアッパーを放つ。角刈りはグラッとしたが踏みとどまり、刃先を水平にして突きたてる。桑原は横に跳び、反転した。

「死ねッ」

角刈りのナイフが桑原の腕を薙《な》いだ。桑原は踏み込み、角刈りの腕を逆にとって膝に打ちあてる。鈍い音がしてナイフが落ちた。桑原は角刈りを引き倒し、顔を蹴る。角刈りは昏倒し、鼻と口から血が噴き出した。

桑原は咳き込んだ。噎《む》せながら、もがいているスキンヘッドのそばへ行き、脇腹を蹴る。スキンヘッドは横倒しになり、呻きがやんだ。

「くそったれ、パチキが入った」

桑原は鼻を押さえ、赤い唾を吐く。「そいつらのポケットや。中のもんを抜け」

二宮はかがんで、角刈りとスキンヘッドのポケットを探った。札入れと携帯電話を抜いて立ちあがる。ふと周囲を見まわすと、通りの両側に野次馬がいる。

桑原は野次馬に向かって歩きだした。

「退《ど》け。見世物やないぞ」

桑原は凄味を利かせて裏通りを出た。

蘇泉会の縄張内《シマうち》にいたら危ないと桑原がいい、パーキングにもどった。

「運転せい」桑原はベンツのキーをルーフに置く。

「おれ、飲んでます」

「わしも飲んどるわ」

「代行は」

「やかましい。こんなとこでぐずぐずしてたら捕まるぞ」

組員がやられたという連絡が蘇泉会の事務所に入っているころだと桑原はわめく。

「さっさと運転せんかい。わしは眼が見えん」

いわれて気づいたが、桑原は眼鏡をかけていなかった。さっきの喧嘩でどこかに飛んだのだ。

二宮はキーをとり、運転席に乗り込んだ。パーキングを出る。カーナビを見て、国体道路に向かった。

「──おれ、身体が竦《すく》んで膝が震えてましたわ」

桑原の喧嘩はいつ見てもすさまじい。相手が複数だろうと、得物をかまえていようと、怯《ひる》むところはまったくない。恐怖とか躊躇という感覚が欠落しているのだ。

「くそっ、腫れてきた」

桑原は鼻にハンカチをあてている。ハンカチは赤く染まっていた。

「パチキというのは、頭突きのことですか」

「いらん符牒は憶えんでええわい。おまえは堅気やろ」

「その堅気を鉄砲玉にしたやないですか」

腹が立ってきた。この男はとことんおれを利用してくさる――。

「蘇泉会のクソどもは、わしらが大阪から来たことを知って探りを入れてきたんや」

「その理由《わけ》は」

「青木を匿《かくも》うとるからやないけ」

桑原はせせら笑う。「これでよう分かった。蘇泉会を叩いたら青木を炙り出せる」

「ただ、あほみたいに飲み歩いてたわけやなかったんですね」

「あほみたい、とはどういうことや、こら」

「おれを脅してどないしますねん」

「けど、あのチンピラどもも災難やのう。わしを尾けたばっかりにボコボコや」

「ほな、あの喧嘩は……」

「わしが売った。チンピラどもの素性を知るためにな」

なにからなにまで計算ずくだったのだ。この男は呆れるほど悪知恵がはたらく。

「蘇泉会はなんで我々のことを知ったんです」

「桐間やろ。大阪の桐間組からコザの蘇泉会に連絡が行ったんや」

「安里さんは関係ないんですね」

「たぶんな……」桑原はつぶやくように、「安里はええ男やけど、虎洞組も蘇泉会も同じ沖縄の極道や。いざとなったら二蝶に弓を引くと考えとったほうがええ」

こうしてベンツを借り、いっしょにクルージングをしながらも、桑原は安里に気をゆるしているわけではないのだ。

「極道は腹を割ったらあかんのや。誰が味方で誰が敵か、そこを見誤ったら命《タマ》がないんやぞ」

桑原の心の奥底を覗いたような気がした。この男はやはり天性のヤクザだ。自分以外の誰ひとり、信じてはいない。

国体道路に出た。右折して読谷に向かう。

「こらっ、もっと丁寧に走れ。鼻に響くやないけ」

「痛いんですか」

「痛いわい。こいつはどうも、鼻の骨が折れとるな」

桑原の言葉が耳に心地よい。鼻がひしゃげて豚のようになったら、どんなにか笑えるだろう。

「新しい眼鏡、作らんとあきませんね」

「おまえ、なにかおもしろそうにしてへんか」

「桑原さん、おれは心配してるんですよ」

「どこぞにドラッグストアがあったら寄れ。湿布薬とマスクを買う」

桑原はサンバイザーをおろし、バニティーミラーで傷の具合を確かめる。

『マリンパレスホテル』に帰りつき、桑原の部屋に入った。明るいところで見ると、桑原の鼻はかなり腫れている。内出血もしているのか、顔の真ん中に紫色のぼた餅を貼りつけたようになっていた。

「病院へ行ったほうがええんとちがいますか。鼻のレントゲンを撮ってもらうんです」

おかしくてしかたないが、笑ったら二宮の鼻も折れる。

「へっ、こんなかすり傷で医者へ行ったら代紋が泣く」

桑原は顔の真ん中に大きな湿布薬を貼り、ソファにもたれかかって缶ビールを飲む。「財布を見せてみい。さっきのチンピラの」

いわれて、ふたつの札入れとふたつの携帯電話を渡した。桑原は札入れの中身をガラステーブルに並べていく。

現金二万五千八百円――。運転免許証二枚――。キャッシュカード四枚――。クレジットカード三枚――。名刺十数枚――。神社のお守り――。サラ金の計算書――。

免許証の写真から、角刈りは友利《ともり》耕治・二十二歳、スキンヘッドは根間《ねま》朝生《あさお》・二十七歳と知れた。

「シケとるのう。大の男がふたりで二万六千円しか持ってへんのかい」

桑原はサラ金の計算書をひらひらさせて、「こいつの借金を見てみい。たった十二万を借りて一万ずつ返しとる」

「返済するだけマシやないですか。堅気やないのに」

「おまえはサラ金になんぼ借りとるんや」

「おれ、サラ金だけはせんと、誓《ちこ》うてますねん」

「盆屋の高利貸しにトイチの借金をしてたやないけ」

「博打の金は博打場で借りるんです」

「変人やな、おまえ」

「みんな、そういいますわ」

名刺を一枚ずつ検分した。青木や奈良県警につながるものはない。大阪の組筋に関係する名刺もなかった。

「気の利かんチンピラどもや。アドレス帳ぐらい持っとかんかい」

「アドレスは携帯に入ってませんかね」

二宮はシルバーの携帯電話を手にとった。ボタンを押しても電源が入らない。接続部が割れていた。さっきの喧嘩で壊れたのだろう。

　桑原はもう一台の携帯電話をとりあげて電源を入れた。モニターを見ながら操作する。しばらくアドレス画面を見ていたが、

「あかんな。足しにならん」

「着信履歴と留守電はどないです」

「めんどくさい。おまえがやれ」

　二宮は携帯を受けとり、確かめた。留守電のメッセージはなく、着信履歴は電話番号だけで、〝06〟や〝07〟からはじまる関西方面の番号はなかった。

「手がかりなし、ですね」

「ひとり、さろうてきたらよかったな。責めて口を割らすんや」

「あの野次馬では無理でしょ」

「それもそうや」桑原はいって、「携帯の電源は切っとけ。財布はおまえに預ける」

「この金は」

「小遣いにせんかい」

「強盗やないですか。まるで」

「どっちが強盗や。わしはナイフで切りつけられたんやぞ」

桑原の理屈は分からない。こちらが殴りつけたら、向こうも抵抗するだろう。おたがい、ストリートファイトのプロなのだから。

桑原はビールを飲みほして立ちあがった。ライティングデスクのところへ行って電話をとる。

「――三〇三号室の桑原。チェックアウトするわ。――そう、いますぐや。――ああ、計算しといて」

桑原は受話器を置いた。クロゼットの扉を開けてトランクを出す。

「出るんですか。こんな時間に」

「わしも命は惜しいからのう」

「どういうことです」

「蘇泉会はわしらがこのホテルにおると知ってるやろ。朝になったら、ロビーは怖いお兄さん方でいっぱいや」

「おれはどないしたらええんです」

「好きにせんかい。眠たかったら部屋で寝とけ」

「冗談やない。おれもチェックアウトしますわ」

「それやったら、自分の部屋にもどって荷物をまとめんかい。五分後にフロント前集合や」

桑原はハンガーに吊るした服をトランクに詰めていく。

二宮はテーブルの免許証やカード類を札入れにもどした。携帯電話といっしょにポケットに入れて部屋を出る。廊下を走ってエレベーターのボタンを押した。


『マリンパレスホテル』をチェックアウトし、ベンツに乗って那覇へ向かった。那覇は都会だから身を隠しやすいし、いざというときは空港が近いと桑原はいう。

「――それで、どこに泊まるんです。今晩は」

「中心街を外れてるほうがええな」

桑原はカーナビを見ながら、「泊港《とまり》のあたりにビジネスホテルがぎょうさんあるぞ」

「了解。泊に泊まりましょ」

国道五八号線に入った。昼間の渋滞が嘘のように空いている。午前一時をすぎていた。

6

眼が覚めたのは十一時すぎだった。ベッドの中で煙草を吸いつける。この眼覚めの一服が旨い。

そろそろ昼だというのに、まだらのヤモリが壁を這っている。煙草のヤニで黄色くなった染みだらけの天井、色褪せたハイビスカス柄のカーテン、ベッドは寝返りをうつたびにギシギシする。一泊三万三千円のリゾートホテルと八千円のビジネスホテルとでは、部屋の造作と調度に雲泥の差があった。

ノック——。返事をした。

「開けんかい。用事がある」

桑原だった。いつも二宮より早く起きている。よほど血圧が高いのだろう。

ベッドから出て錠を外した。桑原が入ってくる。テレビの前のスツールに腰をおろした。桑原の今日のいでたちは、ライトグレーの地にチョークストライプのコットンスーツ、白のシャツ、ノーネクタイという、堅気系の取りあわせだった。

「安里に車を返してこい。それからレンタカーを借りるんや」桑原はいった。

「なんで車を返すんですか」二宮はズボンを穿き、ポロシャツを着る。

「この沖縄でベンツは目立つ。わしらの動きを覚られるやろ」

ベンツから足がついて蘇泉会に見つかるのは愚の骨頂だと桑原はいい、キーをベッドの上に放った。

「ガソリンを満タンにして虎洞組へ行け。安里がおったら礼をいうて、ベンツを返すんや」

「安里さんに返す理由を訊かれたら？」

「そうやな……。宮古島にでも飛んで骨休めをします、といえ」

「おれ、宮古島より西表《いりおもて》島へ行きたいな」

「ばかたれ。そんなことはどうでもええんじゃ」

桑原は舌打ちして、「ほら、さっさと行け」

「ガソリンを入れんとあかんのでしょ。レンタカーを借りるのも金がいりますわ」

「おまえというやつは、二言めには、金やのう」

桑原は札入れから一万円札を二枚抜いた。「釣りはいらん」

「太っ腹ですね」

「もういっぺんいうてみい」

「いや……」

金を受けとったとき、桑原が金縁の眼鏡をかけていることに気づいた。

「眼鏡、替えたんですね」

「替えんとしゃあないやろ。失くしたんやから」

「いったい、何本持ってるんです、眼鏡」

縁なし、鼈甲縁、金縁、サングラス——。桑原の眼鏡は何種類も見ている。

「ま、十本以上はあるやろ」

「みんな、同じ〝度〟ですか」

「度がちごうたら、眼がまわるやないけ」

「おしゃれですね」

「おまえ、わしをおちょくってへんか」桑原は指先で眼鏡を押しあげる。

「そんな、恐ろしい」

二宮は二万円とキーをポケットに入れて部屋を出た。

夜は気づかなかったが、『ホテル・マーメイド』は港のすぐ近くにあった。パーキングから見える岸壁に白い船体のフェリーが三隻、繋留されている。岸壁の向こうの大きなビルは泊埠頭のターミナルビルのようだ。ビルの西側の岸壁には貨物船のコンテナが二段、三段に積みあげられ、そのあいだをフォークリフトやトレーラーが行き来している。あたりまえだが、沖縄は四方を海に囲まれた島だと認識した。

ベンツに乗り、カーナビをつけた。松山交差点は南西方向へ約一・五キロ。眼と鼻の先だった。

しかし、なんでおれが車を返しに行くんや——。ふと考えた。車を借りたのは桑原だから、桑原が返しに行けばいい。

これはひょっとしてヤバいのとちがうか——。

虎洞組には蘇泉会の連中がいて待ち伏せをしている。二宮は拉致されて知念《ちねん》半島あたりに連れていかれ、簀《す》巻《ま》きにされて崖から突き落とされる。死体は黒潮にのって北へ流され、紀州の海岸に漂着する。肉と内臓は魚に食い荒らされ、骨と皮だけの腐乱死体は身元が分からない。哀れ二宮啓之《けいすけ》は無縁仏と化し、名もない墓に参るものは誰ひとりいない。

あほくさい。冗談やないぞ——。

車を降りてホテルにもどった。フロントから桑原の部屋に電話をする。

——すんません。おれ、体調がわるいんです。

——なんのこっちゃ。

——腹が痛《いと》うて運転ができませんねん。

——おまえ、臆病風《おくびょうかぜ》に吹かれたんやないやろな。

――そんなこと、ないですよ。

――ほな、文句たれんと行かんかい。虎洞組へ。

――けど、腹が……。盲腸やったらどないしよ。

――盲腸も浣腸もあるかい。安里には電話して、事情をいうといた。

――なんや、それならそうというてくれたらよかったのに。

――盲腸は治ったか。

――治ったような気がします。

――さっさと行きくされ。

――はいはい。

受話器を置いてホテルを出た。ベンツに乗る。虎洞組に向かった。

安里は組事務所にいた。応接室で顔を合わすなり、

「なんで車がいらんかねぇ」と訊く。

「いや、その、宮古島へ行くといいだしまして。桑原さんが」

「宮古島におったんねぇ」

「なにが……」

「奈良県警の元警視さ。青木とかいう」

「別に、そういうわけやないんですけど」

「蘇泉会のようすは探っとるよ。もう少し待ちましょうねぇ」

「はぁ、そうですか……」

どうも話が嚙み合わない。「安里さん、桑原さんから連絡は」

「今日はないねぇ」

昨日のクルージングのあと、話はしていないという。

くそっ、桑原のやつ――。またいっぱい食わされた。安里に電話したというのは大嘘だったのだ。桑原も蘇泉会の待ち伏せを警戒したにちがいない。

「桑原さんはどんなしてるねぇ」安里はにこやかにいう。

「ホテルで寝てます」

「昨日は遅かったの」

「コザで飲みました」

「これは」安里は小指を立てる。

「そっち方面は、うまいことといかんかったですね」

安里は桑原の喧嘩を知らないようだ。

「宮古島はいつ行くね」

「午後の飛行機に乗るつもりです」適当にいった。

「チケット、とりましょうねぇ」

「ありがとうございます。桑原さんが買うてるはずですから」

「宮古島はどこに泊まるね」

「それも、桑原さんが」

「チェックインしたら電話をくれんかねぇ。そろそろ蘇泉会の情報も入ってくるころだからよ」

「分かりました。桑原さんに伝えます」

ベンツのキーを安里に渡して虎洞組を出た。周囲を見まわす。これといって注意をひく人間はいない。ちょうど十二時。夏の陽射しが全身に照りつけた。

走るようにして久茂地橋を渡った。尾けられている気配はない。

まっすぐ歩いていくと、見憶えのある通りに出た。ひとが多く、車が渋滞している。国際通りだ。

暑い。汗が背中を伝い落ちる。ふらふらと沖縄三越に入った。エアコンが効いている。

喫茶室でアイスコーヒーを飲み、グラスの水を飲んだ。少し汗がひく。着たきりのポロシャツがかなり臭うことに気づいた。

替えのシャツを買うか——。ズボンのポケットから札を出した。湿ってくしゃくしゃになっている。一万円札が三枚と五千円札が一枚、千円札が九枚あった。桑原から預かった二万円を別にすれば、二宮の手持ちの金はたった二万四千円だ。

桑原に呼ばれて関空へ行ったときは確か、十万円以上持っていた。そう、あの日は銀行に寄って口座のほぼ全額をおろしたのだ。

ホテル代や。あれが高うついた——。『マリンパレスホテル』の一泊三万三千円は、やはり高すぎる。昨日は真夜中にチェックアウトしたのに、ルームチャージは一円もまけてくれなかった。ホテル代のほかにもタクシー代や食い物でけっこう金をつかっている。

なんで、おれの自腹やねん——。沖縄に来たのは桑原に招待されたからだ。だったら、すべての払いは桑原がもつのが筋だろう。

桑原に十万円ほど請求しようかと考えて、すぐに首を振った。あのケチが金を出すはずがない。下手をすると、コザの飲み代まで払えといいかねないのだ。

喫茶室を出てＡＴＭコーナーへ行き、どこからか振込みがなかったかと、キャッシュカードを入れてみた。残高は四百二十七円。笑ってしまった。

また喫茶室にもどり、携帯電話の短縮ボタンを押した。

――もしもし、二宮です。

――あ、おれ。

――だれ。……啓之？

――そう、おれ。

まるで〝振り込め詐欺〟のようなやりとりだ。

――おふくろにこんなことというのは情けないんやけど、金を振り込んでくれへんかな。

――ああ、かまへん。なんぼいるの。

――そうやな、二十万か、三十万……。

――銀行に振り込むんやね。

――そう、みずほ銀行の西心斎橋支店。

口座番号をいった。おふくろはメモしている。

――おれ、いま、沖縄やねん。

――そう。

――土産、いるか。

――ううん。なにもいらん。気をつけて帰ってくるんやで。

それで電話は切れた。沖縄でなにをしているとも、なぜ金がいるとも、おふくろは訊かなかった。心配はしても口には出さないから、余計にすまないと二宮は思う。三十七にもなった大の男が還暦をすぎた母親に小遣いも渡さず、金を無心するのだから世話はない。心の中で親不孝を詫《わ》びた。

沖縄三越を出て平和通り商店街のアーケード下を歩いた。ここも観光客で賑《にぎ》わっている。土産物屋の店先に《海人《うみんちゅ》》とプリントしたTシャツがかかっていた。〝うみんちゅ〟は漁師のことだと店のおばさんがいう。そのTシャツと黒い無地のポロシャツを三千九百円で買った。

おばさんにレンタカーの営業所を訊くと、ひめゆり通りの神原《かみはら》交差点の近くにあると教えてくれた。平和通りを南に抜けて、壺屋《つぼや》やちむん通りを東へ歩く。やちむん、とは沖縄方言で〝やきもの〟をいい、その名称どおり、緩やかな坂の両側には陶器工房や直売店、ギャラリーが軒を並べていた。

せっかく、やきものの街へ来たのだからと、一軒の工房に入った。大小のシーサーが棚に展示されている。

「これは獅子ですよね」

工房の片隅で茶を飲んでいるおじさんに訊いた。

「獅子さん、という意味さ。魔除《まよ》けにどうねぇ」

「効き目、ありますか」

「あるんだはずよ」

いわれて、ペンダント大のシーサーを九百八十円で買った。これがほんとに〝ヤクザ除け〟になるのなら安いものだ。工房を出て、ひめゆり通りに向かった。


琉球レンタカー神原営業所――。車種を訊かれて、「カローラ」といった。

「ご利用期間は」

「とりあえず、三日ほど」

受付の女性は料金を計算した。二万五千二百円だという。

「そらあかん。二日でよろしいわ」

「二日だと、一万六千八百円です」

「ほな、それで」

運転免許証を差し出し、料金を払った。ベンツのガソリン代に五千円ほどつかったから、千八百円の赤字だ。憶えておいて桑原に請求しないといけない。

白のカローラを運転し、『ホテル・マーメイド』にもどった。部屋に入って桑原に電話をする。

——ベンツとカローラ、交換してきました。ガソリン代とレンタカー代は二万一千八百円です。

——ああ、そうかい。

——千八百円、おれが出しましてん。

——分かった、分かった。払うから部屋に来い。

受話器を置いた。着たきりのポロシャツを脱ぎ、《海人》プリントのTシャツに着替えて部屋を出る。桑原の部屋は廊下の突きあたりだ。

ノックしてドアを開けた。桑原はベッドに寝ころがって缶ビールを飲んでいる。窓から泊港が見えた。

「カローラは何日借りたんや」

「二日です」

「たった二日で青木は見つからんやろ」

「金がなかったんです」

「蘇泉会のチンピラの財布を持ってるやないけ」

「泥棒の真似はしとうないんですわ」

札入れと携帯電話は沖縄を離れるとき、ゆうパックか宅配便で蘇泉会に送り返すつもりだ。

「ひとの金には手をつけんのが、おまえの流儀かい」

「おれは正当な仕事で金を稼ぎたいんです」

西心斎橋の事務所が気になった。仕事をほったらかして、もう何日になるのだろう。

「おまえは大阪の商売人としては落第やな。歪んだプライドがある」

桑原は札入れから五千円札を一枚抜いて差し出す。二宮は受けとって、

「安里さんが、宮古島に渡ったら連絡してくれというてました。そろそろ蘇泉会の情報が入ってくるみたいです」

「昨日の喧嘩、安里は知ってたか」

「いえ……」

「そのほうがええ。虎洞組に迷惑はかけられん」

桑原は鼻を隠しているマスクをなでる。昨夜、ドラッグストアで買ったマスクとは形がちがうように思った。

「マスク、替えたんですか」

「病院でな」

「病院？　いつ行ったんです」

「さっきや。おまえが出てるあいだに行った」

だから桑原のいうことは信用できないのだ。昨日は、こんなかすり傷で医者へ行ったら代紋が泣く、と大見得を切りながら、舌の根も乾かぬうちに撤回して恥じるふうもない。

「レントゲン、撮ったんですか」

「撮ってへん。医者はわしの鼻をぐちゃぐちゃにひねくりまわして、折れてない、といいくさった」

「よかったやないですか」よくはないが、追従でいった。

「大阪に帰ったら、ちゃんとした形成外科に行かなあかん。この整った鼻筋が歪んでしもたら、百人の女が泣くからな」

整った鼻筋ときた。いまはぼた餅を貼りつけたように腫れているのに。

「今日はこれからどうするんですか」

冷蔵庫から缶ビールを出した。椅子を引き寄せて座る。

「さてな……」

桑原は少し考えて、「手がかりを出してみい」

「なんです、手がかりて」

「昨日のチンピラどもの財布と携帯や。もういっぺん調べてみよ」

いわれて、二宮は自分の部屋に行った。携帯電話と札入れふたつを持って桑原の部屋にもどる。桑原は札入れから名刺を出してベッドの上に並べた。

《社団法人全国社会保険協会連合会沖縄支部　宮田××》《日本テニス協会公認指導員・チームKAMO代表　加茂××》《FDサルベージ株式会社沖縄支店　課長代理　山田××》

——。

「ろくなもんはないのう」

桑原は名刺を一枚ずつテレビに向かって投げていく。

「FDサルベージいうのは手形関係ですか」

「ばかたれ。これはほんまもんのサルベージや」

沈没した船舶の引き揚げや海中作業をする会社だと桑原はいう。「こんなもんはあかん。堅気の名刺ばっかりや」残りの名刺をみんな床に撒き散らした。

「携帯はどうですかね」

二宮は電源を入れて着信履歴を見た。「——四件、増えてますね。昨日から」

四件とも、今日の午前中に来ている。

「それ、こっちからかけなおしてみい」

「かまへんのですか」

「どうちゅうことあるかい。こっちの居場所は分からへん」

二宮は着信番号をモニターに出してオンフックボタンを押した。局番は０９８４。コール音が聞こえる。

――はい、もしもし。

女の声だ。若い。

――もしもし。

いらついている。

――こんちは。友利です。

角刈りの名前をいった。

――誰ねぇ、あんた。

――根間です。

スキンヘッドの名前だ。

――嘘ばっかり。アパートにおらんやない。

――わるい。また電話する。

ストップボタンを押した。

「女でしたわ」

「そうかい」

「このケータイは根間の持ちもんですね」

壊れて捨てたのが友利の携帯だったらしい。

「どうでもええから、電話せい」

つづけて、二件目にかけた。コールはするが、つながらない。

三件目の〝0989〟局番にかけた。

—ありがとうございます。フジヤ上地《うえち》店です。

これはパス。すぐに切った。

四件目の〝090〟。携帯電話にかけた。

—もしもし。

低い男の声。

—こんちは。根間です。

—あ、どうも。すんまへんな。

関西弁だ。沖縄のイントネーションではない。

—暑いですね、今日も。

咄嗟にいった。なにか喋らないといけない。

—ほんまに暑いね、沖縄は。

——もっと暑くなりますよ。梅雨が明けましたからね。

こちらは東京弁に変えた。不自然だろうけど。

——いまどこですねん。根間さんは。

——コザです。上地のフジヤという喫茶店でアイスコーヒーを飲んでます。

——おれはバルコニーでビールですわ。ええ風が吹いてくる。

ふと気づいた。この声は聞き憶えがある。イントネーションは……。そう、河内弁か泉州弁だ。

——いいですね。昼間からビールとは。

——けど、飽きますわ。ここはあんまりのんびりしてるから。

話をつないだ。

——コザで飲みますか。今夜あたり。

——いや、とうぶんはおとなしいにしときますわ。

ここで相手の顔が思い浮かんだ。花鍛治組の東だ。ミナミの新歌舞伎座裏で襲われ、奪われたカード入れを餌に奈良へ誘い出されたときの電話の声は、いまも耳の奥にこびりついている。

——それで東さん、電話をくれた用件はなんでしょうか。

東の名をいった。

——これからの見通しですわ。はっきりいうて、大阪にもどりたい。いつになったら島を出られるんか、それを知りたいと思てね。

——分かりました。上に確認をとって連絡しましょう。

——すんまへん。頼みますわ。

——でも、そちらは涼しくていいでしょう。

——そら、日陰はええけど、蒸し暑い。今日もさっきまで海に浸かってましたんや。

東は海岸べりのコテージかホテルにいるらしい。

——波の音が聞こえるようですね。

——泳ぎに来まっか、根間さんも。

——どこのビーチでしたっけ。

——イエですがな。

——ビキニの女の子は。

——おるにはおるけどね。どいつもこいつも男がいっしょですわ。

——じゃ、何人か連れていきましょう。

——そら楽しみでんな。

――また、電話します。

――ほな、どうも。

電話は切れた。東はまるで疑ってなかった。

「おまえ、東たらいうのは……」

桑原は二宮を見る。真顔だ。

「花鍛冶の組員ですわ」

「やっぱり、沖縄に飛んでくさったか」

「つながりましたね」

「ああ。つながった……」

花鍛冶組の東、池崎、勝井は若頭の福島の指示で奈良東西急便奈良店に放火をし、その発覚を恐れた福島は、東と池崎を破門、勝井を絶縁処分にした。東は福島に放火を持ちかけた桐間組の手引きで沖縄に渡り、桐間組長のむかしの兄弟分である比嘉正義が組織するコザの蘇泉会に匿われた。桐間組と花鍛冶組は〝奈良東西急便事件〟のほとぼりが冷めるまで、東を沖縄に隠すつもりなのだ。

「東のボケは池崎のクソといっしょやろ」

桑原はあごに手をやって窓の外を見る。「波の音が聞こえるとかいうたんは、どこや」

「イエ、というてましたね」

「地図、寄こせ」

桑原はひったくるようにして、地図を広げた。

「――伊江島やな。本部《もとぶ》半島の沖や」

伊江村営フェリーが本部港から出ているという。

「沖縄自動車道で終点の許田《きょだ》まで五十八キロ。そこから名護を抜けて二十五キロほどか」

「二時間もあったら本部港へ行けますね」

「こいつはおもろい。瓢箪《ひょうたん》から駒《こま》が出た。駒をどつきまわしたら、青木をひっ捕まえられるぞ」

桑原はベッドを降りた。ローファーを履き、上着を手にとる。二宮は札入れと携帯電話を持って立ちあがった。


沖縄自動車道で許田まで、そこから国道五八号線を走り、名護市内に入った。腹が減った、と桑原がいい、国道沿いの食堂で桑原はソーキすば、二宮はラフテー定食を食う。つけあわせの島らっきょうともずく酢が旨かったので追加を頼んだら、桑原はそれを肴にビール二本と泡盛の水割りを二杯飲んだ。よくも毎日、これほどのアルコールを摂取して痛風にもならないものだと感心する。

「桑原さん、尿酸値とか糖尿は大丈夫なんですか」

「わしは毎年、人間ドックに入ってる」

「健康オタクですね」

「誰がオタクや、誰が」

「それで、検査の結果は」

「どこもわるうない。正常や」

　こういう健康なヤクザも珍しい。たいていは不摂生な生活をしているから、肝臓の数値などぼろぼろのはずなのだが。

「早寝早起き。ストレスをためへんのがいちばんや」

「確かに、ストレスはなさそうや」

「どういう意味や、こら」

「おれも泡盛飲んでよろしいか」

「やかましい。おまえは運転やろ」

　桑原はソーキすばの汁をすすった。

名護から本部港へは四十分で着いた。フェリー発着場のパーキングにカローラを駐める。時刻表を見ると、村営フェリーの運行は一日四便で、十七時発の最終便まで、あと三十分だった。

「次の船で島に渡ったら、今日は本島に帰れませんね。どこかホテルを予約しますか」

「ホテルはやめとけ。東が泊まってたらややこしい」

「ほな、民宿を調べてみますわ」

発着場のカウンターで宿泊施設を訊いた。ホテルが六軒と民宿が十軒あるという。それだけ多ければ、宿の心配はいらないだろう。桑原がフェリーの切符を買い、十七時ちょうどに本部港をあとにした。

「沖縄はええとこやのう。燦々《さんさん》と降りそそぐ太陽、青く澄んだ海、白い珊瑚礁に緑の森。食いもんは旨いし、おねえちゃんはきれいや。年寄りが長生きするはずやで」

フェリーのデッキから遠ざかる海岸線を見やりながら、感慨深げに桑原はいう。

「ほんまにね。この自然は得難いですわ」

きれいなおねえちゃんと長生きは関係ないと思ったが、同意した。

「これで連れがおまえでなかったら、天国やのにな」

「それは気の利かんことで、すんませんね」

こちらこそ大きな迷惑だ。来たくもない沖縄に連れてこられて鉄砲玉になり、ショーファーを務めているのだ。こんなばかばかしいことがどこにある。

「ホテルが六軒というたな。海岸べりにあるのはどれや」

いわれて、さっきのカウンターでもらった地図を広げた。

「『伊江アイランドホテル』『キャッスルホテル』『サウスビーチホテル』がそうですね」

東は、バルコニーでビールを飲んでいる、さっきまで海に浸かっていた、といった。この三つのホテルのどれかに泊まっているような気がする。

二宮は地図を裏返した。宿泊施設の案内が載っている。『伊江アイランドホテル』は部屋数が二十六室、『キャッスルホテル』は二十室、『サウスビーチホテル』は本館が十八室に別棟のバンガローが十室だった。

「そのホテルに電話してみい。東と池崎が泊まってるか、訊くんや」

「名前をいうてもかまわんですかね」

「本名で泊まってるわけないやろ。機転を利かさんかい」

「機転ね……」

番号を見ながら携帯のボタンを押した。

——お電話ありがとうございます。伊江アイランドホテルです。

——大阪の佐藤といいます。ちょっとおうかがいしたいんですが、知り合いが伊江島に行ったまま、連絡がないんです。それで伊江島のホテルに問い合わせしてるんですけど、そちらさんに泊まってませんかね。

——お知り合いの方のお名前は。

——すんません、それも分からんのですわ。知り合いの知り合いやから。……大阪弁を喋る三十すぎの男ふたりですねん。

——そうですか。少し、お待ちください。

フロントマンはパソコンを操作しているらしい。ほどなくして、

——大阪のお客様はおられませんが、奈良のお客様ならお泊まりです。

——ああ、たぶんそれですわ。ちょっとガラのわるそうな感じでしょ。

——いえ、ダイビングをされる若い方です。

——ひとりはパンチパーマ、細身で背が高い。もうひとりは角刈りで、がっしりしてませんか。

——おふたりとも長髪です。茶色に染めておられます。

——そら、ちがいますわ。

東のパンチパーマと池崎の角刈りが半月で長髪になるはずはない。

——ところで今日、おたくのホテルは泊まれますか。人数は十人ほど。

——空室はございます。

ツインが七室、ダブルが三室、空いているという。つまり、あとの十六室に客がいるというわけだ。

——料金は一泊二食付で、おひとりさま七千円ですが。

——分かりました。相談して、また電話しますわ。

フックボタンを押した。

「アイランドホテルにはいてませんね」桑原にいう。

「キャッスルホテルや。訊いてみい」

同じように、キャッスルホテルとサウスビーチホテルに問い合わせた。大阪の客がサウスビーチホテルに一組泊まっていたが、五十代の夫婦だった。

「——どうも、民宿におるみたいですね」

地図を見ると、伊江港の東の海岸沿いに一軒、西の海岸沿いに二軒の民宿がある。『崎山荘』『真喜屋』『みやしろ』、その三軒だ。

「電話してみますか」

「そうやな……」桑原は考えて、「いまはやめとけ。島に渡ってからでええ」

さっさとデッキの向こうへ行って椅子に腰をおろし、煙草を吸いはじめた。

二宮は船端《ふなばた》の手すりにもたれて東シナ海を見わたした。紺碧の空と海がどこまでもつづいている。西に浮かぶ小さな珊瑚礁の島は水納《みんな》島だ。この沖縄行の連れがこめかみに創傷のある疫病神ではなく、悠紀のようなモデルふうの女なら、どんなにか心浮き立つ旅行だろうと、悔しい思いにとらわれる。

そういや、紅型を買うてこいというてたな——。

悠紀は紅型の着物を着て見合いの席に座るのだろうか。

あほくさい。阪大卒の医者なんぞ相手にすんな——。

潮風が顔に吹きつける。

7

船は伊江島に近づいた。平坦な島は想像していたよりずっと大きく、中央にぽつんと高い岩山が聳《そび》えている。地元のひとが〝ぐすぃく〟と呼ぶ、標高百七十二メートルの城山だろう。東西八・四キロ、南北三・六キロ、伊江島は周囲二十四キロのピーナツ形の島だ。

伊江港に着いた。広い埠頭に車やトラックが降りていく。桟橋に降り立った乗客は、ざっと見て五十人。観光客と地元のひとが半々だろうか。

旅客ターミナルは本部港のそれより近代的で、きれいに整備され、エアターミナルを連想させた。そういえば、伊江島は空港もあるリゾートの島なのだ。

ターミナルビルを出て、桑原はタクシーに乗った。島を一周したら何時間かかるかと、水色のアロハシャツを着た初老の運転手に訊く。

「──そうさね、二時間ほどはかかるかもしれんねぇ」

「ほな、この車をチャーターしよ。二時間でなんぼや」

「八千円ほどかねぇ」

「分かった」

桑原は一万円札を出して運転手に渡した。「前払いや。釣りはいらん」

「あ、どうも」

運転手は受けとって、「それじゃ、城山にのぼろうか」

「それより先に、泊まるとこを決めたいんや」

どこも予約していない、と桑原はいった。「海べりの民宿がええんやけどな。……『崎山荘』へ行ってくれるか」

「はい、行きますよぉ」

タクシーはゆっくり走りだした。


『崎山荘』は青少年旅行村のビーチに隣接していた。民宿といいながら、規模は大きい。プレハブの三角屋根の建物はコテージふうの造りで、部屋数は十室以上だろうか。

「おまえは車で待っとれ。東に顔を知られてる」

桑原はいってタクシーを降り、五分後にもどってきた。

「――あかん。『真喜屋』へ行ってくれるか」運転手にいう。

「部屋がなかったねぇ？」

「部屋はあったけど、気に入らんのや」

「そうねぇ……」

運転手はハンドブレーキを解除した。

海岸沿いの舗装路を西へ走り、ニャティヤ洞《がま》という史跡をすぎた。沖縄戦では島民の防空壕として利用され、多くの人々が避難したことから〝千人洞〟と呼ばれた、と運転手が説明する。そんなに大きな洞窟なら見物してみたいと二宮は思うが、口には出せない。桑原は不機嫌そうに腕を組み、浜辺のほうを眺めている。

タクシーは道路脇の石垣の中に入って停まった。『真喜屋』だ、と運転手がいう。古い沖縄民家風の平屋は赤瓦を漆喰《しっくい》で塗り込め、前庭に風呂釜のような水甕《みずがめ》を置いている。ここの部屋数はせいぜい五室だろう。桑原は車を降り、玄関に入っていった。

「あのお客さん、風邪ひいてるねぇ」

桑原の後ろ姿を見やって、運転手がいう。

「風邪……」

「マスクをしてるからさぁ」

「ああ、あれね……」

二宮は笑った。「コザで飲んだ晩、べろべろに酔うてこけたんですわ。果物屋のパイナップルの山に顔から突っ込んで、鼻がパイナップルになってますねん」

「あきさみよぉ（それはひどい）」

運転手も笑った。「お客さん、大阪ねぇ」

「分かりますか」

「大阪んチューはよく喋って、話がおもしろいからよぉ」

「商人の文化ですわ。あることないこと喋り散らして、相手を煙《けむ》に巻かんとあかんからね」

そこへ、桑原がもどってきた。

「あかん。満室や。『みやしろ』へ行ってくれるか」

タクシーはまた走りだす。

『みやしろ』は『真喜屋』から三百メートルと離れていなかった。ここも沖縄民家風で周囲に低い石垣をめぐらしている。桑原は道路脇にタクシーを停めさせ、石垣の中に入ってすぐに出てきた。

「あかんな。ここもいっぱいや」

「ホテルに泊まったらいいさぁ。『アイランドホテル』や『サザンビーチホテル』は海に近いし、部屋もあるんだはずよぉ」

「ぶっちゃけた話をするとやな、わしらはひとを探してるんや」

桑原はウインドーをおろし、煙草を吸いつけた。「大阪の男がふたり。齢は三十すぎで、チンピラふうや。借金を踏み倒して、この島に逃げ込みよった」

「すると、お客さんは……」

「興信所の探偵や。サラ金に雇われてる」

「それで顔を隠してるわけね、そのマスクで」

「ま、そんなとこや」

桑原はあっさりうなずいた。「逃げた男はバルコニーのあるホテルか民宿におるはずなんやけど、『アイランド』と『キャッスル』と『サザンビーチホテル』には泊まってないらしい。……あんた、心あたりはないか」

「バルコニーねぇ」

運転手はしばらく考えて、「『ミハマホテル』にもバルコニーはあるんだはずよぉ」

「それ、どこや」

「東海岸さぁ。ここからだと、島の反対側さぁ」

「よし。そこや。その『ミハマホテル』に行ってくれ」

桑原はシートバックの灰皿を開けて煙草を揉み消した。

しかし、『ミハマホテル』にも東は宿泊していなかった。午後六時半。日暮れが近い。ちょいと話をするから待っててくれるか——。桑原は運転手にいい、二宮を誘って車外に出た。浜辺に降りる。

「おまえ、東に電話したとき、波の音が聞こえたんやな」

「ええ。たぶん……。波の音やと思たんやけど」

「東は、伊江島のビーチにおるというたんかい」

「イエ、とは聞いたけど、伊江島とは聞いてません」

「おまえ、耳は確かやろな」

「ときどき、聞きまちがいますけど」

桑原の顔が険しい。いらついている。

「もういっぺん電話してみましょか、東に」

「まぁ、待て」

桑原は少し考えて、「根間のケータイを見てみい」

二宮は電話を出して電源を入れた。着信履歴を見ると、一件増えている。090・2280・18××——。

「東からかかってますわ。十七時十八分に」

フェリーに乗っていたときだ。

「しゃあない。電話せい」

二宮はコールバックをした。すぐにつながった。

――根間です。電話をもらったようで。

――あ、どうも。大した用事やないんやけど、いつ、こっちに来るんかなと思て。

――明日か明後日、行くつもりです。

喋りながら、東の居場所をどうつきとめるか懸命に考える。

――そうだ。ダイビングをしたいんだけど、ボンベが重いから、宅配便で送りたいんです。住所を教えてもらえませんか。

――ああ。ここにマッチがある。……伊江《いえ》村真《そんま》謝《じゃ》三番地、『民宿いしみね』やね。

――分かりました。コザの女を連れていきますよ。

――すんまへんな。ほな、また。

電話は切れた。

「やっぱり、この島ですわ。真謝の三番地。『いしみね』という民宿です」

「おまえの二枚舌も、たまには役に立つのう」桑原はにやりとした。

タクシーにもどり、運転手に訊くと、『いしみね』は島の北海岸、湧出《わじー》展望台から西へ五百メートルほど行ったサトウキビ栽培農家が経営している民宿だった。一昨年、別棟のログハウスふうコテージを増築し、そこに長期の滞在客を受け入れているという。

「行きますか、『いしみね』に」と、運転手。

「いや、今日はかまへん。泊まってるとこが分かったら、それでええんや」

桑原は応じて、「それより、わしらの宿を決めんといかん。あんたのお勧めはどこや」

「『富士ホテル』はどうねぇ。城山の麓で、見晴らしがいいさぁ」

「よっしゃ。そこへ行ってくれ。汗を流したい」

桑原は指先でマスクを掻いた。鼻が蒸れるのだろう。

『富士ホテル』は城山の南の山裾《やますそ》に位置する三階建のこぢんまりしたリゾートホテルだった。ツインが三十二室。どの部屋からも海が見えます、とフロントマンがいう。

桑原はツインを一室だけとって、一泊料金を前払いした。キーを受けとり、ロビー奥の階段をあがる。

「なんで、二部屋とらんかったんですか」

「二、三時間休むだけや。どうせ夜は寝られへん」

「『いしみね』に行くんですね」

「東をどつきまわすんや」

「池崎もいっしょでしょ」

「ふたりまとめて、いわしてもうたる」

「勝井はいてませんかね」

「おるわけない。東と池崎は破門で、勝井は絶縁や」

勝井は桑原に責められて口を割ったのだ。東や池崎のように組が面倒を見るとは考えられないと桑原はいう。

二階の二〇八号室に入った。遠く夕暮れの海を背景に水納島が見える。窓の下に咲いている赤い花はデイゴだ。

桑原はスツールを引き、鏡の前に座った。マスクをとり、湿布薬を剝《は》がす。鼻の付け根が腫れ、濃い紫色の痣になっていた。

「痛そうですね」笑いたいが笑えない。

「シャラップ。じゃかましい」

桑原は上着のポケットから替えの湿布薬を出して鼻に貼りつけた。絆創膏《ばんそうこう》でとめる。

「それ、医者にもろたんですか」

「五日分な」

「保険は」

「あるわけないやろ」

「あとで保険証のコピーを送ったら、払い戻しがあるでしょ」

「ごちゃごちゃとうるさいのう。おまえは小舅《こじゅうと》か」

桑原は鏡の中から睨みつけ、「わしは風呂入るぞ」

立ってバスルームへ行った。

二宮はテレビをつけて、ベッドに横になった。NHK、七時のニュースにしてみる。奈良東西急便と奈良県警の新情報はなかった。

仰向きになって眼をつむった。桑原がバスルームで鼻唄を歌っている。八代亜紀だ。演歌を毛嫌いしているくせに、けっこうこぶしがまわっている。こうしてじっとしていると、枕に頭が吸い込まれそうだ……。


尿意をおぼえて眼を覚ますと、テレビが消えていた。隣のベッドで桑原が眠っている。あくびをして腕の時計を見た。午後十一時——。四時間近く眠ったらしい。

ベッドを出ようとしたが、思いなおした。桑原を起こしたら、『いしみね』に行くといいだすだろう。身に危険が迫るようなことはしたくない。

このまま眠りつづけようと、また眼をつむったが、小便はしたい。膀胱が破裂しそうだ。

二宮はそっとベッドを降りた。足音をひそめてトイレへ行く。音をたてないように便座に腰かけて放尿し、ドアを開けると眼の前に桑原が立っていた。

「よう寝た。行くぞ」

桑原は大きく伸びをした。

フロントでタクシーを頼むと、五分後に来た。夕方に乗ったタクシーではないが、運転手は水色のアロハシャツを着ている。島の観光協会から支給されるのだろうか。

「『いしみね』いう民宿へ行ってくれるか」

「真謝ねぇ」

タクシーは走りだした。急勾配《こうばい》の坂を降りていく。

「『いしみね』はどんなとこにあるんや」

桑原は運転手に訊く。「あたりのようすは」

「サトウキビ畑さぁ。一町歩ほどの」

白髪の運転手は昼間の運転手よりもっと齢を食っている。六十をすぎているだろう。

「海岸に近いんかいな」

「二、三百メートルは離れてるかねぇ」

「別棟のコテージがあると聞いたけど、それは」

「あるよぉ。丸太を組んだような建物が三棟、海岸のほうに」

「コテージのバルコニーは波の音が聞こえるんやな」

「波の音？　それは分からん」

「聞こえへんのかいな」

「北海岸は崖だからよぉ。湧出のあたりは高さ六十メートルの断崖さぁ」

「そら、ちょいと話がちがうな」

「はぁ……」運転手は首をかしげる。

「コテージからビーチへ泳ぎに出るてなことはできへんのか」

「北海岸に砂浜は少ないさぁ。あっても狭いから、海に入るのはダイビングのひとだけなはずよぉ」

『いしみね』のコテージから磯へ降りるには、崖を切り通した険しい小道を降りていかなければならないと運転手はつづけた。

「コテージのまわりは畑なんやな、サトウキビの」

「そうさぁ。苗を植えてから、三、四カ月になるんだはずよぉ」

サトウキビは二メートルから三メートルの高さまで生長し、伊江島では一月から三月にかけて収穫するという。

「あんた、客を乗せて『いしみね』に行くことはようあるんかいな」

「はい。けっこうあるよぉ」

「コテージは畑から行けるんやな」

「車は入れんよぉ。歩いて入れるさぁ」

畦道伝いに行ける、という。

「よっしゃ、分かった。おおきに」

坂を降りた。タクシーは左折して県道を西へ走る。


真謝に着いた。平坦なサトウキビ畑。民家はそう多くない。

『いしみね』まで行きましょう、という運転手に、桑原は「歩きたいんや」といい、県道でタクシーを降りた。丈の低いサトウキビ畑の畦道を海のほうへ歩いていく。足もとは暗い。

空を仰ぎ見ると、天の川がいっぱいに広がっていた。

「ひとつ質問があるんやけど、よろしいか」二宮はいった。

「なんじゃい」桑原は振り向く。

ろを吐かすんや」

「東はコテージにおるはずや。踏み込んで殴る。気絶しよったら引っ括って、青木の居どころを吐かすんや」

「騒ぎになったらどうするんですか」

「騒ぎにならんように、手際ようやるんやないけ」

「なるほど。手際ようにね」

まるで分からない。この男はいつでも、出たとこ勝負なのだ。

「おまえにもういっぺんだけ確かめとく」

桑原は立ちどまった。「東に電話したとき、ほんまに波の音が聞こえたんやな」

「いや、それをいわれると自信はないです」

東は、バルコニーでビールを飲んでる、ええ風が吹いてくる、とそういった。それで波の音が聞こえたように錯覚したのかもしれない。「ビーチにビキニの女の子がおると、東はいいました。みんな、男がいっしょやと」

「ダイビングしかできんような磯にビキニの女はおらんやろ」

「おれが電話をかけたとき、東は南海岸のビーチでビール飲んでたんですかね」

「そこや。わしがひっかかるのは。東はバルコニーにおるというたんやろ」

「ええ。それは確かに聞きました」

「なんかしらん、怪しいのう。合点がいかん」

「おれが住所を訊いたら、ここにマッチがある、と東はいうたんです。伊江村真謝三番地、民宿『いしみね』……。そういいました」

「東は『いしみね』のマッチを持って北海岸から南海岸まで行ったんかい。やっぱり、どうも腑《ふ》に落ちん」

桑原は畦道の先を見やった。「作戦変更や。コテージをストレートに攻めるのはヤバいような気がする」

いうなり、畦道から畑に降りてサトウキビの中に分け入った。姿勢を低くし、畝のあいだを歩いて民宿に近づいていく。

石垣にかこまれた沖縄民家風の農家があった。建物は大きく、敷地は広い。窓にいくつか明かりがともり、玄関庇下《ひさししした》の裸電球が点いている。庇を支える柱に《民宿いしみね》と、一枚板の表札がかかっていた。

「コテージはどこや」

「この母屋の裏でしょ」

石垣を迂回した。ハイビスカスの生垣のあいだを抜ける。砂利道の先、五十メートルほど離れたところに三棟のログハウスが建っていた。

「さて、問題はこれからや」

デイゴの木陰に隠れて桑原はいう。「まず、どのコテージに東がおるか確かめんといかん。東はひとりか、池崎といっしょか、それも知りたい」

こういうとき、斥候兵の役目はいつも二宮だ。コテージに忍び寄って中のようすを探ってこいといわれそうだが、桑原はマスクに手をやったまま黙っている。

「どないしたんです」

「気に入らん。なんか、おかしい……」

桑原はデイゴのそばを離れ、また畑に降りた。中腰でゆっくり海のほうへ移動する。コテージとは一定の距離を保ったまま近づこうとしない。

コテージの東側にまわった。三棟が並んで見える。造りはみんな同じで、高さ一メートルほどのテラスがつき、その奥に出入口がある。三棟のうち、右の二棟の窓に明かりが点いている。

「こいつはちがうな。バルコニーてなもんはないぞ」

「東はテラスをバルコニーというたんかな」

「テラスに椅子がない。立ったままビールは飲まんやろ」

そう、桑原のいうとおりだ。誰よりも野放図な男が細かい観察をしている。

「石、投げてみい」

「はぁ……？」

「テラスに石を投げるんや」

「そんなことしたら、ひとが出てくるやないですか」

「出てくるのは東やない。蘇泉会のクソどもや」

「どういうことです」

「こいつは罠や。わしらを待ち伏せしとんのや」

桑原は畑の石を拾った。立って振りかぶり、右端のコテージに向かって投げる。テラスのあたりでカツンと音がし、桑原はすばやく身を伏せた。

出入口のドアが開いて男がふたり現れた。隣のコテージからも男がひとり出てくる。遠いから顔は見えないが、東と池崎の感じではない。

男たちは懐中電灯をかざして周囲を照らした。桑原と二宮のところまで光はとどかない。男のひとりはテラスから降りて床下を覗き、あとのふたりはコテージのまわりを一周する。手に持っているのは懐中電灯だけではないようだ。

二宮はサトウキビの陰に伏せて身じろぎしない。男たちはひとしきり周辺を歩きまわってコテージにもどった。

「くそったれ、やっぱり罠やった」低く、桑原はいう。

「よう気がつきましたね」

「クサい仕掛けや。わしらが根間のケータイを持ってると知って、東に一芝居打たせたんや。着信履歴を見て、おまえが電話する。それが狙いや」

「まんまとひっかかったんですね」

「他人事《ひとごと》みたいにぬかすな。あいつらに捕まったら命はなかったんやぞ」

「………………」それを考えると血の気がひく。

「こういう田舎のコテージにわしらを誘い込んだんは、半殺しにして口を割らせるためや。なんで沖縄に来た、なんで蘇泉会に眼をつけた、なんで東を匿うてると知った、なんで青木に追い込みかけてるんや、と訊きたいことを訊いたあとは、六十メートルの崖から突き落とす。おまえとわしは手に手をとって心中したというわけや」

背筋がひやりとした。こんなイケイケの疫病神と心中したら未来永劫《えいごう》、地獄をさまようだろう。

「我々は敵の筋書きどおりに動いたんですね」

「伊江のビーチにおる、というたら、わしらは伊江島に来る。ここにマッチがある、というて民宿の場所を教えたんも、クソどもの仕掛けや」

「ほな、コテージは三棟とも……」

「蘇泉会が借りたんや」

「よかった。早よう気がついて」

胸をなでおろした。「ホテルに帰りましょ。朝いちばんのフェリーで本島に渡って、沖縄とはさいならですわ」

「あほんだら。ここまで来て、なにを眠たいこというとんのじゃ。青木をひっ捕まえて金にするまでは大阪に帰れるかい」

「そやかて、命あっての物種やないですか」

桑原は蘇泉会の組員に喧嘩を売り、殴り倒して持ち物を奪ったのだ。神戸川坂会でさえ制覇できなかった沖縄ヤクザの面子《メンツ》をつぶして、ただで済むわけはない。

「青木は七千万もの金を持っとんのやぞ。それをみすみす見逃して、極道の看板が張れるかい」

「わるいけど、おれは堅気の小市民ですねん」

「くそボケ。どこの小市民が極道を使うてサバキなんぞしとんのじゃ」

「桑原さん、お願いやから帰りましょ。おれはタマがちぢみあがってます」

この状況は相当に危ない。桑原はコテージに突っ込む気だ。

「五百万や」

「なんです……」

「青木の七千万を手に入れたら、おまえに五百万やる」

「おれ、金はいりません。ここでオリますわ」

本心だ。五百万どころか、七千万でもオリる。

「よう分かった。おまえはほんまのタマなしや」つぶやくように桑原はいう。

「そう。おれはタマなしです」なんとでもいえ。

「尻尾まいて大阪に帰らんかい。あとはどうなるか分かっとるんやろな」

「どないなるんです」

「おまえは花鍛冶と桐間と天海組の標的《マト》になってる。かわいそうにのう。ひと月もせんうちに名前が変わるやろ」桑原は嘲《あざけ》るように笑って、「コンサル院パチンコ居士。おまえの戒名や」

「そんなあほな……」

「おまえは棺桶《かんおけ》に臍《へそ》まで浸かってる。いまさら、あとには退けんのや。男やったらきっちりケリつけんかい」

「………」

「おまえ、東にいうたやろ。明日か明後日、民宿へ行くと。まさか今晩来るとは、蘇泉会の連中も思てへん。油断しとんのや」

「油断ね……」

「肚を決めんかい。行くも地獄なら退くも地獄や」

「一割、ください」

「なに……」

「七千万の一割は七百万です」

「おまえはどういう人間や。とことん欲の皮が突っ張っとるの」

「おれも命を的にしてるんです。せめて七百万はもらわんと割に合いませんわ」

「分かった。七百万ぐらい、くれてやる」

桑原は舌打ちした。性根の歪んだ男だが、いったん口にしたことは守る。それだけは認めてやってもいい。

「――で、これからどうするんですか」

「しばらく休憩や。あいつらが寝るまで待つ」

桑原は畝のあいだにあぐらをかいた。煙草をくわえ、ライターを口に持っていったが、火はつけない。炎を見られると気づいたのだろう。

「くそっ、喉が渇いたのう」

「サトウキビでも齧《かじ》ってみますか」

「わしゃ、ネズミやない」桑原は煙草を捨てた。

二宮は肘をつき、横になった。畑は石が多く、北極星を見つけた。脇腹にゴツゴツ当たる。

仰向きになって空を見た。星が低い。北斗七星を探し、北極星を見つけた。いまのこの状況が不思議だった。沖縄の離島のサトウキビ畑の中で星を見つめている。ついこのあいだまでは大阪の喧騒《けんそう》の中で仕事をし、パチンコをし、たまにはフーゾクへ行き、夜は酒を飲みながら野球やサッカーを見ていたのだ。

思えば桑原に鼻面をとって引きまわされ、いいように踊っている。成り行きとはいえ、自分の意思で行動したことはほとんどない。

そう、発端は奈良県警の柴田を接待したイカサマ麻雀だった。たった六十万と九千円の稼ぎのために、あれからどれだけひどいめにあったことか。六十万はとっくになくなって銀行の預金残高もゼロになり、おふくろに金を振り込んでくれと頼む体たらくだ。差し引きすると、完璧なマイナスではないか。おまけにヤクザには殴られ、アパートにも帰れず、仕事もできない羽目になってしまった。こんな理不尽なことがあるだろうか。

すべての元凶は桑原だ。こいつはまちがいなく疫病神であり、二宮に仇《あだ》なす存在でしかない。この男さえいなければ、こんな災厄は降りかからなかった。

なんで、こんなやつと知り合うたんや——。

親父の孝之《たかゆき》だ。孝之は初代二蝶会の大幹部であり、その二蝶会に桑原が迷い込んで盃を受けたのだ。

桑原を二宮に紹介したのは若頭の嶋田だった。桑原は使える、サバキにはぴったりや——。嶋田の言葉を鵜呑《うの》みにして桑原を使ったのが運の尽きだった。以来、二宮は呪《のろ》われている。呪いを解こうとして桑原との縁を切るのだが、切っても切っても、この男はしつこくそばに寄ってくる。腐れ縁というありきたりの言葉では表現できない怨念《おんねん》と悪業《あくごう》を感じるのだ。

「こら、なにをぶつぶついうとんのや」

「なにかいうてましたか」

「そうやって独り言をいいだしたら危ないんやぞ。病院行って脳波を計ってもらえ」

「脳波は計るもんやのうて、診《み》るもんとちがうんですか」

「二宮くん、もういっぺんいうてみいや」

「いや……」

口をつぐんだ。星を見あげる。あくびをした。

8

足もとからなにかが飛んだ。キチキチキチッと羽音がする。

「びっくりした。なんですねん」

「バッタや。どこにでもおる」

桑原は腕の時計を月明かりにかざした。「二時前や。そろそろ行くか」

「作戦は」

「三人のうち、ひとりをやる。真ん中のコテージや」

寝ているところを襲って気絶させ、外に運び出す。崖下まで運び、そこで口を割らせるという。「棒が欲しいな。木刀の代わりになるような」

「そんな都合のええもんはないでしょ」

コテージの北側には数本の立木があるが、太い枝を折れば音がする。葉も落とさないといけない。

「石はないか」

「石ね……」

畑は小石だらけだが、大きな石はない。

「ま、ええわい。向こうに行ったら、なんぞあるやろ」

桑原はサトウキビの葉陰を伝ってコテージに近づいていく。二宮もつづいた。

畑の端に来た。コテージとの距離は十メートル。ここから先に遮蔽物《しゃへいぶつ》はない。

「寝とるな」

「ええ……」

三棟のうち、左の二棟の窓に明かりがともっているが、話し声も物音も聞こえない。

「こっちや」

桑原と二宮はかがんだまま左へ移動した。畦道にあがり、南端の建物に走り寄ってテラスの床下に這い込む。地面には砂利が敷かれていた。

「おまえ、行け」

「えっ……」

「真ん中の小屋や。行って、ようすを見てこい」

「おれが行くんですか」

「殴るぞ、こら。おまえはいままでなにをしたというんや」

「いろいろしましたけど」

「四の五のいうてんと、行きくされ」

尻をどやされた。肚を決めて床下から出る。上体を伏せて真ん中の建物に近づき、またテラスの下に入る。しばらくようすをうかがい、テラスに這いのぼって手すりを跨ぎ越した。出入口の右横、窓の脇に張りつく。

二宮は丸太の壁にもたれかかり、深呼吸をした。頭が熱い。煙草が吸いたい。噴き出す汗、Tシャツが背中に張りついている。

息をととのえて顔をのぞかせた。フローリングの床、赤いカーペット、椅子、テーブル、そう広くはないワンルームだ。籐の衝立の向こうに白木のベッド。毛脛《けずね》が見えた。眠っている。

窓を離れ、テラスを降りた。南端のコテージにもどり、テラスの下に入る。

「どないや」

「男がひとり。ベッドで寝てます」

ドアや窓、衝立とベッドの配置を教えた。

「やっぱりな。……向こうのコテージのふたりも寝とるやろ」桑原はいって、「問題は、どないして男をさらうかや。暴れて騒ぎよったら、向こうのふたりが眼を覚ます」

「なにか、道具がいりますね。大きな石を探しますか」

「石よりロープが欲しいな。首を絞めたら、大声出せんやろ」

「下手したら死んでしまいますよ。ロープが首に食い込んで」人殺しの片棒はかつぎたくない。

「人間はな、ちょいと首絞めたぐらいで死なへんのや」

「けど、そんなに都合ようロープはないでしょ」

「水道や。水栓があったらホースがついてる」

桑原は床下から出た。二宮も出る。建物の裏にまわったが、水栓も井戸もなかった。

「ありませんね」

「いや、ある」

桑原はLPガスボンベのそばにかがみ込んだ。ボンベは二本。倒れないように金具と鎖で壁に固定している。

桑原は金具と鎖をつなぐ針金を外し、鎖を抜きとった。ちょうど両腕を広げたほどの長さがある。桑原は鎖を持ってヒュンと振り、真ん中のコテージのテラスにあがった。二宮もあがる。

さっきの窓から中を覗いた。衝立の向こうに毛脛が見える。ＯＫ、寝てます——。うなずいた。

桑原はそっとドアを引く。わずかに軋んでドアは開き、桑原と二宮は侵入した。

丸テーブルの上にはビールの空き缶と泡盛のボトル、ウーロン茶、するめ、チーズ、ビスケットがあった。流しのコンロには鍋がかかり、そばにラーメンの袋が落ちている。そうひどく散らかっていないところをみると、男は一昨日の朝か昼、このコテージに入ったようだ。

微かにいびきが聞こえた。桑原と二宮はベッドのそばへ行く。

男は仰向きで眠っていた。紺のTシャツに黒のショートパンツ、枕のそばに野球帽がころがっている。あのスキンヘッド——。根間だ。Tシャツがたくしあがり、腹に晒《さらし》を巻いているのは、桑原に蹴られた傷だ。肋骨にヒビが入っているのかもしれない。

桑原は鎖を引き絞り、右の拳に巻きつけていく。二度、三度、宙に向かって拳を突き出し、根間を起こせ、と唇でいう。首を絞めるより殴り倒すほうが早いと考えたようだ。

二宮はベッドの反対側にまわった。桑原は腰を落とし、鎖で固めた拳をかまえる。

「根間……」二宮は耳もとで小さく呼びかけた。「根間」もう一度、呼ぶ。

根間は眼をあけた。起きあがる。

「こっちや」

桑原がいった。振り向いた根間の鼻面に桑原の拳が食い込む。ボツッと鈍い音がして根間はベッドに突っ伏し、呻き声さえあげない。

「災難やのう。また、やられよった」

桑原は鎖を解いてベッドの向こうに放った。「猿轡《さるぐつわ》や。シーツを裂け」

そうはいわれたが、手でシーツは裂けない。根間のショートパンツを探ると、ポケットにジャックナイフがあった。刃を起こし、シーツに切れ目を入れて裂く。

桑原は根間を仰向きにし、裂いたシーツを丸めて口に押し込んだ。もう一本のシーツを紐にして口もとに巻きつける。

「こいつを括れ。後ろ手や」

二宮は根間を俯《うつぶ》せにし、両腕を後ろにまわして縛った。膝と足首もシーツで縛る。

桑原は残ったシーツで根間の顔をくるんだ。枕を元にもどし、床にずり落ちたタオルケットをきれいに畳んでベッドの足もとに置く。

「なんで、そんなことするんです」

「時間稼ぎや。こいつがさらわれたと覚られんようにな」

桑原は根間の膝を持った。「運ぶぞ。おまえはそっちを持て」

二宮は両腋に手を入れた。桑原とふたりで抱えあげる。出入口のところまで根間を運び、いったん床におろした。ドアを細めに開けて外のようすを確かめる。変わりはない。

根間を抱えてテラスに出た。桑原が足でドアを閉める。そのまま階段を降り、サトウキビ畑に入ったが、意識のない人間はぐにゃぐにゃで、ひどく重い。おまけに二宮は後ろ向きで根間を運んでいる。

それでも休まず歩きつづけて、畑の北の端まで行った。休憩や、と桑原がいう。根間をおろして地面に座り込んだ。身体中から汗が噴き出す。コテージのほうを見ると、窓の明かりがすっかり小さくなっていた。

「膝が笑いそうですわ。痩せのくせに、くそ重たい」

根間は六十キロちょっとだろう。足よりも頭のほうを持つほうがずっと重いはずだ。

「ほんまに、海岸までこいつを運ぶんですか」

「あたりまえやないけ」桑原も座り込んでいる。

「この先は崖ですよね」

六十メートルの断崖だと、タクシーの運転手がいっていた。

「文句が多いのう。なにがいいたいんや」

「いや、頭と足を交替してもろたらうれしいなと……」

「じゃかましい。ぶちぶちいうてたら、ひとりで運ばせるぞ」桑原は吐き捨てる。

五分ほど休んで立ちあがった。ふたりで根間を運ぶ。灌木《かんぼく》の疎《まば》らな茂みを抜けると波の音が聞こえ、潮の匂いがしてきた。海はすぐそこだ。

桑原は根間をおろして海のほうへ行き、ほどなくしてもどってきた。

「道がある。こっちや」

また根間を抱えた。持ちあげるたびに重くなる。

段丘をひとつ越えると、崖に出た。海風が吹きあげてくる。遥か下、薄闇の底に白い波頭が見えた。文字どおりの断崖だ。

「こんなところを降りるんですか。ひとひとり抱えて」

考えただけで気が遠くなる。もうへとへとだ。「ここで口を割らすわけにはいかんのですか」

「ここはあかん。こいつが叫びよったら、あとの連中が起きてくる」

確かに、それはいえる。叫び声はコテージまでとどくだろう。

「ほら、こいつを背負え」

「ちょっと待ってくださいよ。こんなもんを背負うて、どないして降りるんです。この険しい崖を」

「階段があるやないけ。そこに」

確かに、崖の窪《くぼ》みに階段らしいものはある。岩を刻んで下に延びているが、幅は狭く、傾斜はきつい。ほんの少しバランスを崩しただけで、根間もろとも崖下の磯に叩きつけられるだろう。

「どういわれても、それぱっかりはできませんわ。おれも命は惜しいんです」

「そうかい。よう分かった」

桑原は根間の足を持った。崖の端のほうへ引きずっていく。

「なにをするんです」

「こいつを落とすんやないけ」

「そんな、むちゃな……」

「むちゃもへちゃもあるかい。わしは高所恐怖症や。おまえが運べんのなら、落とさんとしゃあないやろ」

「分かった。分かりました。運びます。運んだらええんでしょ」

涙が出そうになった。


根間を磯におろしたときは精も根も尽きていた。岩の上に大の字になる。波しぶきが顔に降りかかるが、動く気にもならない。

桑原の吸う煙草のけむりが流れてきた。二宮も火をつけて、寝たままで吸う。

根間を背負い、六十メートルの崖をどう降りたか、ほとんど憶えていない。ただ足もとだけを見つめて一歩ずつ降りた。背骨が軋み、膝が抜けそうになった。

情けない。これほどまで体力が落ちていたのかと愕然《がくぜん》とする。建設コンサルタントの看板を掲《あ》げたころは、解体屋の職人といっしょに高層ビルの階段を一日に何十往復もして息切れもしなかったのに……。煙草と酒を減らし、定期的に運動をしないといけない。

大きな波が磯に砕けてしぶきを浴びた。煙草が消える。二宮は起きあがった。

桑原とふたり、根間を抱えて磯を移動した。カサカサと、なにかが逃げていく。カニかフナムシだろう。

磯が後退し、ごろ石の浜に出た。入り江の奥は崖がえぐれて浅い洞窟のようになっている。そこに根間を横たえた。

桑原は根間の顔をくるんでいるシーツをとった。浜へ行き、シーツを水に浸してもどってくる。根間の猿轡を外し、顔の上でシーツをしぼる。根間は咳き込み、呻き声をあげた。

「眼が覚めたか。ひどいめにあわせて、すまんな。おまえにはなんの恨みもないけど、訊きたいことがあるんや」

桑原は根間の耳を引っ張って上を向かせた。「大阪の花鍛冶組。東と池崎という極道が沖縄にフケた。……居どころを教えて欲しいんや」

根間は答えない。ただじっと桑原を睨みつけている。

「そうか、よういわんか」

桑原は根間の顔に濡れたシーツを押しつけた。馬乗りになる。

根間は暴れた。身体を反らせて桑原をはねのけようとするが、手が使えない。膝と足首も縛られている。必死で身体をくねらせた。

桑原はなおもシーツを押しつける。根間は濁った叫び声をあげ、死にものぐるいではねまわる。

「桑原さん！」このままでは根間が窒息してしまう。

ようやく、桑原はシーツをあげた。根間の胸が上下し、激しく咳き込んで、グォッ、グォッと空えずきをする。

「よう聞け」

馬乗りになったまま、桑原はいう。「沖縄の極道が大阪の極道に肩入れして生命を落としても、勲章にはならへんぞ。しょぼくれた墓にシキミと線香が十本ほど供えられて、それでチョンや。東と池崎が破門になったことは、おまえも知ってるやろ。つまらん義理だてすることはないんや」

根間は黙りこくっている。死んでも喋るか、という表情だ。

「そうかい。ええ根性や」

桑原は立って、そばの大石を抱えた。

「おまえの頭をかち割って海に沈める。脳味噌は魚が食うてくれるやろ」

「やみれ。やみりよぉ」

根間は叫んだ。反転し、逃げる。

「化けて出るなよ。わるいのはおまえや」

桑原は脚を広げ、石を持ちあげた。いまにも叩きつけるかまえだ。

「粟国島《あぐに》……」

根間は吐いた。「東と池崎は粟国島にいる」

「どこや、その島は」

「東シナ海。那覇からフェリーが出てるよぉ」

「何時間や。フェリーで」

「二時間半」

「飛行機は」

「空港はあるよぉ。乗ったことはないけど」

「ほな、けっこう大きな島やの」

桑原は石を投げ捨てた。「東と池崎は粟国島のホテルか」

「民宿さぁ」

ウーグ浜の『糸数《いとかず》』だという。

「『糸数』におるのは東と池崎だけか」

「…………」根間は答えない。

「そうか。もうひとりおるんやな」

桑原はうなずいた。「青木いうオヤジとちがうんかい」

「名前は聞いてないさぁ」

「腐れの五十男やろ」

「分からん。会ったことはないからよぉ」

「粟国島の『糸数』……。嘘やないやろな」

桑原は携帯電話を出した。ボタンを押す。「──番号を教えてくれるか。粟国島の民宿で『糸数』。場所はウーグ浜や」

桑原は一〇四にかけたらしい。

「──098・988の22××。分かった。どうも」

桑原は電話を切った。根間に向かって、「わしはこれから『糸数』に電話する。東と池崎と青木が泊まってなかったら、おまえはここで鮫《さめ》の餌になる。覚悟はええな」

「電話しぃよぉ。嘘はつかんさぁ」不貞腐《ふてくさ》れたように根間はいう。

桑原はしかし、電話はしなかった。警戒されると思ったのだろう。

「おまえ、肚の据わった、ええ極道やのう。いつかは組を背負って立つ男になるやろ」

桑原は札入れから十枚ほどの札を抜いた。「粟国島のことをおまえから聞いたと、わしは誰にも喋らへん。それは約束する。……こいつは治療費や」

根間のショートパンツのポケットに札を押し込み、また猿轡をする。濡れたシーツを拾い、

「紐を作れ。五、六本」こちらに投げて寄越した。

二宮はナイフでシーツを裂いた。桑原は根間の腕を何重にも縛り、膝から下をぐるぐる巻きにする。根間はイモムシと化し、ほとんど身動きできなくなった。

「よっしゃ。これでええ。撤収や」

桑原は洞窟を離れた。磯伝いに階段のほうへ歩いていく。二宮はあとを追った。

「根間を置き去りにして、かまわんのですか」

「いまは満潮や。溺れることはない」

「二回も殴られて、簀巻きにされて、踏んだり蹴ったりですね」

「朝になってダイバーか地元の人間が来たら、いずれ、あいつは見つかる。それまでに粟国

島へ渡るんや」

「こんな夜中にフェリーが出てますか」もう二時をすぎている。

「あほか、おまえは。出てるわけないやろ」

「ほな、どうやって……」

「チャーターするんやないけ。海上タクシーを」

「そんなもんがありますか」

「瀬戸内海にはあった」

桑原はそれきり、口をきかなかった。


伊江島に流しのタクシーなどあるはずはなく、『富士ホテル』まで歩いて帰った。フロントには誰もいない。カウンターのベルを鳴らすと、奥の部屋からフロントマンが出てきた。仮眠をとっていたのだろう。眠そうな顔だ。

「起こして、わるかったな。チェックアウトや」

「えっ、いまですか」

フロントマンは壁の時計を見あげる。

「教えて欲しいんやけどな、この島から粟国島へ行くんは、どういうルートがいちばん早いんや」桑原は訊く。

「そうですね、フェリーで本部に渡られて、車で那覇へ走るのが早いと思います」

那覇からはRAC（琉球エアコミューター）が一日に五、六便と、高速船が一日一便、出ているとフロントマンはいう。「所要時間は、RACだと二十五分。高速船は午前十時に泊港を出港して、粟国島着は十二時です」

「ちょいと事情があってな、そういう悠長な旅はできんのや」

「何時ごろ、粟国島にお着きになれば……」

「そうやな、夜が明けるまでには着きたい」

「それはいくらなんでも無理です。伊江島始発のフェリーは午前八時ですから」

「そんなことはいうてへん。わしはいますぐ、この島を出たいんや」

桑原はカウンターに一万札を置いた。「あんた、船をチャーターしてくれへんか」

フロントマンは札を一瞥《いちべつ》し、口もとに手をやって考えた。

「知り合いのフィッシングショップに船はありますが、この時間に出してくれるかどうか」

「そこをあんたに交渉して欲しいんや。料金は希望どおりに払うから」

「本部港まで三、四万円はかかるかもしれませんが、いいですか」

「上等や、五万でもかまへん」

「本部から那覇へは、車で？」

「そのつもりや」

「だったら、粟国島まで船で行かれたらどうですか」

「そのほうが早いんかい」

「はい、もちろん」

フロントマンはカウンターの下から地図を出した。広げる。

粟国島は那覇から北西に約六十キロ、伊江島からだと南西に五十キロの海上に位置していた。

「これはびっくりやな。粟国島は那覇より伊江島のほうが近いんや」

「フィッシングショップには船が二隻あります。トローリング用のクルーザーは四十フィート級で、巡航速度は二十ノット。最大速度は二十五ノットくらいだと思います」

「ノットというのは、時速何キロや」

「一・八五キロです」

「二十五かける一・八五は」

「四十六キロくらいですか」

「ほな、一時間ちょっとで粟国島に着くがな」

「風向きや潮流がありますから、そのとおりに行けるかどうかは……」

「よし、それや。クルーザーをチャーターしよ。あんた、段取りしてくれ」

桑原は一万円札をフロントマンの手に握らせる。フロントマンは、カウンターの電話をとった。こういうとき、桑原の金は役に立つ。

夜分すみません。富士ホテルです――。フロントマンは話しはじめた。


クルーザーは想像以上に大きかった。四十フィート級というから、船体の長さは十二メートルか。ブリッジは二層で、マストにレーダーが装備され、後部デッキには三点支持ベルトのついたバケットシートがある。トローリングのとき、シートに身体を固定してロッドを曳《ひ》くのだろう。デッキの下で低いエンジン音が響いている。

クルーザーを操縦する男はフィッシングショップのオーナーで、末吉と名乗った。背は高くないが、がっしりして真っ黒に日灼けしている。白のTシャツにグレーのショートパンツ、フィッシングキャップのエンブレムはディズニーアニメふうのペリカンだ。

桑原は四時までに粟国島に着きたいといったが、末吉は首を振った。四時半なら大丈夫だという。

「――上等や。四時半でもかまへん。ウーグ浜に着けてくれるか」

「ウーグ浜に桟橋はないから、粟国港に入るさぁ」

港からウーグ浜は近い、と末吉はいう。

「『糸数』いう民宿はウーグ浜のどのあたりにあるんや」

「ちょうど真ん中あたりかねぇ。一昨年、オープンしたばかりの民宿さぁ」

末吉は舫《もや》いを解き、ブリッジにあがった。船はゆっくり後退し、広がる波が青白く光る。

「きれいやな。あれはなんです」

「ホタルや」

「夜光虫とちがうんですか」

「知ってるんやったら訊くな」

粟国港を出た。風はほとんどなく、海は凪《な》いでいる。エンジン音が高まり、舳先《へさき》が徐々にあがって、クルーザーは高速航行に移った。顔に当たる波しぶきが冷たく、心地いい。

「こういう船は何馬力くらいのエンジンを積んでるんですかね」

「安里に乗せてもろたクルーザーは四百馬力とかいうてたな。それが二基や」

「おそろしい。八百馬力やないですか」

「リッター五百メートルも走らんやろ」

「ガソリン撒いてるみたいですね」

「おまえはほんまに無知やのう。これはディーゼルエンジンや」燃料は軽油だという。

「安里さんと沖に出て、撃ったんですか」

「なにを……」

「拳銃」

「二宮くん、日本国内でチャカを所持するのは法律に違反するんや。そこんとこは、わきまえとくようにな」

安里に迷惑がかかると思ってか、桑原はとぼける。

「このクルーザーのチャーター料、なんぼでした」話を変えた。

「十三万や。八時間で」

「安いですね、案外」

「そうかい。安いと思うんやったら、半分払えや」

「おれ、二万ほどしか持ってませんねん」

おふくろは頼んだ金を振り込んでくれただろうか。確かめようにも、銀行へ行く暇がなかった。

「わしはおまえを見て、つくづく感心することがある」

「なんです」

「四十も間近の大の男が、年がら年中、からっけつや。それでよう平気な顔してられるな」

「おれ、まだ三十七ですけど」

「ああいえばこういう。二枚舌を引き抜いてカジキの餌にするぞ」

「大物が釣れそうですね」

「半分払え、こら。チャーター料」

あまりからかうと、ほんとに金をとられる。桑原のそばを離れてキャビンに入った。ビニールレザーのシートに腰をおろして煙草をくわえる。

舳先のほうに眼をやると、水平線の彼方に無数の星が揺れていた。


クルーザーが粟国港に入ったのは四時二十分だった。埠頭や桟橋は伊江島のそれに比べて、かなり小さい。フェリー乗船場のパーキングに車が数台駐められているところを見れば、島内の道路網は整備されているようだ。

「フェリーが停泊してへんのは、どういうわけや」桑原が末吉に訊いた。

「この港は台風のとき、待避施設がないからよぉ」フェリー基地は那覇の泊港だという。

クルーザーは漁船溜《だ》まりではなく、フェリー岸壁に繋留された。漁船溜まりとフェリー岸壁は百メートルほど離れている。

「ちょいと用事をしてくる。夜が明けるまでにはもどってくるから、ここで待っててくれるか」

　桑原はいい、ウーグ浜までの道順を聞いて岸壁にあがった。二宮もあがる。

「『糸数』の正確な場所が知りたい。この島の地図が欲しいな」

「フェリーの乗船場に置いてませんかね」

　乗船場の待合室に入った。自販機が数台並んでいる。その横のマガジンラックにガイドブックが挿してあった。一枚を抜く。

《粟国島は沖縄本島・那覇の北西約60キロに位置する離島です。周囲・約12キロ。蘇鉄《そてつ》とサトウキビ畑に囲まれたのどかな島です》と紹介があり、表紙の裏が地図になっていた。島は扇形で、扇の要にあたるところが二宮と桑原の上陸した粟国港だった。港から東へ一キロほど行くとウーグ浜海水浴場で、珊瑚礁の浜が南北に一・五キロくらいつづいている。島の北東には粟国空港と粟国漁港があり、民宿『糸数』はウーグ浜海水浴場から西へ二百メートルほど入った道路沿いにあった。

「『糸数』まで、歩いて十分ですね」

　乗船場を出た。四時三十分。この時間だと、大阪は東の空が白んでいるだろうが、粟国島はまだ暗い。沖縄の経度はたぶん、ソウルと同じくらいだ。

港周辺の集落を抜けると、道は急に細くなった。両側に不揃いの大小の石を積みあげた低い石垣が迫ってくる。街灯はなく、鬱蒼と茂る広葉樹が左右から枝を張り出して、なおいっそう暗い。

「こういう淋しい夜道に『キムジナー』が出てくるんですね」

「なんじゃい、それ」

「聞いたことないですか。沖縄の妖怪。樹《き》の精ですわ」

キムジナーはおかっぱ頭の赤ら顔の子供で、ガジュマルやウスクの木の洞《うろ》に住んでいる。夜道で提灯《ちょうちん》から火を盗ったり、人家の火を盗ったりすることがあるという。「キムジナーは海の上を歩けるし、漁がうまいから、獲った魚をくれたりするんやけど、タコが嫌いですねん」

「おまえ、なんぞわるいもん食うたか。いったいなにがいいたいんや」

「知りませんか。おれ、子供のころは〝妖怪博士〟と呼ばれてましてん」

「ああ、そうかい。そらけっこうやの」

「与論島には『イシャトゥ』いう妖怪がおって、これもおかっぱ頭の……」

「シッ、黙れ」桑原は立ちどまった。

「どないしたんです」

桑原は答えず、石垣に近づいた。ソフトボール大の石をひとつ外して後ろ手に持つ。

そこへ、前方の四つ角から白い影が現れた。人影はふたつ。並んで歩いてくる。

ヤバい――。二宮は逃げようとしたが、桑原は動かない。二宮は桑原の後ろにまわった。

「どこ、行くんや」

背の高いほうがいった。声に憶えがある。東だ。そしてもうひとりは池崎。

「ウーグ浜で海水浴やないけ」桑原はいう。

「おどれが二蝶会の桑原か」

「そういうおのれは花鍛冶の東か。待ち伏せ、ご苦労やのう」

「ウーグ浜まで行く手間を省いたったんや。礼のひとつもいうたれや」

「伊江島から電話が来たんかい。蘇泉会のチンピラがさらわれて口を割ったと」

あれだけきつく縛ったのに、根間は紐を解いてコテージにもどったのだろうか。……いや、蘇泉会の連中は根間がいないことに気づいて周辺を探しまわり、磯に降りたのかもしれない。

そこで猿轡をされた根間の呻き声を聞きつけたのだろう。

「おどれら、沖縄まで来て好き放題さらしてるそうやないけ」

低く、東はいう。右手に巻いた黒っぽいバンダナの下から銃口がのぞいている。

「いっぺん、ゴロまいただけや。コザでな」桑原は左手でマスクをなでる。

「蘇泉会はおどれを殺《と》るいうて、火ぃ噴いとるぞ」

「そら、怖いのう」

「ちょいと、顔貸したれや」

「どこへ貸すんや」

「どこでもええやろ」

「わしは行きとうないな」

「ほな、ここで殺《や》ったろか」

池崎がいった。出刃包丁をかまえている。

「こんなとこでチャカ弾いてもええんかい。島中の人間が眼を覚ますぞ」

「そやから、顔を貸せというとんのや」

池崎は前に出た。桑原を睨《ね》めあげる。「こないだの借り、きっちり返したるがな」

泉佐野元輪駅近くの駐車場で、池崎は桑原に殴り倒されたのだ――。

「なんや、おのれは。後ろにチャカがあったら、どえらい強気やないけ」

「殺すぞ。こら」

池崎は包丁の刃先を桑原の腹に突きつける。

「分かった。いうとおりにしたろ」

桑原はいい、こちらを向いて、「この男は堅気や。堪忍したれや」

「そういうわけにはいかんな」

東がいった。「おどれら二匹はクソとションベンや。まとめて始末つけたる」

「うまいこというやないけ」

桑原は笑った。「わしがクソで、こいつがションベンか」

「こら、舐めたことばっかりほざいてたら、いてまうぞ」

凄味を利かせた池崎の股間に、瞬間、桑原の膝が入った。グブッ。池崎は膝をつき、桑原は反転して東のこめかみに石を叩きつける。パンッと乾いた音が響き、赤い火柱が走った。東の顔に拳がめり込み、指にぶらさがった銃を桑原は蹴る。そこへ池崎が突っ込んだ。桑原は躱して池崎のみぞおちに身体が浮くような蹴りを入れ、首の後ろに組んだ拳を落とす。池崎は包丁を放して横倒しになり、桑原は四つん這いになった東の喉を蹴りあげる。東はそのまま顔から突っ伏してアスファルトに抱きついたまま動かない。

「――のガキ」

池崎はしぶとく起きあがった。膝立ちになり、這うようにして桑原にしがみつく。桑原は池崎の髪をつかんで引き剝がし、膝を突きあげた。池崎は弾かれたように後ろへ飛び、ゴッツと頭を強打して昏倒した。

「くそっ、やられた……」

桑原は荒い息をつく。上着のボタンがちぎれ、白いシャツの胸に血がついている。

「刺されたんですか」二宮は竦み、声は震えている。

「そうや……」

「心臓を？」

「あほんだら。心臓を刺されたら死んでまうやろ」

桑原は吐き捨てて、「突っ立ってんと、こいつらを脇へ寄せんかい」

足を剝がすようにして二宮は動きだした。東を抱えて道路の端へ寄せ、池崎も抱えて引きずっていく。

「チャカや。チャカを拾え」

いわれて、拳銃を探した。あたりは暗い。アスファルトも拳銃も黒っぽいから、見えない。池崎の持っていた包丁は見つけて、石垣の向こうに捨てた。

「もうええ。時間がない。行くぞ」

焦《じ》れたように桑原はいった。「ぐずぐずしてたら、青木が逃げる。蘇泉会の連中もこの島に向かってるやろ」

「青木は『糸数』で寝てるんやないんですか」

「青木はわしらがこの島へ来たことを知ってる。こいつらが待ち伏せしたんは、青木のガードをしてくさるからや」

「そうか。ほな、青木は……」

「いまごろ、バッグに荷物を詰めとるわ。夜が明けたら島を出る肚やろ」

ここで青木を逃がしたら二度とチャンスはない、と桑原はいい、歩きだした。二宮もあとを追う。

「どこを刺されたんです」

「見て分からんのか」

桑原は左腕をあげた。スーツの袖が裂け、二の腕から手首、手の甲にかけて血がしたたっている。「指先が痺《しび》れてる。小指と薬指や。神経が切れたんかもしれん」

「そら、えらいことやないですか。血をとめんと……」

「どうちゅうことあるかい。こんなかすり傷でごちゃごちゃいうな」

桑原はいうが、あてにはならない。少し鼻が腫れただけで、さっさと病院へ行き、湿布薬をもらってマスクをするのだから。

「そやけどおれ、見直しましたわ」

「なんやと……」

「この男は堅気や、堪忍したれ、というたでしょ」

「おまえはやっぱり、甘ちゃんやのう。あいつらを油断したんやないけ。相手の視線が逸れたときに手を出すのが、喧嘩の常道やろ」

「ほな、おれがもし逃げ出したら」

「池崎はおまえを追いかける。わしは東を殴り倒す。そういう段取りや」

「へーえ。なにからなにまで考えてるんや」

「わしが何年、ゴロをまいてきたと思とんのや。かれこれ三十年やぞ」

「さすが、喧嘩の星の王子さま」

「ステゴロでわしに勝てる極道はおらんわい」

桑原は足早に歩きつづける。街灯の下、行きあたった三叉路に《ウーグ浜海水浴場》の案内標示が立っていた。

9

『糸数』はコンクリートブロック造りの陸屋根の民宿だった。二階の外廊下と屋上に手すりをめぐらし、そこにウェットスーツやフィンを干している。船外機を外した小型のダイビングボートが壁に立てかけられていた。

「青木はどの部屋や」

「さぁ、どこやろ……」

部屋がどこかという以前に、一階と二階に客室がいくつあるかも分からない。

桑原は明かりの点いている一階玄関の引き戸を開けた。モルタルの広い土間にテーブルが四脚並び、壁際にコンクリートの生簀《いけす》がしつらえてある。民宿の食堂だった。

「おはようございます」

奥のカウンターから声が聞こえた。初老の女性が厨房から顔をのぞかせて、「釣りに行くねぇ」

「そうですねん。友だちを誘いに来たんですわ」

桑原はうなずき、「青木さんは二階でっか」

「もう、出かけたさぁ」

「ほんまですかいな」

「いま、出かけたんだはずよぉ」

青木は粟国漁港へ向かったという。「少しでも早く本島に渡りたいといって。漁港は朝が早いからよぉ、本島へ行く船に便乗できるといってたさぁ」

「そいつは行き違いでしたわ。どうもすんまへん」

いうなり、桑原は外へ出た。二宮は地図を広げて、

「粟国漁港はこの道を北へ行くんですわ」

「一本道やな」

桑原は背を向けて走りだした。


いつしか、夜は明けていた。青い遠浅の海とサトウキビ畑に挟まれた舗装路を二宮は走る。汗が噴き出して背中を伝った。息が切れる。身体が重い。

こんなランナーの真似事をするのは高校のマラソン大会以来だろう。足はそう速くなかったが、長距離走は得意だった。それがいまは、むちゃくちゃ苦しい。桑原との距離が見るまに開いていく。ビールを水代わりに飲み、酒を浴びるほど飲んで不摂生をしながら、なぜあ

んなに速く走れるのか、不思議でしかたない。そういえば、桑原は中学生のとき、学年で一、二を争う短距離走者だったと自慢していたことがある。まんざら嘘ではなかったらしい。

よたよたしながらも走りつづけて粟国漁港に着いた。防波堤の内側に漁船が五隻ほど繋留されている。岸壁につけた漁船からはエンジン音が聞こえていた。

桑原は漁協の建物の裏を走り抜けた。立ちどまって港を見わたし、

「おった……」短くいった。

漁協の競り場だろうか、壁のない柱と屋根だけの建物の向こうにパナマ帽をかぶった男が立っていた。薄茶のポロシャツにグレーのズボン、手にアルミ色のアタッシェケースを提げている。男のいでたちは明らかに地元の人間ではなかった。

桑原は建物の陰から男に近づいた。気配を感じたのか、男が振り返る。一瞬、とまどったような表情を見せた。

「朝の早ようからなにしてんのや。魚の買い付けかい」

桑原は話しかけながら間をつめる。「探したで、青木さん。えらい苦労したがな」

青木はなにもいわない。ただじっとたたずんでいる。

「わしは二蝶会の桑原。こっちは二宮企画の二宮。知ってるわな」

青木は答えず、あとずさった。パナマ帽の下にのぞく髪は半白で、顔は生白い。背は低く、

小肥りで、元暴力団対策課調査官といった威厳は微塵《みじん》も感じられない。

「どないしたんや。口がきけんのかい。わしらみたいな極道を取り締まるのが、おまえの仕事やったんやろ」

　青木は黙りこくって、桑原の背後に視線を走らせている。

「東と池崎を探してるんやったら無駄やで。ウーグ浜の近くで機嫌よう寝とるがな」

「大阪のヤクザが、わしになんの用や」

「おっと、ようやく声が聞けたな。お上品な奈良弁や」

「県警の捜査員も、この島に来てるんか」

「あほんだら。グズの奈良県警になにができるというんや」

「見逃してくれ」

「なんやと……」

「いずれ、わしは県警に出頭する」

「そうかい。おまえをふん縛って奈良に配達したろと思てたんやけどな」

「金なら、やる」

「ほう、なんぼや」

「二百万。……いや三百万」

「おもろい。笑えるギャグやで」

「分かった。なんぼ欲しいんや」

「とりあえず、七千万かのう」

「気は確かか。冗談も休み休みいえ」

「ネタは割れとんのや。三協銀行三条宮前支店でおろした七千万。放火の迷惑料として、わしが預かったろ」

「知らん。なんのことや」

「そのケースの中身はなんや。見せてみいや」

「な、桑原、猿芝居はこのへんでやめとけ」

「なにを寝言たれとるんや、このクソ爺は」

「わしは川坂の本家にルートがある。二蝶会をつぶすのはわけもないんや」

「おいおい、こいつはひょっとして、わしを脅しとるんやないやろな」

「桑原、調子に乗りすぎたら命はないぞ」

「おまえ、東と池崎に、わしを殺れといいくさったな」

　桑原は間合いをつめ、青木はあとずさる。

「東はチャカを弾いて、池崎は包丁を振りまわした。慰謝料を払うたれや」

桑原はアタッシェケースに手を伸ばした。青木は肘で払う。

「このボケっ」桑原の拳が青木の腹にめり込んだ。青木は上体をくの字に折り、桑原はアタッシェケースを取りあげる。

パナマ帽を飛ばして、青木は桑原にむしゃぶりついた。桑原は青木の喉もとに拳を突きあげ、のけぞった胸を正面から蹴る。青木は呻いてよろよろと後退し、足を踏み外して岸壁から海に転落した。

「あかん……」

二宮は走り寄って下を覗き込んだ。青木は海面を浮き沈みし、もがいている。

「よう泳がんのか」

青木は切れ切れの叫び声をあげ、死にものぐるいで水をかく。そこへ横からロープが投げられ、青木の手が端をつかんだ。青木は漁船に引き寄せられる。ロープを投げたのは、近くでやりとりを見ていた漁師だった。

「もうええ。ほっとけ」

腕をつかまれ、引き起こされた。

「フケるぞ」

桑原はアタッシェケースを提げていた。

漁港を離れた。来た道をもどるのは危ないと桑原がいい、サトウキビ畑に分け入った。牧草地を突っ切り、蘇鉄の原野に入る。桑原は涸《か》れ池に降りて立ち小便をし、二宮は地図を広げた。

「南へ五百メートルほど行ったら粟国空港ですわ。飛行機に乗りますか」

九人乗りのプロペラ機が毎日五、六便、運航している。乗れば二十分で那覇に着くのだ。

「まだ五時すぎや。始発便を待ってるあいだに、蘇泉会の連中に囲まれる」

東と池崎は息を吹き返して『糸数』へ行き、粟国漁港へ走っているころだろう、と桑原はいう。

「やっぱり、東のチャカを拾てくるべきやった。今度こそ、わしらを弾きよるわ」

「早よう逃げましょ」

いまにも弾が飛んできそうな気がした。

「滑走路を南へ行こ。これ持て」

桑原はアタッシェケースを置いた。「重たい」

「おれも重いやないですか」

「屁理屈《へりくつ》たれるな」

「中を見て、いらんもんは捨てたらどないです」

アルミ色のケースは小型のトランクのように厚い。バブルのころに流行《はや》った『ゼロ・ハリバートン』とかいうアメリカの製品だ。

「そんなことはいわれんでも分かっとるわい」

桑原はアタッシェケースを蹴った。把手《とって》の内側にナンバー錠がついている。二宮は蓋を開けようとしたが、びくともしなかった。

「ほら、行くぞ。命が惜しかったら走れ」

桑原はまた走りだした。二宮はアタッシェケースを提げて桑原を追う。

蘇鉄の原野を抜けると、視界が一気にひらけた。草や灌木が刈り込まれ、広い舗装路がまっすぐ延びている。滑走路だ。陸《ろく》屋根のターミナルビルが遠くに見える。ビルのそばに車は駐まっていない。

桑原と二宮は滑走路を走った。周囲は見渡すかぎりのサトウキビ畑だが、今年の刈り入れをしなかったのか、丈が二メートルを超えるものも多い。この島の農家も年寄りばかりなのだ。白いヤギが二匹いて、こちらを眺めている。こののんびりした島で走る人間を見るのは、ヤギも珍しいのだろう。

「ちょっと、待って……待ってください」

切れ切れにいった。「おれはもう限界ですわ」

アタッシェケースが重いのだ。五キロは優に超えている。

「やかましい。死にとうなかったら走らんかい」

「頼むから交替してください」

「わしは指が痺れてるというたやろ」桑原は左腕を振る。

滑走路の南端まで走り、灌木の茂みを抜けると、赤い瓦屋根の民家の庭先に出た。トゥージと呼ばれる石をくり抜いた水甕のそばで桑原は立ちどまった。二宮はアタッシェケースを放り出して地面に座り込む。

桑原はスーツの上着を脱ぎ、内ポケットの札入れと携帯電話をズボンのポケットに移した。血のついたシャツも脱いで上着といっしょに捨てる。桑原の下着は丸首だからTシャツに見えなくもない。

桑原はトゥージに溜まった水で左腕の血を洗い落とした。ハンカチを出して、ここを縛れ、という。二宮は傷口を見たが、そう深いものではなく、出血も大したことはなかった。

「指、まだ痺れてますか」

「おう、痺れてる」

「動かしてみてください」

桑原の薬指と小指は動いた。

「神経、切れてませんね」

「あたりまえやないけ」

この男のいうことは、ほんとに大げさだ――。

桑原の腕を縛り、二宮はまた地図を開いた。ちょうど西側に製糖工場の煙突が見えるから、島の真ん中あたりにいるらしい。クルーザーを待たせている粟国港まで、あと一・五キロだ。

「粟国港に蘇泉会の連中はいてませんかね」

「そいつは分からん」

「もし、おったら……」

「敵中突破や」

「どないして……」

「おまえが考えんかい」

「…………」

「行くぞ。ぐずぐずすんな」

粟国の集落に入った。漁船溜まりのある東側ではなく、桟橋の西側からフェリー岸壁に近づいていく。緑地公園の蘇鉄の大木の陰でようすをうかがった。

「ややこしいやつはおらんみたいですね」

「待ち伏せするのに、姿をさらしてるノータリンはおらんやろ」

フェリー岸壁のそばにトラック二台と軽四のバンが一台、駐められている。車内にひとはいないようだが……。

「おまえ、行け」

「どこへ……」

「岸壁へ走って、クルーザーのようすを見てくるんやないけ」

アタッシェケースは預かってやる、と桑原はいう。

「おれ、そういう役割ばっかりまわってくるような気がするんですけどね。いつも、いつも」

「七百万くれ、と虫のええことというたんは、どこのどいつや」

「いちおう、要求はしましたけど」

「その要求を快く呑んだんは、どこの誰や」

「二蝶会若頭補佐の桑原さんです」

「ほな、行かんかい。性根入れて」

背中を押され、一気にフェリー岸壁まで走った。末吉はクルーザーの後部デッキにリクライニングチェアを置いて眠っていた。

二宮は振り向いて手を振り、岸壁からクルーザーに飛び移った。桑原も走ってきてアタッシェケースを二宮に放り、クルーザーに乗る。

「那覇や。行ってくれ」

末吉は起きて舫いを解き、ブリッジにあがった。八百馬力のエンジンが咆哮《ほうこう》し、クルーザーは岸壁を離れた。


桑原と二宮はキャビンに入った。アタッシェケースのナンバー錠をいじってみるが、外れはしない。桑原はシートの下の抽斗からツールボックスを探し出し、マイナスドライバーをケースの隙間に差し込んでこじあけようとした。

「くそっ、やたら頑丈な鞄や」

「そんな細いドライバーではあかんでしょ」

二宮はハンマーで蝶番《ちょうつがい》を叩いてみる。凹み傷がつくだけだ。

音に気づいて、ブリッジの上から末吉が顔をのぞかせた。なにをしている、と訊くから、ケースのキーを落とした、と答えた。

「救命ブイの右の棚にドリルがあるさぁ」

棚を探して充電ドリルを見つけた。刃は鉄工用だ。二宮はドリルで蝶番の鋲を削りとる。そこへタガネを差し込んでこじると、ケースはあっけなく、ふたつに割れた。

桑原は青木の着替えを取り出した。ポロシャツ、ニットシャツ、ショートパンツ——。ポケットの中を確かめてから、次々に海へ放っていく。

「あの、海にものを捨てるのはようないと思うんやけど……」

「それやったら、おまえが着んかい」

「捨てましょ。みんな」

下着も靴下も捨てた。

「なんじゃい、これは。重たいはずや」

着替えの下にウイスキーのボトルが二本もあった。ボウモア17年とラフロイグ15年。二本とも封は切っていない。青木はシングルモルトのスコッチが好みのようだ。桑原はさすがにボトルは捨てなかった。

アタッシェケースの底に大きな茶封筒があった。桑原は逆さにして振る。白い封筒、CD、二センチ角のチップ、印鑑——が下に落ちた。

二宮は封筒を拾った。表書きは、

《奈良県北葛城郡上牧町梅ヶ丘二―五―一六　青木康祐様》とあり、脇に《親展》と書かれている。

差出人は《奈良市東法蓮町小池七―三―二八　柴田暁》で、消印の日付は《6・20・18―24》だから、柴田の自殺の前日、午後六時以降に投函されたことになる。

「これ、柴田の遺書とちがいますか」

「読んでみい」

中の紙片を抜いて広げた。一枚の便箋に細かい字がびっしり詰まっている。

《前略御免下さい。貴兄はいかがお過ごしですか。

貴兄がこの手紙を読まれる頃、小生は彼岸に旅立っております。

色々お世話になりました。貴兄と同じ職場で働く事はありませんでしたが、警察官としての志のありようは常に貴兄から学んでいたように思います。貴兄の謦咳《けいがい》に接し得た事を心より感謝致しております。強靭《きょうじん》な精神の持ち主である貴兄であれば現在の苦境を乗り切り、なおこれからの生活を確かに築かれて行かれるものと信じております。小生の弱さをお嗤い下さい。

さて同封致しましたメモリーチップは本年5月30日18時ごろ、奈良市油坂町の路上に駐めた車中において、奈良東西急便副社長の落合堅治と小生が交わした会話を録音したものです。いつか小生の身を護《まも》るものと所持しておりましたが現在は利用する手段もなく、貴兄にお送りするのが最善と判断致しました。

　またＣＤ－ＲＯＭにつきましては落合より入手したものであります。これも貴兄なら活用できるのではないかと考えます。

　以上、メモリーチップ、ＣＤ－ＲＯＭとの交換と申しては身勝手に過ぎるかも知れませんが、頼みがあります。それは和子の事です。Ｐ資金の半額を和子に分けてやって下さい。和子にはその由、手紙を認《したた》めました。銀行通帳についても和子が所持するよう申しました。小生の最期の願い、宜《よろ》しく御協力下さい。

　振り返ればあっという間の人生でした。太く短くをモットーにした小生には面白い人生であったとも思えます。悔いはありません。

　座して司直の手が迫るのを待つよりは自裁するのがせめてもの小生の誇りです。ありがとうございました。それでは。》

「なんと、几帳面《きちょうめん》な手紙やのう」

　桑原も読んで、呆れたようにいった。「こんなにきっちりした男やったら、腐ったシノギはするなというたれ」

「人間、最後の最後までええかっこしたいんですね」

「なにが『志のありよう』じゃや。気に入らん。添削したろ」

「けど、ものすごい資料やないですか。青木が持って逃げたはずですわ」

「わしは思いちがいをしてたようやな。落合と桐間をつないだんは、青木やのうて柴田のクソやったんや」

「奈良急の贈収賄と放火は柴田がイニシアティブをとってたんですね」

「それが柴田の自殺した理由か」

「主犯の柴田が死んで従犯の青木が逃走したんです」

「メモリーチップたらいうのは、この部品のことかい」

桑原は二センチ角の薄い切片を陽にかざす。「なにも見えへんぞ」

「それはたぶん、ICレコーダーのメモリーですわ」

「なんや、ICなんとかいうのは」

「テープレコーダーといったら分かりやすいかな。いまはテープの代わりにICに録音するんです」

「ICはなんの略や」

「インテリジェント・コンテンツ、やったかな」

適当にいった。「トランジスターの親分ですわ」

「どないして声を聞くんや」

「そやから、同じメーカーのICレコーダーにそのメモリーをセットするんです」

チップには《SONY》と印刷されている。「スピーカーで再生できるはずです」

「よっしゃ、那覇の電器屋で買お」

桑原はうなずいて、「このディスクはなんや」

「CD－Rです」

「コンピューターの部品やな」

「正確には部品やないけど、なにか記録されてるはずですわ」

「よっしゃ。那覇の電器屋でパソコンを買お」

この男はなんでも買えば済むと思っている——。

「『P資金』いうのは、ポリス資金の略ですよね」

「そう、七千万の預金やろ」

桑原は印鑑をつまんで、ためつすがめつする。「こいつがその銀行印や」

「おそろしい値打ちですね」

遺書によると、預金通帳は柴田の妻が持っているらしい。六月十八日に三協銀行三条宮前支店で七千万円を引き出したあと、柴田と青木はほかの銀行に金を預け、通帳と印鑑を別々に所持していたのだ。

「この判子の字はなんや」

桑原は首をかしげる。「『大』は読めるんやけどな」

「ちょっと見せてください」

印鑑を受けとった。高価そうな象牙だが、書体が篆書《てんしょ》だから読みにくい。『大』はまちがいなさそうだが、隣の字はヤマカンムリかクサカンムリだ。「大岸、大草、大芋……。そんなとこですかね」

「おまえの頭はとことんよじれとるの。大芋なんぞというやつがおったら連れてこい」

桑原はいって、「柴田と青木は現職警官十二人の免許証をコピーして銀行口座を作ってたんやろ。その十二人の中に大岸か大草がおるんや」

「なるほど。そのとおりですね」

「中川に電話してみる」

桑原は携帯を出した。ボタンを押す。中川の携帯につながったらしく、話しはじめた。

「——そう、大岸か大草や。調べてくれ。——で、ファイルはどないなった。二宮が持ってた奈良急の給与台帳や。――そうか、あかんかったか。――ああ、いまは沖縄や。クルーザーでトローリングしてる。カジキが釣れたら着払いで送ったるがな。——そっちのようすはどないや——」

　桑原はしばらく話をして電話を切った。

「昨日の午後、奈良県警のデカが三人ほど那覇に飛んだそうや。なんと昼行灯な捜査をしてくさるわ」

「青木を逮捕するんですね」

　奈良地検が本気で動きだしたのだ。

「ザマないのう。県警暴対課の調査官が、いまは指名手配のお尋ね者や」

　蘇泉会は青木を放り出すだろう、と桑原はいう。「極道はそういうとこがきっちりしとるんや。下手に青木を匿うたら組がつぶされる」

「タッチの差でしたね。警察より先に青木を捕まえて、遺書や銀行印を手に入れた」

「おまえは幸福者《しあわせもん》やのう。わしみたいな極道の鑑《かがみ》と知り合うて」

　どこが幸せだ。災厄ばかりもたらす人でなしのくせに——。

「このアタッシェケース、捨てますよ」

　指名手配犯の持ち物は処分しないといけない。電気カミソリや老眼鏡を海に捨て、空になったケースの蓋裏のポケットを探ったら、また封筒があった。中をあらためる。手札形の写真が四枚出てきた。

「これは……」

結婚披露宴を撮ったスナップ写真だろう、金屛風《きんびょうぶ》を背景にして、ウェディングドレスの新婦を三人の礼服の男が囲んでいる。左端は白髪の初老の男、その隣は肥った赤ら顔の男、新婦、右端は死んだ柴田だった。

二枚目の写真は円形のテーブル席を撮っていた。ワインと料理を前に、赤ら顔の男、柴田、白髪の男が談笑している。三人が同じ席に隣り合わせたようだ。席上の名札が読めればいいのだが、裏を向いていた。

三枚目の写真は同じ構図で乾杯しているところ。

四枚目は三人を手前に俯瞰《ふかん》して、奥のステージの新郎新婦を撮った写真だった。

「これは誰の結婚式や」桑原が訊く。

「その白いドレスを着た女でしょ」

「なにをいうとるんや、おまえは。仲人がウェディングドレスを着るんかい」

桑原は眉根を寄せて、「この白髪頭とデブは誰なんや」

「柴田の知り合いでしょうね」

そうとしかいいようがない。ふたりとも初めて見る顔なのだ。

「青木はこの式に出たんかい」

「おれは出てないような気がしますわ」

「ほな、なんでこの写真を青木が持ってたんや。後生大事に」

「白髪頭とデブのどっちかは、落合とちがいますかね。どっちがそうかは分からんけど」

二宮も桑原も落合に会ったことがないのだ。「落合と柴田の親しい関係を証明するための写真やないかな」

「落合と柴田がつるんでるのは猿でも知ってる。いまさら証明するもヘチマもないやろ」

「そら、そうかもしれんけど……」

分からない。なぜ青木が柴田の出席した披露宴の写真を持ち歩いていたのか。

「そろそろ落合に会う頃合いかのう」

桑原はつぶやくように、「青木が奈良県警に捕まって証拠固めができたら、次は落合の逮捕や。金の生る木が檻ん中に入りよったら、わしらの苦労は水の泡やぞ」

この男はどこまでも欲深い。柴田と青木の七千万では飽き足らず、まだ落合を強請ろうと考えているのだ。

「奈良急の放火の捜査はどないなってるんですかね」

「知るかい。中川に訊いてみいや」

奈良店の火災は六月十三日の夜だった。西心斎橋の事務所に捜査一課の刑事――岡本と北浜――が来たのは十五日だったから、あれからもう半月が経っている。二宮の指紋の付いたバールやドライバーが火災現場から発見されたのに、なぜ身柄をとられないのか……。先週の土曜日はバレエスタジオに岡本と北浜が現れ、悠紀に二宮の行方を訊いたというが、任意同行云々の情報はない。奈良県警は身内の贈収賄事件の影響で相当に慎重な捜査を強いられているような気がする。

「もう六時半か……」

桑原は腕のブルガリに眼をやり、茶封筒に遺書、メモリーチップ、印鑑、CD、写真を入れた。壊したアタッシェケースを海に投げ捨てて、「眠たい。ちょっとは寝とかんと身がもたんぞ」

キャビンのシートに横になった。

「那覇に着いたら電器屋へ行きますか」

「電器屋より病院や」桑原はハンカチを巻いた左腕をあげる。

二宮はシートにもたれかかって眼をつむった。潮の匂いが胸に広がる。

10

午前八時、クルーザーは那覇に着いた。泊港北岸ターミナル近くの埠頭に着岸する。桑原は末吉にチャーター料金を払い、ボウモアとラフロイグを置いて陸《おか》にあがった。

歩いて『ホテル・マーメイド』へ行った。昨日、チェックアウトはせず、荷物を置いたままにしている。フロントでキーを受けとり、桑原の部屋に入った。

「飛行機や。大阪行きのチケットをとれ」

いわれて、国内便予約センターに電話をかけた。九時五十分・那覇発の第一便は満席だったが、第二便以降は空席があった。夏の観光シーズンにはまだ早く、十七時までに十一便が運航しているというから、空港でもチケットはとれそうだ。いちおう〝十二時二十分・那覇発―十四時十五分・伊丹着〟のＡＮＡ１０４便をとって予約ナンバーをメモした。

「わしはこれから病院へ行く。おまえはレンタカー屋へ行け」

それで思い出した。琉球レンタカーのカローラを本部港のフェリー発着場に駐めたままにしていたのだ。

「本部まで車を取りに行くんですか」

冗談じゃない。もし蘇泉会の連中に捕まったら八つ裂きにされてしまう。

「眼を剝いてわめくな。車は乗り捨てにしたらええんや」

「乗り捨ていうても、レンタカーの営業所に車を持っていかんとあかんのですよ」

「おまえはほんまに頭が固いのう。名護か本部の営業所から本部港へ行ってくれと頼まんかい。一万ほど余分に払うたら文句はないはずや」

「はいはい、そういいますわ。レンタカー屋にね」

「それと、電器屋へ行ってICレコーダーを買え」

桑原は茶封筒からメモリーチップを出してテーブルに放る。

「そのチップの声が聞ける機種や」

「金をください。レンタカーとレコーダーの」

「なんぼや」

「五万円」

「ちゃんと領収書をもらうんやぞ。上様で」

桑原は札入れから金を抜く。二宮はメモリーチップと金を持って部屋を出た。

泊から崇元寺《そうげんじ》通り、ひめゆり通りを歩き、神原に着いたのは九時前だった。琉球レンタカーで事情を説明すると係員はあっさり了承し、車の引取料として六千円を請求した。二宮のような客はほかにもいるらしい。カローラのキーを返却し、レンタカー料金を精算して営業所をあとにした。

帰りは神原から壺屋やちむん通りにまわった。喫茶店でコーヒーを飲み、ギャラリーに飾っている壺屋焼の花生《はないけ》を買った。花生は七千八百円、おふくろへの土産だ。

店主に紅型を売っている店を訊くと、首里城公園の近くに専門店があるといった。むかしながらの技法で染めた上質な紅型は一反が十万円はするという。専門店の詳しい場所を教えてもらって喫茶店を出た。

やちむん通りから平和通りへ出たところにみずほ銀行があった。ATMで十五万円を引き出す。レシートを見ると、まだ三十五万円の残高があった。おふくろは五十万円も振り込んでくれたのだ。大阪の空に向かって一礼し、タクシーを拾って首里城公園へ向かった。

紅型専門店の工房で制作過程を見学した。布地に型紙をあてて染料を擦り込んでいくのだ。琉球王国のころ、紅型は国王や上級官僚しか着用が許されず、階級によって色や柄も定められていたという。二宮は国王の色とされていた黄色の反物を悠紀の土産に買った。

タクシーでホテルへ帰る途中、大道《だいどう》通りの電器店に寄った。メモリーチップを店員に見せてＩＣレコーダーを買う。箱を開封してレコーダーにチップをセットしてもらい、電池も入れてもらって店を出た。

ホテルにもどり、桑原の部屋をノックすると返事があった。ドアが開く。桑原はダークグレーのスーツに黒のシルクシャツ、ダークシルバーのネクタイを締めていた。プラチナ縁の眼鏡と黒いスエードのローファーは服に合わせたのだろう。

「えらい早かったですね」

「なにが」

「病院に行ったんとちがうんですか」

「気が変わった。ナイフの刺し傷を医者に見せたら、あれこれ詮索《せんさく》される。病院は大阪に帰ってからや」

桑原は髪をオールバックになでつけ、鼻の絆創膏を替えて髭もきれいに剃っている。この男は二宮を使いに出しておいて、のんびり風呂に入り、一、二時間、昼寝をしてから、服や眼鏡をコーディネートしたのだ。そんな暇があるのなら自分でレンタカー屋へ行け、と思うが、不用意な発言は怪我のもとになる。二宮も鼻に湿布薬を貼りたくはない。

「おれは車のキーを返して、電器屋に寄ってきました。外はめちゃくちゃ暑い。うだるようや。汗だくですわ」

厭味をいい、領収書と釣りの二万円を渡した。ＩＣレコーダーの箱をテーブルに置く。

「よっしゃ、聞いてみい」

桑原は涼しい顔でテーブルの前に座った。

二宮はレコーダーの電源を入れ、再生ボタンを押した。少し間があって、声が聞こえはじめた。


――どないや。肚くくってくれたか。

――ああ……。

――ことがここまで広がったら、監察もお手上げや。いずれは地検が介入してきて、あんたもおれも身柄をとられる。いま、手を打たんことには身の破滅や。

――しかし、贈収賄と放火では次元がちがいすぎる。

――落合さん、証拠がなかったら事件は存在せんのや。起訴されて有罪判決を受けて、そこで初めて犯罪になるんや。

――そんなことは君にいわれんでも分かってる。

――段取りは任せてくれ。あんたは知らぬ存ぜぬでええんやから。

――どういう段取りなんや。

――桐間や。

——なんやて……。

——桐間はいま、桜花連合の理事長争いで金がいる。少々の荒っぽいことでも請けるやろ。それに桐間は奈良の人間やない。我々との関係が表に出るおそれもない。この仕事にはぴったりや。

——その話、桐間にしたんか。

——あんたがウンというてくれたら、桐間に会う。

——わしは金を都合するだけか。

——そういうことやな。

——なんぼや。

——二本ほど用意してくれるか。

——ほんまに、それだけでええんやな。

——話はおれがつける。

——分かった。君に任す。

そこで、声は途切れた。

「なるほどな」

桑原はせせら笑った。「柴田のクソが放火の図《え》を描いて、あげくの果てに焼身自殺しくさったんや」

「因果はめぐるんですね」

「柴田はおまえと麻雀した。おまえが半堅気のコンサルやと知ってる。おまえを嵌めたんは、ひょっとしたら柴田かもしれんのう」

「柴田が桐間に持ちかけたんですか。二宮という男を利用せい、と」

「わしはそんな気がするな」

「なにもかも、あのイカサマ麻雀が発端ですわ。おれは心底、後悔してますねん」

「わしも後悔しとんのや。あの麻雀はほんまに下手売った。おまえみたいなヘタレやのうて、もっと骨のあるやつに代打ちさせたらよかった」

「どうせ、おれはヘタレですわ。なんの因果で、あんな麻雀したんやろ」

――と、そのとき、気づいた。披露宴の写真だ。

「柴田と同じ卓に座ってる白髪頭とデブは、桐間と落合やないですかね」

「おまえもそう思うか」

桑原はにやりとして、「柴田と落合は前々から桐間を知ってたんや」

「見えてきましたね。なんとなく」

「それにしても、二本というのは大した金や」

「二千万ですか」

「たぶんな。桐間も眼が眩《くら》んだんやろ」

桐間から花鍛冶組若頭の福島へ。福島から東、池崎、勝井へ放火の指示がおりていったのだろう、と桑原はいう。「どんなにきれいな図を描いてもボロは出る。まさか、花鍛冶のチンピラ二匹に青木まで抱え込む羽目になるとは、桐間も思わんかったやろ」

「蘇泉会もええ迷惑ですね。桐間から荷物を背負わされて」

「ただで背負うたわけやない。二百や三百の持参金は受けとっとるわ」

高飛びを請け負うのもシノギのうちだと桑原はいった。

「青木は粟国島から那覇に渡って、どうするつもりやったんかな」

「空港へ走って、東京あたりへ飛ぶ肚やったんやろ。そうなったら、二度と青木の顔を拝むことはなかった」

「ツキがあったんですね」

「ツキやない。わしのセンスとインテリジェンスや」

桑原はICレコーダーを茶封筒に入れた。立って、クロゼットから赤いトランクをころがしてくる。茶封筒をトランクに入れて施錠した。

「沖縄はええとこやのう。宝の島やったがな」

髪を直し、新しいマスクをした。

ＡＮＡ１０４便は定刻どおり伊丹空港に到着した。大阪は雨。タクシー乗場はかなり長い列ができていた。

桑原は中川に携帯電話をかけ、沖縄から帰ってきたことを告げた。

「──で、大岸と大草はどないや。──そうかい。読みが外れたのう。──桐間と落合の顔が見たいんや。──分かった。新地の『シェラトン』やな」

桑原は電話を切った。「中川に会う。三時すぎや」

「奈良県警に大岸と大草はおらんのですか」

「大草はおらんけど、大岸はふたりおった。ひとりは吉野の駐在所、ひとりは定年間近の鑑識課員や」柴田や青木とは接点がないという。

「どこか印鑑屋に行って、字を確かめたいですね」

篆書の字を読みまちがえているのかもしれない。

「おまえ、梅田あたりで店を探せ。わしは『シェラトン』へ行く」

桑原はマスクを外して煙草をくわえる。前に並んだサラリーマンふうの男が振り返った。

「なんや。なんぞ用かい」

「いえ……」

男は前を向き、桑原は煙草を吸いつけた。

阪神高速池田線で梅田――。二宮は印鑑を預かってタクシーを降りた。桑原はそのまま北新地の『全日空シェラトンホテル』へ走る。

二宮は地下街に入った。南へ歩く。雨の日の地下街はとりわけ人通りが多い。

地下鉄東梅田駅近くのショッピングモールに印章店があった。すんません、ちょっと教えて欲しいんです――。店主に印鑑を見せると、朱肉をつけて押印し、

「大草、ですね」

「やっぱり……」

「これ、本物の象牙ですよ。彫りもしっかりした、いい印鑑です」

「そうですか。どうも……」

礼をいって印章店を出た。隣の雑貨店でビニール傘を買い、北新地へ歩く。

全日空シェラトンホテル一階の喫茶室に入ったのは三時半、桑原は外のテラス席でビールを飲んでいた。

「中川は……」

「まだや。あのボケは時間どおりに来たことがない」

桑原は不機嫌そうに時計を見る。金張りだが、ブルガリではない。

「時計、替えたんですか」椅子に腰かけた。

「いまごろ気ぃついたんか。泊のホテルで替えたんや」

「それは」

「パテック・フィリップ。ヴィンテージもんや」

かのアインシュタインがつけていたのと同じモデルだという。

「いったい何本持ってるんです、時計」

「さぁな、十五、六本はあるやろ」

「おれのと交換しますか。カシオのヴィンテージです」

バブルのころに買ったクォーツデジタルだ。ステンレスバンドが燦然《さんぜん》と輝いている。

「交換なんぞせんでも、おまえにやる。わしが死んだらな。形見分けや」

「へーえ、そら楽しみや」

「なにが楽しみや、こら」

「印鑑の字、分かりました」

話題を変えた。「やっぱり大草です」

「そうかい」

桑原は首をかしげた。「奈良県警にはおらんのやぞ」

「けっこう珍しい名字やし、柴田と青木の周辺を探ったら見つかるのとちがいますか」

「そういう雑用は中川やの」

そこへ、中川が現れた。汗みずく。青いニットシャツが襟から胸のあたりまで紺色になり、口で息をしている。夏の大男は暑苦しい。

「遅いのう」桑原はいった。

「勤務中や。わしはおまえみたいな遊び人やない」

中川は椅子を引いて座り、ウェイターを手招きした。ビールを注文する。二宮は黒ビールを頼んだ。

「さっき、こいつが判子屋に行った。大岸やのうて、大草や」

桑原がいう。「大草いう警官は奈良におらんのかい」

「おらへん。なんべんも同じことを訊くな」

中川はベルトに差していた扇子を広げてあおぐ。「――銀行口座を手に入れるのは、そうむずかしいことやない。多重債務者に金をやって口座を作らせてもええし、十万も出しゃ

〝振り込め詐欺〟の口座も売ってる。もちろん印鑑とキャッシュカードつきや」

「わしもそれは考えたけどな、判子が象牙なんや」

いって、桑原はこちらを向く。二宮は印鑑を中川に渡した。

「ほんまやな……」

中川は首をひねる。「闇の口座屋や当座屋は、こんな高い印鑑は使わんぞ」

「大草は柴田と青木の知り合いや。わしはそう読んだ」

「読んだんなら、なんで青木を問い詰めんかったんや」

「青木は海に飛び込みよったんや。泳げもせんのにな」

「おまえの話、もひとつ分からんな。どこで青木を見つけた」

「粟国島や。ペンギンとヤギの棲む絶海の孤島に青木は隠れてくさった」

桑原は事情を話した。「──で、わしらは命からがら那覇に渡った。その土産が柴田の遺書と、披露宴の写真と、その判子や」

メモリーチップとCD－ROMも入手したことを桑原はいわない。

「そのマスクは、蘇泉会の組員とやりおうたんか」

「パチキが入った。わしとしたことが不覚やった」

桑原は上着の左袖をたくしあげた。巻いた包帯に血が滲んでいる。「こいつは花鍛冶の池崎に切られた傷や」

「二蝶会の桑原もヤキがまわったの」

「おまえにいわれる筋合いはないわい」

「遺書、見せてみいや」

「見せ賃は高いぞ」

桑原は内ポケットから白い封筒を出して中川に渡す。中川は中の便箋を抜いて読んだ。

「——自裁するのがせめてもの小生の誇りです、か。くだらん遺書やのう」

中川は便箋を封筒にもどしてテーブルに置いた。「ここに書いてあるメモリーチップとCDはどこにあるんや」

「青木が持っとるんやろ」

「それ、ほんまかい」

「おまえに嘘ついてどないするんや。わしとおまえは仲間やろ」しれっとした顔で桑原はいう。

「な、二宮」

中川は二宮にいった。「メモリーチップとCDはなかったんか」

「ええ、それはほんまです。青木のアタッシェケースの中にはなかったです」

「取調べはええから、披露宴の写真を見てくれ。柴田といっしょに写ってるのは誰や」

桑原は四枚の写真を出した。中川は一目見るなり、

「桐間や。この白髪頭の爺は」

いって、シャツのポケットからメモ帳を出し、挟んでいた写真を抜く。桐間実の逮捕写真と、宅配業界の会合に出た落合の写真だという。

桑原は披露宴の写真と、桐間、落合の写真をテーブルに並べた。痩せた白髪の男は桐間、肥った赤ら顔の男は落合にまちがいなかった。

「くそったれ、悪党どもの揃い踏みか」

桑原はつぶやいた。「披露宴の日にちと、こいつらが招待された理由を知りたいのう」

「それはわしが調べたろ」

中川は四枚の写真のうち一枚をメモ帳に挟んだ。

そこへビールと黒ビールが来た。中川は一気に飲みほして、もう一杯、とトレイにグラスを置く。桑原はブラントンの水割りを注文した。

「おまえ、沖縄で何人つぶしたんや」

ウェイターが離れるのを待って、中川はいった。

「コザでふたり、伊江島でひとり、粟国島でふたりか」

桑原は指を折り、「同じやつを二回殴り倒したから、四人やな」

「蘇泉会がふたりに、花鍛冶組がふたりかい」

「ま、そういうこっちゃ」

「花鍛冶はかまへんにしても、沖縄の極道をつぶしたんはまずいことないんか」

「そら、ええことはないわな」

「始末はどうつけるつもりや」

「そんなこと考えてたら、ゴロがまけるかい。わしも命を張っとるんや」

「沖縄の極道はおまえよりイケイケやぞ」

「おいおい、わしを脅しとんのか」

「あとさき見ずに吹きあがったら危ないというてるんや」

「へっ、おまえはとばっちりが怖いだけやろ」

「わしはな、定年まで勤めあげて年金暮らしがしたいんや」

「洒落がきついのう。どこの公務員が毎晩のように飲み歩いて、女まで囲うとんのや」

桑原は鼻で笑った。「おまえもわしも一寸先は闇や。それを覚悟で腐ったシノギをしてるんとちがうんかい」

「な、桑原よ、極道がえらそうな講釈たれんなや」

中川の表情が険しくなった。このふたりはなにかといえば角突きあわせる。

「ま、ええやないですか」

二宮は割って入った。「いまは次の方策を考えんと」

「大草や。とにかく大草を探してくれ」

桑原は中川にいった。「それと披露宴。調べて、明日中に返事してくれ」

「いちいち癇に障るのう」

中川は吐き捨てた。「極道がマル暴担に指図しくさって」

「いやなら、おまえがみんなやらんかい。誰が沖縄まで飛んで、これだけのネタを集めたんじゃ」

「しゃあない。おまえのその傷に免じて、いうとおりにしたろ。わしはおまえに賭けた」

「それともうひとつ、柴田のよめは東法蓮町の家におるんかい」

「いや、いまは実家に引っ込んでるはずや」

「どこや、実家は」

「知らん。調べる」

いうなり、中川は立ちあがった。背を向けてテラスを出ていく。

「おい、待てや、ビールを頼んだんとちがうんかい」

「もういらん。おまえとは飲みとうない」

中川は小さく手を振った。

「あのデブ、いっぺんどつきまわさんとあかんな」桑原は舌打ちする。

「殴りごたえがありそうですね」

「なんや、その口ぶりは。わしが負けるとでも思てるんやないやろな」

「めっそうもない。百戦錬磨の桑原さんの辞書に敗北という文字はないんです」

「おまえも学習したのう。おためごかしは超一流や」

桑原はにこりともせず、「CDの中身が見たい。パソコンあるか」

「パソコンね……」

西心斎橋の事務所にデスクトップがある。去年の暮れ、事務所を移転したときに悠紀が欲しいといい、八万円の中古品を買ったのだ。悠紀はバレエやモダンダンスの映像をパソコンで編集し、DVDに記録しているようだが、二宮はほとんど関心がない。麻雀とブラックジャックとエアホッケーゲームの操作を教えてもらって、暇つぶしにするだけだ。

「こら、どこを見とるんや。パソコンはあるんかい」

「あります。うちの事務所に」

桑原を連れて西心斎橋へ行こうと思った。この男といっしょなら事務所に入るのも怖くはない。

「おまえみたいなアナログ頭がパソコンをするとはな。世の中、変わった」

「メールもインターネットもできますわ。東西急便のことも調べたんやから」

「ついでに貧乏暮らしから抜け出す方法《すべ》も調べんかい」

ビールと水割りが来た。お連れさまは、とウェイターが訊く。帰った、と桑原はいい、

「この雨はいつから降ってるんや」遠く、堂島川の空を見あげる。

「昨日の夜、降りはじめたと思います」

「沖縄はかんかん照りやのにな」

桑原は水割りに口をつけた。


西心斎橋、福寿ビルに着いた。エレベーターのボタンを押す。

「懐かしいな。おれはもう半月ほど事務所に寄りついてませんねん」

千島のアパートを出てからは、恵美須町のウィークリーマンション、都島のセツオのアパートで寝起きした。不自由な生活がいつまでつづくのか、見とおしさえつかないのだから情けない。

「わしはおまえが羨ましいわ。半月も仕事をせずにほっつき歩いて、それでも建設コンサル

タントでございます、と大きな顔してられるんやからのう」

「別に大きな顔はしてへんけど、収入がないのは確かですわ。七百万円、あてにしてますからね」

そう、まとまった臨時収入がなければ事務所を維持するのはむずかしい。家賃、電気、水道、電話、ガソリン代から駐車場の賃料、悠紀のバイト代などを含めて、固定経費が月に三十万円は必要だ。そこへ千島のアパートの家賃、食費などの生活費、パチンコ、スナック、フーゾクなどの娯楽費を加えると、いくら切り詰めても、毎月五十万円近い金が飛んでいく。まさに綱渡りの身過ぎ世過ぎをしているのが、ここ三、四年の状況なのだ。

五階にあがった。鍵を挿して事務所に入る。じめっとして、空気が澱んでいた。

エアコンのスイッチを入れ、ブラインドをあげた。中が荒らされた形跡はない。悠紀も出入りはしていないようだ。

デスクの前に腰をおろし、パソコンの電源を入れた。桑原は椅子を引き寄せて二宮の後ろに座り、CD－Rをデスクに置く。

「さて、うまいこと読みとりますかね」

パソコンのトレイを引き出してCDをセットした。デスクトップになんらかのアイコンが出るはずだが、作動しない。

「おかしいな……」

見当をつけて《マイコンピュータ》をダブルクリックした。《CD‐ROM》という項目が出たから、またクリックする。ウインドーに〝アクセスできません。デバイスの準備ができていません〟と表示された。

「なんでやろ。こんなはずないのにね」

アイコンを片っ端からクリックした。パソコンはうんともすんともいわない。《ヘルプ》で《説明ファイル》を出してみたが、意味がまったく分からない。そもそもコンピューター用語を知らないのだ。

「デバイスて、なんや」桑原が訊く。

「さぁ、なんのことですかね」

「パスワードがないと、読めんのとちがうんかい」

「パスワードね……」

「おまえ、素人《トーシロ》やろ。パソコンは知らんのや」

「いや、こんなもんは簡単に読めると思たんですけどね。このCDが不良品なんやろか」

「ばかたれ！」

桑原はわめいた。大声が耳に響く。「誰でもええからパソコンの分かるやつを呼べ。三十分以内にそいつが来んかったら、パソコンを叩き壊して、おまえをベランダから逆さに吊るすから、そう思え」

「そんな、あほな……」

逆さに吊るされるのはかまわないが、パソコンを壊されたら悠紀が怒る。「おれ、コンピューターに詳しい友だちはおらんのです」

「ほな、このパソコンは誰がつないだんや」

「電器屋ですわ。日本橋の」

「おまえというやつは、ほんまにどうしようもないの」

桑原は呆れたようにいい、携帯電話を出した。短縮ボタンを押す。「──セツオか。ちょいと用事や。ミナミへ来い。──西心斎橋。福寿ビル五階。──ああ。わしは二宮の事務所におる」

「セツオを呼んで、どないするんです」

「セツオくん、や。おまえは呼び捨てにすんな」

桑原は電話を切り、「セツオはな、コンピューター専門学校中退や。ああ見えて、コンピューターのことは二蝶会でいちばん詳しいんやぞ」

「そういや、アパートにノートパソコンがありましたね。エロサイトでも覗くんかと思てたけど」

パソコンには触るな、とセツオはいった。いわれなくても、もともと興味はない。押入れの下段の段ボール箱には、パソコン雑誌や封を切っていないCDが何十枚と入っていた。

「セツオは盗み撮りしたデジカメの写真をマニア別にまとめて、ネットで売ろうと考えとんのや。うまいことといったらシノギになるかもしれんやろ」

「なんと、ひとは見かけによらんのですね」

「おまえも見かけによらんわい。ボーッと洟《はな》たらした堅気のふりして、極道相手のサバキをしとる」

「解体屋もコンサルも、親父の遺産ですわ。食えるうちはサバキで食いますねん」

立って、冷蔵庫の缶ビールを出した。桑原に一本渡す。

「桑原さん、医者は……」

「行く。日が暮れたらな」

島之内《しまのうち》の内藤医院。ヤクザ御用達の病院へ行く、と桑原はいう。院長の内藤は西成の常盆に出入りしてトイチの借金を繰り返し、それをツメるために非合法の治療をするような不良医師だ。桑原は去年、二宮といっしょに池田の在日商工人の屋敷に殴り込んで脚を撃たれ、内藤医院に駆け込んで傷を縫合してもらったという顛末がある。

二宮は悠紀の土産に買った紅型をキャビネットにしまった。めざとい桑原はそれを見て、

「おまえ、まだつづいとんのか」

「なんのことです」

「いつかこの事務所で会うた気の強い女や。悠紀とかいうたな」

「ええ女ですやろ。清楚で、スレンダーで、Ｅカップで。気は強いけど、やさしいんです」

「不思議やのう。おまえみたいなハナタレにな。蓼喰《たでく》う虫、とはよういうた」

「ラブラブですねん、ケイとユキは」

缶ビールを持ってソファに座った。エアコンが効いてきた。

11

　セツオが事務所に現れたときは六時をすぎていた。パソコンの前に腰を据え、マウスを操作する。セツオの表情は厳しく、キーボードを叩く指先はしなやかで、別人かと思うほどだ。桑原と二宮はソファにもたれかかって缶ビールを飲むだけ。ふたりでもう六本を空けている。

「──分かりました。これは〝表〟ですね」セツオがいった。

「そうかい」桑原は立とうともしない。

「ホストコンピューターからデータをテキストファイルに変換して、CDに落としたんですわ。プロテクトはかかってません」

「ホストコンピューターいうのは、なんや」

「コンピューターの親分です」

「どこの親分や」

「たぶん、東西急便ですやろ」

「東西急便……」

　桑原は腰をあげた。二宮も立って、液晶モニターを覗き込む。《基本給・通勤手当・職務手当・家族手当・住宅手当・残業手当――》と見出しが並び、その下に日付と名前と数字がびっしり詰まっていた。これと同じものを見た憶えがある。そう、奈良東西急便の給与台帳だ。

「もっと下のほうを見せてみい」

セツオは〝表〟をスクロールした。名前と数字がどこまでもつづいていく。二宮が手に入れた給与台帳に比べると、データ量が桁ちがいに多いのだ。

「そうか、そういうことか」

桑原はうなずいた。「奈良店のコンピューターに火をつける前に、データを抜いてくさったんや」

「誰が抜いたんですかね」

「分からん」

「ホストコンピューターにアクセスできる人間は、そんなにおらんと思いますわ」

セツオがいった。「パスワードもいるやろし」

「落合はパスワードを知ってたんか」

「落合……？」

「奈良急の副社長や」

「副社長はコンピューターの端末を触ったりしませんやろ。誰か経理の担当者に指示したんやないですか」

「なるほどな」桑原はにやりとして、「放火にかかわったんは落合だけやないということや」

奈良急の社内に落合の共犯がいるといった。

「このデータ、コピーしますか」

「ああ。コピーせい。五枚でも十枚でも」

「ほな、ディスクを買うてきますわ」

「ちょっと待て。その前に、現職警官や」

桑原はセツオの肩を叩いた。「この二年間、毎月決まって三十二万の給料をもろてるやつが十二人おるはずや。そいつを探してプリントせい」

「三十二万は基本給ですか」

「いや、総額や」

「総額が三十二万いうのは少ないですね」

セツオは画面をスクロールする。

「どいつもこいつもトラックなんぞ運転してへん。運転手を取り締まるのが商売や」

桑原はいい、二宮に向かって、「CDを買うてこい」

「七百メガバイトのCD‐Rやで」セツオがいう。

二宮はパソコンのそばを離れた。キャビネットの扉を開け、紅型を持って事務所を出る。エレベーターは使わず、階段で一階に降りた。玄関付近にヤクザふうの人間がいないことを確かめてから外に出た。


周防《すおう》町通を歩いてアメリカ村を抜け、『日航ホテル』裏のセントジョージアビルに入った。バレエスタジオ『コットン』は三階を事務所やシャワールーム、レストルームにし、四階のワンフロアをスタジオにしている。三階の受付にはトウモロコシ頭の若い女がいた。

「二宮といいます。インストラクターの渡辺さん、お願いします」

「ご用件は」

「会うて、渡したいもんがありますねん」

紅型の包みを見せた。

「渡辺はいま、レッスン中です」

「そうですか……」

警戒されている。インストラクターはストーカーにつきまとわれることが多い、と悠紀がいっていた。

二宮は紅型をカウンターに置いた。

「これ、沖縄土産の反物です。浴衣でも作ってくださいと、渡辺さんに伝えてください」

「分かりました。二宮さんですね」

「二宮企画の二宮啓之です」

ウインクした。女は視線を逸らし、露骨に嫌そうな顔をした。

セントジョージアビルを出た。御堂筋《みどうすじ》を渡り、大丸に入る。家電売場で十枚パックのCD－Rを買い、福寿ビルにもどる。いつしか雨はやんでいた。


事務所に帰ると、プリンターがジージー動いていた。

「見つかったんですか、十二人の警官」桑原に訊いた。

「おう、見つけた。毎月三十二万の給料で、昇給も残業もない」

三百人ほどの従業員の中に分散して紛れ込ませていたという。「ほら、寄越せ。CDや」いわれて、桑原にパックを渡した。セツオが封を切り、CDドライブにセットする。マウスを操作してコピーをはじめた。

二宮はプリンターの紙片を一枚手にとった。《モリシタ・ヤスキ》《サイトウ・ジュンイチ》、《タグチ・シュウゾウ》《ナガシマ・アサオ》――。一昨年の五月から今年の五月まで、ちょうど二年間の給与明細がプリントされている。桑原のいったとおり、給与総額は毎月三十二万円で、増減はなかった。項目の末尾の《振込先》はどれも《三協銀行三条宮前支店》となっている。

紙片は全部で四枚あった。一枚に三人ずつ抽出してプリントしたようだ。基本給に多少の上下はあるが、通勤手当や職務手当で総額が三十二万円になるように調整されていた。

「――やっぱり、大草はいてませんね」

十二人の中に〝オオグサ〟〝オオクサ〟という名はなかった。

「現職の警官が七千万もの金を銀行に預けるのは、さすがにまずいんやろ」

「大草は見つかりますかね」

「見つかりますか、やない。見つけるんや」

中川には頼んだが、あてにはならないと桑原はいう。

CDドライブの音がやみ、トレイが出てきた。

「もう終わったんかいな、コピー」セツオに訊いた。

「文字と数字だけのデータや。大した量やない」

セツオはいい、また新しいディスクをトレイにセットする。

「腹減った。なんぞ食いに行くか」桑原がいった。

「病院はどうするんです」

「飯を食うてからや」

桑原はソファに片肘ついて缶ビールを飲む。

CD‐Rのコピーを三枚作り、一枚をキャビネットの抽斗《ひきだし》、一枚をトイレの天井裏に隠した。オリジナルのCD‐Rとコピー一枚は桑原が持って事務所を出た。セツオは阪神高速道路の高架沿いのパーキングに車を駐めているという。

わしの荷物、『キャンディーズ』にとどけといてくれ――。桑原は赤いトランクをセツオに預けてアメリカ村に向かった。

「さてなにを食うかのう」

「おれは鮨が食いたいですね」

「誰もおまえの食いたいもんは訊いてへん」

桑原は肩を揺すってアメリカ村を闊歩《かつぽ》する。

三角公園の交番の前を通りかかった。赤色灯の下に立っている警官がじっと桑原を見る。

「なんや、わしのマスクがそんなに珍しいんかい」

桑原は警官にいった。警官は桑原を睨みつける。二宮はあいだに入った。

「すんませんね。保菌者ですねん。インフルエンザの」

交番を離れた。警官はまだこちらを見ている。

「ややこしいひとやな。警官に喧嘩売ってどないするんです」

「大きな顔さらして市民を睨みつけるからやないけ」

前からキャミソールにベルボトムジーンズの若い女がふたり歩いてきた。

「お嬢さんたち、どこ行くんや」

桑原は声をかけた。「おじさんと飯でも食わへんか」

ふたりの女は弾けたように笑い、小さく手を振ってすれ違った。

「なんや、あの無遠慮な笑い方は。慎みというもんがないぞ」

「おれ、感心しますわ。誰かれかまわずですね」

「やかましい。ああいう派手《デーハー》な女には声をかけるのが礼儀やろ」

桑原は足もとの空き缶を蹴った。缶は舗道を滑ってインポート雑貨の店にころがり込む。

髭の店員が桑原を見たが、文句はいわなかった。

アメリカ村から宗右衛門町《そうえもんちょう》まで歩いた。桑原の馴染《なじ》みの割烹《かっぽう》に入る。三階の座敷に通された。道頓堀川《どうとんぼり》を見おろす、こざっぱりした部屋だった。

生ビールで喉を潤し、〝ハモの落とし〟で冷酒を飲んだ。泡盛ばかり飲んでいた舌には日本酒が旨い。

「桑原さん、飲んでばっかりやけど、傷にわるいことないんですか」

「どうってことあるかい。血はとまった」

「鼻はどないです」

「腫れがひかん。息がしにくい」

「内藤医院で鼻も診てもろたらよろしいねん」

「妙やな。なんでわしのことを心配するんや」

「桑原さんが倒れたりしたら、七百万がパーですからね」ときどき念を押しておかないと、うやむやになるおそれがある。

「貧乏人は嫌やのう。おまえはほんまに疑《うたぐ》り深い」

桑原は手を叩いて仲居を呼んだ。品書きを見て、ヒラメとタチウオの造りを注文する。仲居は桑原と二宮に酒を注ぎ、灰皿を替えて座敷を出ていった。

「しかし、大草いうやつはどこにおるんですかね」二宮は煙草に火をつけた。

「青木に訊けたらのう。あのボケを海に落としてしもたんはまずかった」

「おれ、大草があの披露宴に出席してたんやないかという気がしますねん」

「落合、桐間、柴田が同じ席か……」

桑原はハモに梅肉をつけて口に入れ、「いったい、誰の結婚式や」

「新婦は奈良県警の大物か、東西急便の偉いさんの娘とちがいますかね」

「そうか、そういうことかい」

桑原は卓に肘をつけ、拳を額にあてた。「わしとしたことが迂闊やった。落合は奈良急の副社長やないけ」

「どういうことです」

「副社長が披露宴に出て、社長が出んということはないやろ」

「奈良急の新庄は糖尿病で動けんのでしょ。落合が代理で出席したんやないですか」

「新庄が会社に出んようになったんは半年前や。それまでは、曲がりなりにも社長業務をやってたはずや」

「ほな、新庄に訊いたら……」

「分かる。披露宴のことがな」

桑原は箸を置いた。冷酒を飲みほして腰をあげる。「行くぞ。学園前や」

「待ってください。ヒラメとタチウオは」

「仲居に食うてもらえ」

　桑原は座敷を出た。


　宗右衛門町からタクシーに乗り、眼覚めたときは高速道路を走っていた。ここは——。運転手に訊くと、阪奈道路だという。

「そろそろ、学園前です」

　杣川を渡ったところで阪奈道路を出た。ゴルフ場に沿った道を北へ行く。

「このあたりが学園大和町ですけど、どう行きましょ」

「バス通りを左折してください。五百坪ほどの築地塀の家です」

　新庄の邸を訪れたのは先週の金曜日だった。あれからもう五日が経っている。昼間に行った家を夜探すのはむずかしい。

　そこでもない、ここでもないと走りまわるうちに、ようやく新庄邸に行きあたった。パイプシャッターのガレージにベンツＳＬと黒のＢＭＷが駐められている。糖尿病の新庄は家にいるはずだ。

　冠木門の前でタクシーを停めた。桑原を起こして先に降りる。桑原はあくびをしながら料金を払った。

「よう寝たな。わしは車に乗ると寝てしまう」

桑原は大きく伸びをした。

「飲みつづけですもんね。飛行機で水割り、『シェラトン』でビール、おれの事務所でまたビール、さっきの料理屋で冷酒ですわ」

「おまえもわしと同じように飲んでるやないけ。ただ酒ばっかり」

「うちの事務所の缶ビールは、おれの奢りですわ」

「二宮くん、君は奢りという言葉の使い方をまちごうてへんか」

「いや、感謝してます、なにもかも」

インターフォンのボタンを押した。

──新庄です。

女性の声が聞こえた。

──こんばんは。先日、お伺いした桑原と申します。新庄社長はご在宅でしょうか。

──あ、はい。お待ちください。

「こら、おまえは桑原か。そこら中でわしの名前を騙ってるんやないやろな」

「雷名がとどろいてるからです。二蝶会の桑原保彦《やすひこ》。泣く子も黙りますわ」

「勝手にさらせ」

ほどなくして通用口が開いた。このあいだの小柄な女性だ。ふたりは応接室に通された。

「夜分にお邪魔して申しわけないです」

桑原は頭をさげた。「あれからいろいろありまして、その報告に参上しました」

「落合に会いましたか」

嗄れた声で新庄は訊く。風呂あがりだろう、浴衣に兵児帯《へこおび》を締め、濡れた髪を七三になでつけている。

「落合にはまだ会うてないんですわ」

「あなたがたのことは伝えましたよ。二蝶興業の桑原部長と、二宮企画の二宮氏が落合に面会したいと……」

「すんまへん。急用ができて、沖縄に出張してましたんや」

「沖縄にね……」

「失踪した青木を探しあてたんです。粟国島で」

桑原は上着のポケットから写真を出した。テーブルに置く。「青木に会うて、これをもらいました。誰の披露宴ですか」

新庄は眼鏡をかけ、三枚の写真を手にとった。

「――これは武内専務の娘さんですね」

「なんですて……」

「神戸の『ポートピアホテル』です。招待客が三百人近い豪勢な式でした」

結婚式は一昨年の秋。新庄も出席したという。

「で、新郎は」

「平野賀津雄《かつお》の孫です」

「それ、議員とちがうんですか。民政党の」

「参院です。警察官僚あがりの国会議員ですよ」

驚いた。あの武内の娘が政治家の孫と結婚したとは。

二十日ほど前、天理の金山土建へ行き、番頭の瀬川から聞いた話を思い出した。

奈良東西急便は設立当初からヤクザまみれで、トラブルの絶えない会社です――。

落合の父親は民政党の県会議員で、県議会議長まで務めた大物です――。

交通部企画課長の柴田は退職して県議会に出るつもりでした――。

県議会には警察OBがふたりいるが、柴田の出馬を阻止しようとして奈良東西急便との癒着を『ディテール』にリークしたんです――。

そんな話を瀬川はしていたのだ。

「ひとつ教えて欲しいんですけど、いいですか」

　二宮はいった。新庄がこちらを向く。「奈良急の右翼やヤクザ対策は、落合に任せてはったんですか」

「ええ。任せてました」

　新庄はあっさりうなずいた。「落合も元はといえば、暴力団対策課の係長ですからね」

「東西急便本社のヤクザ対策は武内専務が仕切ってるんですか」

「ほう。よくご存知ですな」

「それで分かりましたわ。披露宴の同じ卓に、落合と柴田と桐間の座ってる理由《わけ》が」

「桐間、というのは」新庄は訊いた。

「知りませんか。柴田の隣の、痩せた白髪頭の爺さんですわ。泉南の桐間組の組長です」

「ヤクザの組長ですか……」

　新庄は眼鏡を指先で押しあげ、写真を覗き込む。ほんとうに桐間を知らないようだ。

「ぼくはこの日、入口近くのテーブルにいました。落合は奥のテーブルで、けっこう離れてました」

　糖尿病の新庄は酒が飲めない。血圧が高く、目眩《めまい》がひどかったから、退席しやすい卓にしてもらったのだという。「披露宴がお開きになって、ぼくはすぐに帰りました。落合たちは三宮《さんのみや》で飲んだと思います」

「落合たち、というのは」

「業務部長の細谷《ほそや》です。落合が秘書代わりに使ってます」細谷も披露宴に出席していたという。

名前を聞いて、二宮は思い出した。北陸《ほくりよう》トラックターミナルの応接室で会った色黒の貧相な男だ。細谷は二宮の身元を疑って免許証を見せろといったが、あの男も警察ＯＢなのだろうか。

「新庄さん、大草いう人物を知ってますか」桑原がいった。

「大草、ですか……」

「オオクサかオオグサかは分からんけど、青木の知り合いですわ」

「聞いた憶えがありますね」

「えっ、ほんまですかいな」

「どこでしたかな……。憶えはあります」

つぶやくようにいい、新庄はソファに寄りかかる。窪んだ眼、削げた頰、このあいだ会ったときより、またいっそう窶《やつ》れた感じがした。

「――ああ、そうや。中堂《なかどう》や」

新庄は顔をもたげた。「東西急便本社です。中堂の部下に大草という男がいます」

「ちょっと待ってください」

桑原は上体を乗り出した。「中堂やったら知ってる。総務部の渉外担当ですやろ」

「会ったんですか、中堂に」

「会いましたがな、鳴尾川《なるおがわ》町の本社で。目付きのわるい、くそ丁寧な男や。兵庫県警の捜査二課から来たと、武内専務がいうてましたわ」

「中堂は武内くんがスカウトしたんです」

「警察ＯＢだらけやな。大草いう男も、そうでっか」

「大草の出身は知りません。なにかのパーティーで名刺を交換しただけです」

「その名刺は」

「会社です。ここにはありません」

新庄に大草を紹介したのは中堂だったというだけで、大草の肩書は憶えていない、と新庄はいった。「齢は二宮さんと同じくらいでしたかね。ほとんど印象に残ってません」

「新庄さん、二宮はいくつに見えます」

「そうやな、三十すぎですか」

「そう来るやろと思た。この男は三十七ですがな。人生破れかぶれの行きあたりばったりやから、若《わこ》う見えますねん」

「羨ましい。三十七は若いですよ」

「ついでに、わしはいくつに見えます」

「四十すぎですか」

「まだ三十代ですわ」

桑原は残念そうにいい、「どうも、すんませんでした。失礼します」

「お役に立ちましたか」新庄は浴衣の襟を直す。

「充分、立ちました。これで落合を叩けますわ」

桑原は腰をあげた。二宮も頭をさげて立つ。

「あ、そうそう」

桑原は振り返った。「業務部長の細谷は、落合のいうことならなんでも聞きますか」

「聞くでしょう。細谷は落合の茶坊主やから」

「奈良店のコンピューターに火をつけたりしますか」

「つけるでしょうな。落合の命令なら」

「そうでっか。細谷は落合のパシリね」

桑原はにやりとした。「ほな、また……」

応接室を出た。

奈良郊外の住宅街に流しのタクシーは走っていない。近鉄の学園前駅に向かって歩いた。

「新庄に会うて、よかったですね」

「病気で使いもんにならんというても、やっぱり社長や。ええネタを持っとる」

「落合、細谷、中堂、大草……。ターゲットがしぼられてきましたね」

「わしは武内が嚙んでるように思うな。あいつは食わせ者の大狸や」

桑原のいうとおり、武内はかなり深いところでかかわっているような気がした。武内は中堂の上司であり、死んだ柴田とのつながりもあった。それに、東西急便本社が奈良東西急便に貸し付けた〝マル暴対策費〟を回収する最高責任者でもある。武内の表の顔はいかにも洒《しゃ》脱《だつ》な、やり手の企業役員だが、裏には想像もつかない闇の顔が隠されているような気がする。

「二宮さんはずいぶん麻雀がお強いようですね。三沢《みさわ》から聞きました」と笑って見せたその顔で、東西急便に群がる右翼やヤクザ、警察と渡り合い、娘を政治家の孫に嫁がせて、着々と出世の階段をのぼっているのだ。

「武内はひょっとして、東西急便の社長の座を狙うてるんですかね」

「そら狙うとるわ。狙うとるからこそ汚れ仕事にも精出して、五十代の半ばで専務にまで成りあがったんやないけ」

奈良東西急便を解散させて、きれいな整理をしたら、武内は副社長に昇格するだろう、と桑原はいう。「その、きれいな整理のネックが落合というわけや」

「落合はまだ、五億の裏金を持ってるんでしょ」

東西急便本社が奈良東西急便に貸し付けたマル暴対策費の総額は四十億。うち十億が裏金で、その半分を落合は総会屋や企業ゴロにつかい、残りの五億を隠し持っていると武内はいった。

「武内が大狸なら、落合は大狐や。二匹が尻尾の嚙み合いをしてる隙に、わしは五億の金を掠めとったる」

「ほな、青木の七千万はどないするんです」

「行きがけの駄賃やないけ」

「駄賃が七千万というのは豪勢やな」

「おまえもせいぜい、がんばれや」

「七百万、くださいね」

「しつこい男やのう。やる、というたらやるわい」

「コロナを買い替えんといかんのです。後ろのドアを飛ばしてしもたから」

　次は輸入車だ。……ＢＭＷは桑原が乗っているから縁起がわるい。ベンツのＥクラスか、アルファロメオ１５６、いや、シトロエンやプジョーといったフランス車もいい。いっそスポーツカーにして、ポルシェボクスターとかＴＶＲという手もある。もちろん新車ではなく、中古車だが。

「こら、なにをぶつぶついうとんのや」

「桑原さん、病院は行かんでもええんですか」

「おう、忘れとったわ」

「電車で難波まで行きましょ」

　内藤医院は島之内にある。島之内から西へ五分も歩けば阪町だから、キャバクラかピンサロにでも行って沖縄の垢を落とすのだ。ポケットには七万円ほどある。

「おまえ、わしを内藤医院に行かせて、なにをするつもりや」

「サウナです。久しぶりに髭を剃って、マッサージでもしてもらいますわ」

「なんと、おまえはきれい好きやったんか」

　そう、きれいな女の子は好きだ。細身で背が高くて、色が白ければなおいい――。

　桑原は駅前でタクシーに乗った。

「北陵へ行ってくれ。奈良東西急便のトラックターミナルや」

運転手にいう。タクシーは走りだした。

「島之内へは行かんのですか」

「焦らんでも内藤医院は逃げへん。せっかく奈良まで来たんや。もうひと仕事する」

「細谷ですか」

「落合のパシリを叩くんや」

桑原はいって、シートにもたれた。

九時二十分――。奈良東西急便北陵トラックターミナルに着いた。トラックヤードには五台の大型トラックが駐められ、荷おろしを待っている。荷役デッキでは二台のトラックに小口貨物を積み込んでいた。トラックターミナルは夜も眠ることがない。

桑原をタクシーに残して、二宮はターミナルビルに入った。廊下の奥、《業務部》のドアをノックして開ける。夜間の当直だろう、制服の男がふたり、デスクで弁当を食っていた。

「すみません。細谷部長いてはりますか」

「おたくさんは」若いほうが訊いた。

「先日、寄せてもろた、二宮企画の二宮です」

名刺を差し出した。男は一瞥して、

「細谷は定時に帰りましたよ」

「そうですか。困ったな……」頭の後ろに手をやった。

「なにか？」

「いや、細谷部長の依頼で宅配ルートの計算ソフトを作成したんですけど、遅うなってしまいまして。今日中にＣＤ‐Ｒをお渡しせんと、うちの会社は取引停止ですわ」肩を落とし、大げさにため息をついた。

「細谷の自宅にとどけはったらどうです。今晩中に」年嵩のほうがいった。

「それが、ご自宅を知らんのです」

「橿原《かしはら》ですわ。近鉄橿原線の畝傍御陵前《うねびごりょう》」

男は親切に駅から細谷の家までの経路をメモ書きし、住所まで書き添えてくれた。二宮はメモを受けとり、礼をいって業務部を出た。トラックヤードのタクシーにもどる。

「橿原の畝傍御陵前駅へ行ってください」

運転手に告げた。

12

タクシーは国道二四号線を南下し、田原本町から橿原市に入った。コンビニ、パチンコホール、ガソリンスタンド、ラーメン屋、ファミリーレストラン、奈良は大阪より田舎だが、主要幹線道路沿いはどこも同じような情景だ。

橿原の市街地を抜け、国道一六九号線に入った。もうすぐ畝傍御陵前駅です、と運転手がいう。二宮はもらったメモをポケットから出した。

城殿口の信号を左折した。国道を少し離れると、付近は閑静な住宅街だった。坂をのぼると、三叉路の脇に住宅案内板があった。二宮はメモを持ってタクシーを降りた。案内板はペイントが剝げて赤錆《あかさび》が浮いている。ほとんどの家が一戸建で、戸数は二百軒ほどか。東の公園のそばに《細谷》と書かれた家を見つけた。番地もメモの住所と符合する。道順を頭に刻んでタクシーに乗った。

細谷の家はまわりに槇《まき》の生垣をめぐらせた、こぢんまりしたプレハブ住宅だった。カーポートにセドリックとアルト、玄関先に黒っぽいシャツの男がいて、犬にリードをつけていた。

「あれか、細谷は」桑原が訊いた。

「そうですわ」

男はゴマ塩頭だ。色黒で眼が細く、唇の薄い貧相な顔を二宮は思い出す。

「よっしゃ。ここでええ」

桑原は料金を払った。タクシーを降りる。つかつかと細谷に歩み寄り、

「こんばんは。犬の散歩でっか」

門扉の外から声をかけると、細谷は振り向いた。

「どうも、こんばんは」

二宮もいった。「お久しぶりです。憶えてはりますか」

「あ、はい……」細谷の怪訝《けげん》そうな顔。

「二十日ほど前に北陵のトラックターミナルへ行った二宮です」門灯のそばに立った。

「ああ、あのときの」

細谷の表情に一瞬、とまどいが見えた。「大浦交差点の件でしたよね」

「県警本部の柴田課長が自殺してしまいました。大浦交差点の右折禁止解除は、あと十年ほど延期でしょ」

いまさら交差点のことなどどうでもいいが、適当に話を継いだ。

「で、今日はなんですか」

「折り入って相談がありますねん」

桑原がいった。「どこか、ゆっくり話のできるとこはないですか」

「あなたは……」

「二蝶興業の桑原といいます」

桑原はマスクをとってみせた。「顔を隠してるわけやない。鼻に怪我してますねん」

桑原のものいいは底に凄味がある。細谷が落合の茶坊主なら、桑原のことは耳に入っているかもしれない。

「じゃ、歩きながら話しましょうか」

細谷は背を向けて、犬にリードをつけた。いま流行りのミニチュアダックスだ。

「ええ犬でんな。名前は」

「『パピー』です」

「雄でっか」

「雌です」

「それやったら『マミー』のほうが似合いでっせ」

桑原はいつでも一言多い。

細谷はポリ袋をポケットに入れ、犬に引きずられるようにして歩きだした。住宅街はほとんど車が通らず、人通りもあまりない。桑原は細谷の横に並んだ。二宮はふたりの後ろにつく。

「細谷さん、落合副社長の懐刀やそうでんな」

「は……」

「落合さんは細谷さんの助けがあるからこそ、会社ゴロや極道や警察と渡り合える。そういう評判ですわ」

細谷はなにもいわない。リードを伸ばして歩きつづける。犬は飛び跳ねるように、右へ左へ行く。

「細谷さんも警察ＯＢでっか」

「ぼくは元ドライバーです。途中入社ですよ。新卒で入社した金融関係の会社がつぶれてしまいましてね」

となると、細谷は近いうちに、二度目の倒産に直面するわけだ。齢は五十をすぎていそうだから、細谷の会社人生は終わったのかもしれない。

「あんた、奈良店の火事で、警察から捜査の状況を聞いてまっか」

「いえ、特には……」

「この二宮くんがね、放火の犯人ですねん」

「えっ……」

細谷は歩をゆるめた。桑原を見て、「冗談はよしてください」

「洒落や冗談で、こんなことといわへんがな。奈良店の焼け跡にあったドライバーやバールには、二宮の指紋がついとんのや」

桑原のものいいがいつものヤクザ口調に変わった。

「まさか……」細谷は立ちどまった。

「なんや、その顔は。落合のパシリなら知ってるはずやで。落合や柴田や泉州の極道が、寄ってたかって二宮を犯人に仕立てあげようとしたんはな」

桑原は細谷を睨めつけた。「奈良店の放火の狙いは、火災保険金と、いずれ解散する奈良急の証拠湮滅や。コンピューターを燃やしてしもたら、腐れの警官どもとの癒着と贈収賄の証拠はきれいさっぱりなくなるからのう」

細谷も桑原を睨み返したが、

「なんじゃい、こら。わしのいうことがまちごうてるとでもぬかすんかい」

いわれて、すぐに視線を逸らした。役者がちがう。

「おまえ、放火の前にコンピューターのデータをコピーしたな。柴田と青木が作った警官名義の十二の口座に、毎月三十二万を振り込んでた給与台帳や」

細谷は口をきかない。犬は街路樹の欅の根方で小便をしている。

「柴田が自殺して、青木は逃げた。CD‐RとICレコーダーのメモリーチップと、披露宴の写真を持ってな。……おまえ、東西急便本社の武内の娘の披露宴に、落合の腰巾着《こしぎんちゃく》で出席したそうやないけ」

「…………」

「レコーダーになにが録音されてたか、おまえ、知ってるか」

「桑原さん、あなたのいわれることは、わたしには分かりません。さっきから、いったいなにを……」

「じゃかましわい。おまえの飼い主の落合は、自分の会社に火をつけたんじゃ」

桑原は上着のポケットからレコーダーを出した。再生ボタンを押す。


――しかし、贈収賄と放火では次元がちがいすぎる。

――段取りは任せてくれ。あんたは知らぬ存ぜぬでええんやから。

――その話、桐間にしたんか。

――あんたがウンというてくれたら、桐間に会う。

――わしは金を都合するだけか。

——そういうことやな。

——分かった。君に任す。

「これは誰の声や。知らんとはいわさんぞ」

細谷の顔はこわばっている。かなりの衝撃を受けたようだ。

「このメモリーチップは柴田の遺書とワンセットや」

桑原はレコーダーをポケットにもどして、「落合にいえ。二蝶興業の桑原部長がとんでもないもんを持ってます、とな。落合がその気なら、わしは交渉にのってもかまへん」

名刺を細谷に差し出した。細谷は黙って受けとる。

「それともうひとつ。東西急便本社の大草いう男を知ってるか」

「大草……。総務部の大草ですか」

「そう、中堂の子分や。大草は警察あがりか」

「詳しいことは知りません」

面識はあるが、長い話はしたことがない、と細谷はいう。「東西急便と奈良東西急便は別会社です。あなたがたが考えているほど交流はないんです」

「本社とは交流がないけど、クズの警官どもとは、いやというほどつきあいがある。おまえんとこの会社はおもしろいのう」

　桑原は吐き捨てて、「柴田と青木は、なんで給与台帳のコピーを持ってたんや」

「ほんとに、そんなものがあるんですか」

「わしが嘘をついてるとでもいうんか。業務部長のおまえがホストコンピューターのデータを抜いたんとちがうんかい」

「知らん。わたしは知らん」

「とぼけんなよ、こら。おまえがどうわめこうと、奈良急の給与台帳は外に出たんや。そして、そのコピーを柴田と青木が隠し持ってた。これはどういうわけや、え」

　細谷は口をつぐんだ。この男はすぐ貝になる。

　犬が細谷を引っ張った。細谷は歩きだす。

「待たんかい。まだ話は終わってへんぞ」

　桑原はいったが、細谷はとまらない。逃げるように歩いていく。桑原は細谷を追わなかった。

「あいつ、ほっといてもええんですか」

「かまへん。あのボケは堅気や。堅気に手荒いことすんのは、わしの主義に反する」

　桑原は細谷を見送りながら、「明日あたり、落合から電話がかかって、遺書とチップとC

Dに値をつけてくるはずや」

「なんと、手の込んだ追い込みやないですか」

感心した。桑原は細谷を使って強請《ゆすり》をしたのだ。「けど、おれには分からへん。柴田と青木はどこからコピーを手に入れたんです」

「そいつはたぶん、桐間や」

「桐間から？」

「柴田が桐間に頼んだんやろ。放火の前に、ホストコンピューターから給与台帳を抜いてくれとな。桐間はそれを花鍛冶の若頭《かしら》に伝えた」

「ほな、東、池崎、勝井のほかにもうひとり、コンピューターに詳しいやつが奈良店に侵入したんですか」

「それはどうかのう。放火の前にデータは抜かれとったんかもしれんぞ」

奈良急には多くの警察OBがいる。そのOBに柴田か青木が指示してデータをコピーした可能性もある、と桑原はいった。

「けど、パスワードがいりますよ。ホストコンピューターにアクセスするには」

「そんなもんはなんとでもなる。柴田と青木は県警の幹部や。それに警官十二人の口座を作らせた張本人でもある。奈良急は柴田と青木の財布やったんや」

「おれ、なんとなく流れが見えてきたような気がしますわ。柴田や青木の裏で糸を引いてたんは武内とちがいますかね」

「どういうこっちゃ。説明してみい」

「武内は奈良東西急便を解散させて東西急便本社に吸収する肚やった。そこでネックになるのが落合に貸し込んだ三十億のマル暴対策費と十億の裏金の回収やけど、警察OBでまわりをかためた落合を追い落とすのは容易な業やない。武内は県警の柴田や青木に手をまわして、落合を嵌めようと方策を練った。それで柴田は落合に奈良店の放火を持ちかけ、落合は話にのった。落合は柴田と武内がつながってることを知らんのです」

「ほう。おまえにしてはようできた絵解きやないけ」

桑原はひとつ間をおいて、「武内が柴田の鼻先にぶらさげたニンジンはなんや。餌がなかったらクズどもは動かんぞ」

「おれはあの七千万が餌やないかと思います」

「なんやて……」

「奈良急が解散して本社管理になったら、現職警官十二人の闇給与は表に出ます。その十二人分の口座から落合を経由して流れた金は柴田と青木の懐に入ってます。武内はそれを不問にして、七千万は柴田と青木に進呈するという密約を結んだんやないですかね」

「ちょっと待て。柴田と落合は武内の娘の披露宴で、同じ卓に並んでたんやぞ」

「披露宴は一昨年ですわ。奈良県警の監察が動きだして奈良急がキナ臭くなったんは、この春ごろでしょ」

二宮は煙草をくわえた。「武内は部下の三沢に指示して、大阪の雀荘で柴田を接待した……。トラックターミナルの右折禁止解除が目的やったら、本社の三沢や大阪支社長の宮住《みやずみ》ではなく、奈良急副社長の落合が接待するのが筋やないですか」

いままで散らばっていたパズルの断片が、ひとつポイントを見つけるとおもしろいようにつながってくる。そう、パズルの真ん中に見えてきたのは武内の顔だ。

「おまえ、おかしいぞ。今日はいつものスポンジ頭とちがうやないけ」

「柴田は母親が急死して、口座の七千万をほかの銀行に移さんとあかんようになった。必要なんは他人名義の口座やけど、現職警官の口座を使うのはヤバい。そこで柴田は武内に事情を話して、適当な口座を用意してくれと要求した。奈良急の〝闇給与〟に武内を引き込むことで、七千万に保険をかけられると踏んだんです」

「それで武内は中堂にいうて、大草の通帳と判子を柴田に渡したんかい」

「武内も大草の口座やったら、トラブったときの対処がしやすいでしょ」

「二宮くん、わしは君の意見が正しいような気がしてきたぞ」

「冴えてますかね」

「酒のせいやな。おまえもわしも朝から飲みつづけや」

「ヒラメとタチウオの造り、食いたかったな」

「よっしゃ。島之内へ行こ」

桑原は踵を返した。国道に向かって歩きはじめる。

二宮はライターを擦った。火がつかない。ガスが切れている。

ライターを捨て、煙草を耳に挟んで桑原を追った。


国道に出てタクシーを拾った。橿原から大和《やまと》高田に入り、開通したばかりの南阪奈道にあがる。車は数えるほどしか走っていない。いつしか眠り込み、眼覚めたときは島之内にいた。

「ほら、降りるぞ。いつまで寝とるんや」

タクシーを降りた。南府税事務所の筋向かい、ハングルとアルファベットの袖看板が並ぶ雑居ビルの隣に、木造瓦葺きの商家がある。煤けて黒ずんだ板壁、枝ぶりの疎らな柳が玄関脇に植えられ、ガラス戸に《内藤医院》と金文字で書かれている。

「相変わらずのレトロやな。ここだけ戦災におうてへんみたいや。電飾の看板ぐらいつけたらええのに」

「そう思うんやったら、おまえが買うたれ」

桑原はインターホンのボタンを押した。応答はない。門灯も消えている。もう十一時半だ。

「内藤のクソ爺、飲んだくれて寝とるんや」

桑原はしつこくボタンを押す。一階は医院、二階が住居で、内藤は独り住まいだ。五、六年前まではホステスあがりの妻がいたが、男をつくって出ていった。島之内は彫師が多く、客の刺青が膿《う》んだり、熱が出たりしたときは内藤医院に連れてくるという。

――なんや、急患か。

不機嫌そうな声がインターホンから聞こえた。

――すんまへん。二蝶興業の桑原です。ちょいと診てもらいたいんですわ。

――誰を診るんや。

――このわしですがな。

――わるいな。明日にしてくれ。

――先生、わしは瀕死《ひんし》の重傷ですねん。

玄関に明かりが点いて、戸が開いた。内藤が顔をのぞかせる。

「入れ」

「夜分に、すんまへんな」

桑原につづいて医院内に入った。靴を脱ぎ、スリッパに履き替える。板張りの床がギシギシ軋む待合室をとおって診察室へ行った。

内藤は椅子に腰かけた。着古した長袖のワイシャツに麻のズボン、赤い花柄のスリッパは爪先が割れて足の指が見えている。寝癖のついた半白の髪、レンズの厚い銀縁眼鏡、ちょび髭だけはきれいに切り整えていた。

「どないした。喧嘩したか」

桑原のマスクを見て、内藤はいった。

「お恥ずかしい。パチキですわ。わしとしたことが、不覚をとってしもた」

桑原はマスクをとった。内藤は無造作に絆創膏を引き剝がして湿布をとる。桑原の鼻は押しつぶしたように腫れて、黒い痣が広がっていた。

「いつ、やられた」

「一昨日《おととい》の晩ですわ」

「この湿布は」

「沖縄の病院でもらいました」

「医者に診てもろたんやな」

「なんか、頼りない医者でしたわ。先生とちごうて」

「診断は」

「鼻骨は折れてへんと、それだけです」

「ほな、どうということはない。毎日湿布を替えてたら、腫れもひくやろ」

内藤はデスクの煙草を一本抜いて、吸いつけた。酒の匂いがする。

桑原はスーツの上着を脱ぎ、ネクタイをとった。黒のシルクシャツも脱ぐ。左の二の腕に巻いた包帯をほどいて、何枚も貼った救急絆創膏を剥いでいく。

「先生に診てもらいたいのは、こっちのほうですわ」

腕の傷は五センチほどの長さだった。まわりが紫色になり、傷口がわずかにめくれている。絆創膏を剥がしたためか、血が滲み出てきた。

内藤は消毒液に浸した脱脂綿で傷口を拭った。乳白色の脂肪層が見える。

「そう深くはないな。モノはなんや」

「出刃包丁です」

「指、動かしてみい」

桑原は手を広げ、指を一本ずつ折っていく。

「痺れは」

「いまはないです」

「神経は逸れとるな。腱《けん》も切れてへん」

内藤はあっさりいって、「縫おか」

「頼みます」

内藤は煙草をひと吸いして捨てた。傷口を開いて洗浄し、消毒する。傷のまわりに麻酔薬を注射し、縫合用の針と糸を用意する。

「で、喧嘩は勝ったんか」

「わし、負けるゴロはまかんことにしてますねん」

「何人や、相手は」

「一昨日がふたり、昨日もふたりです」

「二日もつづけて喧嘩したんか」

「ようやりますやろ。わしも呆れてますわ」

「四人ともヤクザか」

「ばりばりのね」

「それやったらええ」

内藤は桑原を診察台に寝させた。左腕の下に採血用のスタンドを入れて固定し、もう一度、傷口を消毒する。麻酔の効きを確認し、縫いはじめた。

内藤医院を出たのは零時半だった。治療費は五万円。桑原は三日分の抗生物質と二週間分の処方箋をもらった。

「替えのマスクが欲しい。どこぞ、薬局はないか」

「この時間に、開いてへんでしょ」

「傷を縫うたら腹が減った。なんぞ食うか」

「おれはもう寝ますわ」

セツオのアパートまで行くのは面倒だ。元町あたりのビジネスホテルで眠ろうと思った。

「おまえはほんまに、寝ることばっかり考えとるな」

「睡眠こそ健康の源です」

たとえ細切れでも、一日に八時間は眠ると決めている。この二、三日、それが守られていないのだ。

桑原は携帯電話を出して、かけた。

「──中川さん、いてまっか。──そうでっか。──すんまへん。ほな」電話を切った。

「『ボーダー』ですか」

「中川はおる」

「おれ、酒はよろしいわ」

もう桑原にはつきあいたくない。飽き飽きした。

「わしが行くというたら、おまえも行くんや。七百万、いらんのかい」

「いえ、いります」

この男のタフさには舌をまく。

桑原は阪町に向かって歩きだした。


中川はカラオケで歌っていた。連れはおらず、ほかに客もいない。桑原と二宮はカウンターに腰をおろし、髭のマスターにビールを注文した。

中川の歌は任俠ものの演歌だった。耳に憶えはある。

「これは……」桑原に訊いた。

「『会津の小鉄』。京山幸枝若《きょうやまこうしわか》や」

「しかし、相当に下手ですね」

ただ大声でがなりたてているだけだ。

「一キロ先の味噌も腐りそうやの」桑原はせせら笑った。

歌が終わった。中川は水割りを飲み、こちらを向いて、

「一キロ先の味噌がどうかしたんかい」

「マル暴のデカが極道の歌を歌うてどないするんや」

「講釈たれるな。おまえはなにを歌うんや」

「クラプトンとか、ジョン・レノンとか、レイ・チャールズもいけるで。『ティアーズ・イン・ヘブン』『ウーマン』『マザー』『ジョージア・オン・マイ・マインド』。聞かせたろか」

「黒門市場の味噌屋にでも行って、朝まで歌えや」

そこへ、ビールが来た。桑原はトマトジュースを頼み、ビールのグラスに注ぐ。

「なんや、その気持ちわるいのは」

「知らんのか。レッドアイやないけ」

桑原は中川の水割りにグラスを打ちつけて一気に飲んだ。「――で、おまえ、柴田のよめはんの実家は調べたんかい」

「京都の桂《かつら》や」

さも面倒そうに中川はいい、メモ帳を開く。「西京区下津林《しもつばやし》小般若町九の十二の三一五。阪急桂駅から東へ七、八百メートル行った公団住宅や」

「マスター、ボールペン貸してくれるか」

桑原はコースターの裏に住所を書きとった。「その公団住宅は誰が住んでるんや」

「柴田のよめはんの母親と長男夫婦」

母親は八十四歳、長男夫婦は六十代だという。

「そんなとこへ転がり込んだら、柴田のよめはんも肩身が狭いやろ」

「いずれ奈良の家は売って、その金でマンションでも買うたらええんや」

中川は水割りを飲みほして、「マスター、桑原の奢りでボトルを入れてくれるか。ボウモアの17年や」

「おまえはなんや、シングルモルトが好みかい。青木のクソが同じボトルをアタッシェケースに入れてたがな」

ボウモアとラフロイグはクルーザーの船長にやったのだ。

「それで思い出した。青木は高飛びしたぞ。東京に」

「なんやて」

「久米島の空港や。羽田へ飛びよった」

青木はあのあと、粟国島から久米島に渡ったのだ――。

「なんで、青木は那覇へ行かんかったんです」二宮は訊いた。

「青木はおまえらに見つかった。それで那覇は危ないと考えたんやろ。青木は夏のあいだ、久米島から羽田まで直行便が飛んでることを知ってたんや」

奈良県警捜査員三人がフェリーで粟国島に着いたのは十二時半だった。ウーグ浜の民宿から粟国漁港へ走り、訊込みをすると、青木は漁船に乗って久米島へ向かったという。捜査員は高速船をチャーターして青木を追った。

「一日に一便だけ、十三時二十五分発のＪＴＡや。久米島空港で搭乗者名簿を調べたら、青木らしき男が乗った形跡がある。捜査員は奈良県警本部に連絡して、羽田で青木を押さえるように手配したけど、そのときはもう久米島便が到着したあとやった」

「間一髪、青木は逃げおおせたというわけか」

桑原はカウンターに片肘をついて、「しかし、奈良県警というやつはとことん惚《ぼ》けとるのう」

「おまえにとっては惚けてるほうが都合ええのとちがうんかい」

中川は首をコクッと鳴らして、「青木が奈良県警に捕まったら、二蝶会の桑原に柴田の遺書や銀行印を奪られたと吐きよるぞ」

「そうか。それもそうやな」

桑原は笑った。「青木のクソは地の果てまで逃げまわって、首でも縊《くび》りよったら、いちばんええええんや」

「青木はちょっとやそっとで捕まらへん。警察捜査は一から十まで知り尽くしとる」

ボウモア17年がカウンターに置かれた。中川は封を切り、グラスに注いでロックで飲む。

「こいつは旨い。シェリー樽の香りがなんともいえん」

「ウイスキーの味が分かるんか」

「分かるから飲んでるんや」

「それでおまえ、大草を見つけたんかい」

「まだや。たった半日で、なにからなにまで手はまわらん」中川はまたボウモアを注いで、

「わしは本業がある。おまえらみたいに遊び暮らしてるわけやない」

「そら大変やのう。こうして毎晩、ミナミに出てくるのも仕事のうちか」

「な、桑原よ、おまえが横におったら酒がまずいわ」

「そうかい。ほな、ひとりでカラオケでもやっとけや」

桑原は腰をあげた。コースターをポケットに入れる。

「待て。このボトルはおまえの奢りやろ」

「しっかりしとるの」

桑原は三枚の一万円札をグラスの下に差し入れてボーダーを出た。

阪町のキャバクラ街から法善寺横丁に向かって歩いた。

「おまえ、今晩はどこで寝るんや」

「そこらのビジネスホテルで寝ますわ」

「ホームレスはつらいのう」

「まあね……」

二宮をホームレスにしたのは桑原だ。いつか、こいつに飛び蹴りを食らわしてやる。闇夜に、後ろから。

「眠たい。わしは守口に帰る。おまえは『キャンディーズ』で寝んかい」

「いや、おれはホテルがよろしいわ」

「二宮くん、明日は朝から京都へ行くんや」

「京都……」

「桂や。柴田のよめはんに会うて通帳を手に入れる」

「しかし、はいそうですか、と差し出しますかね」

「そこは話の持っていきようや。通帳は判子があってこその値打ちやないけ」

「ほな、明日は……」

「七千万というぼた餅が棚から落ちてくるんや」

法善寺水掛不動尊の賽銭箱に、桑原は五百円玉を放った。

13

電話の音で眼が覚めた。顔の真上にミラーボールがある。

暑い。汗みずくだ。眠る前にエアコンを〝おやすみモード〟にしたことを思い出した。

何時や――。腕の時計を見た。午前九時。もっと寝たい。

壁の電話は鳴りつづけている。舌打ちして起きあがり、受話器をとった。

――おはよう。フェルプスくん。

桑原だった。

――あと三十分で出るぞ。朝飯を持って行かすから、腹ごしらえしとけ。

――おれ、朝は食わんのです。

――贅沢ぬかすな。四の五のいわんと食え。

電話は切れた。

ひとつあくびをして部屋を出た。眩しい。外はもっと暑かった。

階段を降りた。受付の手前にトイレがある。放尿し、洗面台で顔を洗った。腫れたまぶた、むくんだ頬、無精髭が喉仏までとどいている。ブースのトイレットペーパーを巻きとって顔を拭いた。

部屋にもどると、トレイを持った女がいた。トースト、サラダ、スクランブルエッグ、オレンジジュース、コーヒーがテーブルに並んでいる。

「おはようございます。よく眠れました？」

「あ、どうも。ぐっすり寝ましたわ」

「どうぞ、召しあがってください」

「すんません。いただきます」

女の名は確か、多田真由美《まゆみ》とかいった。齢は三十前、色白、切れ長の眼、髪は栗色のミディアムショート、赤いトレーナーにホワイトジーンズ、桑原の愛人とは思えない清楚な印象だ。

「ごめんなさいね。いつも桑原がお世話になって」

真由美はほほえんだ。「あのひとのお守りは大変でしょう」

「ま、正直いうて大変ですわ。超マイペースやから」

「でも、二宮さんといっしょやと安心です。あまり、むちゃはしないでしょ」

「ああ、そうですね……」

桑原がどれほどのむちゃをしているか、知ったら真由美はひっくり返るだろう。

「それと、着替えを持ってきました。お気に入らないかもしれませんけど、よろしかったらどうぞ」

ソファの上に真新しい白のTシャツと靴下、オレンジ色のサマーセーターが置いてある。

「わるいですね、いろいろ気をつこうてもろて」

二宮は自分の服を見た。那覇の平和通り商店街で買った《海人》プリントのTシャツだ。汗と埃でよれよれになっている。チノパンツはいつから洗っていないのだろう。

ソファに座り、レタスを一枚、口に入れた。コーヒーをブラックで飲む。桑原は真由美に、おれのことをどういうてるんやろ——。それが気になった。

「桑原さんは家でもよう喋るんですか」

「はい。いろんなことを話してくれます」にこやかに真由美はいう。

「たとえば、二蝶興業のことは」

「会社のことはいいませんね」

「ほな、おれのことなんかは」

「アメリカ村の近くで建設コンサルタントをされてるんですよね」

「それだけですか」

「ええ。それだけです」

桑原はシノギにつながることはなにひとつ話していないのだ。

「『キャンディーズ』の経営なんかにはタッチせんのですか、桑原さんは」

「なにもいいませんね。わたしに任せっきりです」

そこへまた電話が鳴った。真由美がとって、二宮に代わる。

——こら、いつまで食うとんのじゃ。真由美をつかまえて、あることないこと喋っとんのやろ。

——分かりましたか。

——お見通しじゃ。

受話器をもどした。真由美は部屋を出ていった。

トーストを食いながら、サマーセーターを広げた。鮮やかなオレンジの胸の部分いっぱいに、アメリカンアニメの黄色いヒヨコを織り込んでいる。あまりの派手さに眼を剝いた。こんなものを着て桑原の後ろを歩いたら、誰が見ても子分だ。サマーセーターはやめて、Tシャツと靴下だけを替えた。

桑原は十分後に現れた。ライトグレーのシャークスキンのスーツに紺のドット・タイ、同じ色のポケットチーフを胸に差している。髪はオールバックになでつけ、マスクも替えていた。シトラス系のコロンが香る。

「薄汚いのう。髭くらい剃らんかい。わしの〝トゥイディ〟はどないした」

「ヒヨコのセーターですか」

「ヒヨコやない。〝トゥイディ〟や。まだいっぺんも袖をとおしてへんのやぞ」

桑原はテーブルの下のセーターを見つけて、「まさか、よう着んとはいわんやろな」

「いえ、この部屋は暑いから……」

「それやったらええ」

キーホルダーを放って寄越した。


ＢＭＷ７４０ｉを運転して京都に向かった。名神高速道路京都南インターを出て、久世橋《くぜばし》通を西へ行く。桂川を渡り、府道を北上すると、そこが下津林だった。カーナビの指示どおり、《下津林小般若町》と標示のある交差点を左折する。

「あれやな……」

桑原の指さす先、道路沿いに集合住宅が見えた。五階建、公立中学の校舎のような、灰色の古ぼけた建物だ。周囲にリシン吹きつけのブロック塀を巡らせている。

ゲートを抜けて敷地内に入った。アスファルトに線引きをしたパーキングには二十台ほどの車が駐められ、空いている区画は三カ所しかない。こういう古い集合住宅には来客用の駐車スペースもないのだ。

「どこに駐めます」

「玄関前につけんかい」

いわれたとおり、玄関の真ん前にＢＭＷを駐めた。桑原はさっさと降りて中に入っていく。二宮は〝トゥイディ〟のサマーセーターを肩にかけて車外に出た。

エントランスは煉瓦タイル張りだった。メールボックスの三一五号室には《村下》と彫られたプレートが差し込んである。

「柴田のよめは結婚する前、村下いう苗字やったんか」

「たぶん、そうでしょ。中川に聞いた住所がまちがいなかったら」

「柴田のよめのフルネームは」

「和子です。柴田和子」遺書にはそう書いてあった。

エレベーターに乗った。ボックス内は落書きだらけで、煙草の臭いが染みついていた。

三階。自転車やベビーカーが廊下に置かれていた。西の端の三一五号室まで行く。あずき色の鉄扉。表札に《村下常雄・純子、春代》とあった。常雄と純子が長男夫婦で、春代が母親だろう。

「ええな。柴田のよめを呼び出せ。堅気の相手は二枚舌のおまえや」

桑原はインターホンのボタンを押そうとする。

「ちょっと待ってください。呼び出して、どないするんです」

「大草名義の通帳を取りあげるんやないけ」

「そんな簡単にはいかんでしょ」

「柴田のよめは警官でも極道でもない。七千万もの通帳を隠し持ってたら、逮捕されて懲役になるぞと脅しつけんかい。ぐずぐずいうようなら、わしが張り倒したる」

「和子は女ですよ。堅気の女に手出しはせんのやないんですか」

「出処《でどころ》も分からん賄賂をくすねるような女は、堅気やないわい」

「とにかく、手出しはせんと約束してください」

こんなところで桑原が暴れたら騒ぎになる。パトカーが来て検挙されるのが落ちだ。

二宮はインターホンのボタンを押した。しばらくして応答があった。

――はい、どなたです。

――おはようございます。二宮企画の二宮と申します。柴田和子さんはいてはりますか。

――わたしですけど。

――奈良県警におられた青木警視の使いで来ました。ちょっと、お話をしたいんですが。

――お待ちください。

「青木の使いとはな。おまえも大した度胸や」

「ほかに思いつかんかったんですわ」

いきなり柴田の妻を呼び出せといわれて、うまい口実が見つかるはずはない。

ドアが開いた。チェーンがかかっている。

「あの、ご用件は」

中から、和子は訊いた。怯えたような細い声だ。

「柴田さんは青木さんを知ってはりますよね」

「はい。よく存じてます」

「青木さんから託《ことづ》かってきたんです。近いうちに県警の家宅捜索が入るから、その前にP資金を移すようにと」

「P資金……」

「柴田さんと青木さんが管理してた〝ポリス給与〟です」

懸命に考えながら話をつなぐ。ここでぼろを出したら元も子もないのだ。

「失礼ですけど、青木さんとの関係は」

「コンサルタントです。青木さんの弁護士に依頼されて、調査業務やクライアントとの連絡をしてます」

名刺を差し出した。和子はドア越しに受けとる。

「委任の証拠というたらなんですけど、青木さんから銀行印も預かってます」

いいながら、桑原から印鑑をもらって和子に渡した。「東西急便本社の大草さんの銀行印です。通帳の届出印と照合してみてください」

和子は名刺と印鑑を持ったまま、三和土に突っ立っている。ドアの隙間が狭く、二宮の位置からは顔がよく見えない。

「それともうひとつ、見たくはないと思いますけど、青木さん宛の、ご主人の手紙も持参しました」

遺書の入った封筒も和子に渡した。「これで信用していただけましたか」

和子は遺書を読もうとしない。封筒の表書きの字で、夫が書いたものだと分かったのだろう。

「それで、わたしにどうしろと……」

「銀行の通帳を貸していただきたいんです。青木さんにとどけますから」

「どうして、青木さん本人が来ないんですか」

「県警の捜査員が張りついてるからです。青木さんはいま、身動きがとれません」

沖縄から東京まで高飛びしたとはいわない。

「主人から預かった通帳はありません」

「なんですて」

「だから、大草名義の通帳は、ここにはないんです」

「どういうことです」

「一昨日、北陵署の斎藤さんと東西急便本社のひとがふたり、ここに来ました」

東西急便のふたりは、中堂と大草だった。大草は口座の名義人だと和子にいい、通帳を返してくれといった。北陵署の斎藤も、口座の七千万円は現職警官十二人分の闇給与であり、奈良東西急便に返還しなければならない、と口添えした。和子はいわれるままに、通帳を大草に渡した——。

「通帳はどこの支店です」

「興和銀行の甲子園支店です」普通預金口座だという。

「北陵署の斎藤いうひとは交通指導係長ですよね」

以前、トラックターミナルへ行って細谷と話したとき、斎藤の名が出たのだ。十五年ほど前、斎藤が東当麻《ひがしたいま》署にいたころの上司が柴田だった、と細谷はいった。

「なんでまた、刑事でもない交通課の斎藤係長が来たんですか」

「理由は分かりません。斎藤さんは、警官の闇給与の一件は県警の捜査対象になってるから、わたしが通帳を持っていたら危ない、といいました」

「斎藤係長は誰に頼まれたんですか」

「分かりません。わたしには」

　和子の口調はとぼけているふうでもない。

「三人が来たのは、一昨日の何時ごろでした」

「夕方です。五時すぎでした」

　一昨日の五時すぎといえば、本部港から伊江島に渡る村営フェリーに乗っていたころだ。斎藤は県警本部の捜査員が青木を逮捕しに沖縄へ飛んだ情報を得て、東西急便に流したのかもしれない。それで中堂と大草は通帳を回収しなければいけないと考えたのだろう。

「中堂と大草は名刺を出しましたか」

「いいえ。もらってません」

「ほな、所属は」

「ふたりとも、総務部の渉外担当とだけ、聞きました」

　身分を偽りはしなかったようだ。

「七千万もの通帳を、初対面の人間に渡すことに抵抗はなかったんですか」

「東西急便のひとは初めてですけど、斎藤さんはよく知ってます」

斎藤がいなかったら通帳は渡していない、と和子はいった。

「しかし、その通帳と、ぼくが青木さんから預かってきた銀行印で、七千万がおろせるんですよ」

「そんなわけの分からないお金はいりません。わたしは自分が『カワコウ』の役員になってることなんか知らなかったし、主人が毎月二十万円ものお金を受けとってたことも知りません。わたしは普通の専業主婦です」

ばかばかしい。どこの専業主婦が七千万もの残高のある通帳を自殺した夫から預かって、警察に届け出ないのだ。この女もやはり、柴田と同じように腐っている。

「それ、返してくれますか」

印鑑と封筒を取りもどした。通帳を持っていない女に用はない。「すんませんね。ややこしいことを訊きまして」

頭をさげた。ドアが閉まる。踵を返して歩きだした。

エレベーターを待つあいだ、三一五号室のほうを見ていたが、和子が顔を出すことはなかった。

ＢＭＷに乗り、集合住宅を出た。久世橋通に向かう。

「くそったれ。遅かった」

桑原は舌打ちした。「もう二日早よう青木をひっ捕まえたら、通帳が手に入ったんや」

「七千万か……。逃がした魚は大きいですね」

「おまえはなんや、他人事か。おまえも七百万、逃がしたんやないけ」

「それを思うと力が抜けますわ」

七千万にリアリティーはないが、七百万にはある。年収よりずっと大きな金を、たった二日のちがいでつかみそこねたのだ。

「ま、しゃあないわい。わしらや奈良県警の刑事《デカ》が沖縄に飛んだから、東西急便のクソどもは柴田のよめんとこへ行ったんやろ」

桑原はシートを倒して煙草を吸う。「ここは一番、仕切り直しや」

「おれ、もひとつ腑に落ちんのやけど、斎藤はなんで、中堂や大草とつるんでるんですかね」

二宮も煙草をくわえた。シガーライターを押し込む。「斎藤は奈良県警です。東西急便本社やのうて、奈良急の手伝いをするのが筋やないんですか」

「斎藤はな、寝返ったんや」

「寝返った？」

「斎藤はむかし、柴田の部下やったんやろ。その元部下が元上司のよめから通帳を取りあげたというのは、寝返ったとしか考えられへんやないけ」

「けど、斎藤が寝返ったとしても、東西急便本社と組むのは、やっぱり不自然です」

「おまえのカボチャ頭はハロウィンか。中ががらんどうやろ」

桑原はサンルーフのスイッチを押した。「斎藤の親分の柴田は自殺した。柴田のスポンサーの落合も近いうちに身柄《ガラ》をとられて、奈良急は解散する。解散した奈良急を吸収して宅配便をつづけるのはどこや」

「そうか。東西急便本社か……」

「斎藤が奈良急の手先であるメリットは消え失せた。これからは中堂や大草のパシリをするのが正しい世渡りやないけ」

「柴田は斎藤に裏切られた。警察一家の結束とかいうやつも、あてにはならんのですね」

「どいつもこいつも、そのときどきの旗色を見て動くんや。柴田のあほんだらは意地で自殺しよったかもしれんけど、いまは蛆虫《うじむし》どもに寄ってたかって食われとるということっちゃ」

「最近の生命保険は、自殺しても金がおりるんとちがうんですか」

「おまえはなにを考えとんのや。柴田のよめの心配をしとんのか」

「心配なんかしてへんけど、柴田は和子に金を残したかったんやと思いますわ。犯罪にからんでない、まっとうな金をね」

「おまえも保険に入らんかい。わしを受取人にして」

「おれはね桑原さん、生命保険と積立とサラ金は、一生涯せぇへんと決めてますねん」

シガーライターを抜いて煙草を吸いつけた。サンルーフに向かってけむりを吐く。

――と、携帯電話が鳴った。

『スリル・イズ・ゴーン』、桑原の着信メロディだ。桑原は携帯を出した。

「はい、桑原。――誰でっか。――おーっと、待ってましたんやで。――そう、犬の散歩につきおうたりましたがな。――ああ、それで。――了解や。一時間で行けまっしゃろ」

桑原は電話を切った。

「落合ですか」

二宮は訊いた。桑原はうなずいて、

「大悪党の登場や。ビジネスチャンス到来やぞ」

奈良、東大寺へ行け、といった。

県営駐車場にＢＭＷを駐め、南大門をくぐった。阿形《あぎょう》と吽形《うんぎょう》の仁王像が両側から二宮たちを見おろしている。

「どでかいな。めちゃくちゃ強そうや」

「喧嘩はでかいから強いとは限らんのやぞ」

「仁王像は普通、南を向いて立ってるんです。こうやって二体が向かいあってるのは珍しいんですて」

「わしはそういうくだらんことを知ってるおまえのほうが珍しいわ」

「テレビで見たんです。世界遺産の特集番組を」

「暇やのう。市井の庶民は」

中門に向かった。鹿が三頭いる。遠足の小学生だろう、鹿に煎餅《せんべい》をやっているところを写真に撮っていた。

「落合はなんで、東大寺を指定したんですか」

「観光客が多いからや。まさか、境内でゴロまくわけにもいかんやろ」

中門をくぐった。正面に大仏殿。左右に回廊。八角灯籠《とうろう》の手前にスーツ姿の男が三人立っている。ひとりは細谷だ。

桑原は足早に近づいた。落合たちもこちらへ歩いてくる。境内の中央で立ちどまった。

「お初にお目にかかります。桑原です」

「二宮企画の二宮です」

頭をさげたが、挨拶はなかった。落合は披露宴の写真より老けた感じで、ひどく肥っている。九十キロ近くはありそうだ。落合の右にいるのは、痩せて貧相な細谷。左にいるのは、長身でがっしりした三十代半ばの大男だ。

「あんたは」桑原は訊いた。

「総務部の安岡ですわ」

野太い声で男はいった。短い角刈り、肩の筋肉が盛りあがっている。目付きが鋭く、右の耳がつぶれているのは柔道の高段者だろう。

「あんたも渉外担当かいな。本社の中堂みたいに」

安岡は答えず、薄ら笑いを浮かべた。この男は警察あがりにちがいない。

「落合さん、話は細谷さんから聞いてくれましたな」

桑原はいって、「柴田の遺書とメモリーチップと給与台帳のＣＤ、わしは沖縄まで青木を追いかけて、取りもどしてきましたがな」

「で、青木は」と、落合。

「わしに訊かんでも知ってまっしゃろ。久米島から羽田に飛んだそうでんな」

「青木はどこにおったんや」

「粟国島の民宿ですわ。大阪の極道ふたりをガードにしてね」

「大阪の極道？」

「泉佐野の花鍛冶組でんがな。おたくの知り合いの桐間さんが副理事長をしてる東和桜花連合の枝でっせ」

「君は桐間を知ってるんか」

「泉南の桐間組組長。兵隊は十八人。シノギは土建と不動産。武内専務の娘の披露宴で、桐間はおたくの隣に座ってましたな」

「なるほど。よう調べたな」

「どえらい苦労をしましたで。使うた経費も百万や二百万ではききまへん。花鍛冶の下っ端や沖縄の筋者とやりおうたあげくが、この怪我ですわ」

桑原はマスクをとった。濃い紫色の痣が絆創膏の端に見える。

「切った張ったのヤクザ稼業も大変やな」

落合は口端で笑い、「君は川坂会と真湊《しんそう》会の抗争のとき、真湊の尼崎支部にダンプで突っ込んだそうやないか。真湊の組員を撃って八年の懲役。六年半で仮釈。出所して二蝶会の金バッジ。守口でカラオケボックス二軒を経営。去年は若頭補佐に昇格したというから順調な出世やけど、いまだに子分のおらん一匹狼や」

「ほう、おたくもよう調べてる」

「これでもむかしは警察の飯を食うてたんや」

　こともなげに落合はいった。年間売上高四百二十億円、奈良県内トップの運送会社の副社長とは思えない、ぞんざいなものいいだ。

「そこで相談や。わしの苦労をなんぼに見積もってくれまっか」

「それは君、どういう意味や」

「引きとって欲しいんですわ。おたくが柴田と放火の相談をしたICレコーダーのメモリーチップ。県警の警官十二人に闇給与を払うてた給与台帳のCD－R。特別サービスで柴田の遺書も付録につけまっせ」

「君はわしを脅迫してるんか」

「そんな物騒なこと、しまっかいな。これはあくまでもネゴシエーションですわ」

　桑原はいって、「教えて欲しいんやけど、放火というのは、贈収賄よりずっと罪が重いそうでんな」

「…………」落合は答えない。

「現住建造物等放火は、死刑または無期もしくは五年以上の懲役。非現住建造物等放火は二年以上の懲役。奈良店みたいに、夜はひとのおらん建造物に火をつけるのは、どっちですねん」

「君はおもしろいな」つぶやくように落合はいった。

「そうでっか。大仏殿の前で嘘や冗談いうてるつもりはないんやけどね」

「CDとメモリーチップはコピーをとったんやろ」

「とりましたで。一部ずつ。わしも命は惜しいから保険をかけとかんとね」

「それやったら、CDとチップを引きとっても、君とは永遠に縁が切れんということや」

「落合さん、わしも二十年、代紋を張ってきた稼業人や。取引はいっぺんだけというのがこの世界の定《き》めですわ。おたくも元マル暴担やったら、それくらいのことは知ってまっしゃろ」

「分かった。わしも駆け引きは好きやない。値付けをしてくれ」

「さすがに副社長は話が分かる」

桑原は指先で眼鏡を押しあげた。「チップとCDと遺書。三点セットに一部ずつコピーをつけて、一億はどないでっか」

「一億……」落合の表情がわずかに歪んだ。

「ちょいと安すぎたかな。この三つを処分したら、おたくはなんの心配もなく奈良急を解散させて、悠々自適のリタイア生活でんがな。……東西急便本社から引っ張ったマル暴対策費四十億のうち、裏の対策費十億はあんたの裏口座に入ったと、武内専務がいうてましたで」

「君は武内にも会うたんか」

「専務はおたくが嫌いみたいでっせ。奈良急の資産と借入金を突き合わせて、落合には徹底して返済を迫る……。そんな話をしてましたわ」

「くそっ……」

落合は歯嚙みをし、なにか独り言をいった。安岡と細谷は黙ってやりとりを聞いている。

「な、落合さん、東西急便が川坂の本家とつながりがあるというのは誰でも知ってるこっちゃ。わしがチップやCDを武内に渡したら、どないなると思う。……あんた、本家筋の極道に追い込みかけられて、尻の毛までむしられたあげくに、吉野あたりの山奥でミミズの餌になるかもしれんのやで」

「一億円の減額交渉は」落合は顔をあげた。

「できまへんな。わしも精いっぱい譲歩したし、ここは一発回答で妥結するのが経営者の度量でっせ」

「君は馴れてるな」

「わし、本業は倒産整理ですねん」

「分かった。出そ、一億」

「すんまへんな。泉州や沖縄の極道とやりおうた甲斐がありましたわ」

桑原はまたマスクをつけた。「取引は早いほうがよろしいな。今日は木曜やし、明日にしまひょか」

「時間と場所は」

「午後一時。御堂筋の道頓堀橋の上はどないです」

「けっこうや」

「金は小切手や手形やのうて、現金にしてくれまっか。錠のかかるブリーフケースに入れてね」

「ええやろ」

「おたがい、セコい真似はせんようにしまひょな」

「ああ、おたがいにな」

落合はいい、安岡と細谷を見た。行くぞ、とあごで指図する。中門に向かって歩きだした。

桑原は三人を見やって、

「安岡とかいうガキ、わしをずっと睨みつけてくさったな」

「あいつも警察あがりでしょ」

「ああいう男はマル暴のデカか機動隊や。総身に知恵がまわりかねとる」

「中川と似てましたね」

「中川のほうが百倍も人相がわるいわい」

「しかし、一億とはね。びっくりしましたわ」

「わしもふっかけたけど、落合も呑みよった。やっぱり、放火は重罪や」

「ここでこんなことというたらなんやけど、一割ほど分けてもらえませんかね」

「おう。もういっぺんいうてみいや」

「いや、その、ちょっとでもええから、お裾分けをいただけたらと……」

「二宮くん、欲をかきすぎて大怪我をしたやつをわしは知ってるけど、教えて欲しいか」

そうまでいわれると、いまは首を振らざるをえない。桑原は上機嫌で、「ものはついでや。大仏さんを拝んでいくか」

「かれこれ二十年ぶりですかね」

高校生のころ、ガールフレンドのヨーコちゃんと手をつないで奈良公園一帯を歩いた思い出がある。ヨーコちゃんとは二回、キスをしたが、父親の転勤で博多に引っ越していった。眉の濃い、眼のくりっとした、少年のような子だった。

大仏殿に入り、身の丈十五メートルの毘《び》盧《る》遮那《しゃな》仏《ぶつ》を拝観した。

14

県営駐車場にもどり、ＢＭＷに乗った。

「大草のフルネームはなんや」桑原がいう。

「知りませんね」

大草には会ったことがない。上司の中堂とも名刺を交換していないのだ。「大草の名前がどうかしたんですか」

「ちょいと気になるんや。東西急便に電話して、フルネームを訊け」

「教えてくれますかね」

最近は個人情報の管理がうるさい。

「住所や電話番号を訊くわけやないやろ。さっさと電話せい」

桑原はいいだしたらきかない。

二宮は一〇四で東西急便本社の番号を聞き、かけた。人事部につないでもらう。

――社会保険庁の桑原といいます。おたくの総務部の大草さんですが、こちらのコンピューターの入力ミスで、お名前が消えてしまいました。以前の記録では大草ヤスヒコとなってるんですが、正しいでしょうか。

一気にいった。相手の女性は疑うふうもなく、ほどなくして、

――大草セイイチです。セイは誠、イチは数字の一です。

――了解です。お手数をかけました。

「大草誠一ですわ」桑原にいった。

「ほな、次は興和銀行の甲子園支店に電話せい。大草誠一の普通預金口座で改印届が出てへんか、問い合わせるんや」

「改印届？」

「わしが大草やったら、通帳と運転免許証と新しい判子を持って興和銀行へ行く。届出印を紛失したというて、改印するんや」

倒産整理の過程で改印と通帳の再発行は珍しいことではない、と桑原はいう。

二宮は興和銀行甲子園支店に電話をした。

――大草といいます。弟が普通預金口座の印鑑を紛失したんですけど、どないしたらいいですかね。

――当行の口座でしょうか。

――そう。甲子園支店です。

――口座のお名前をお願いします。

――大草です。大草誠一。

――少々、お待ちください。

ポール・モーリアが聞こえはじめた。

「もし改印届が出てたら、いつ発効するか訊くんやぞ。それと、キャッシュカードを申請してるかどうかも訊け」

音楽がやんだ。

――お待たせしました。大草誠一さまの口座は、昨日、改印届と本人確認書類を受け付けておりますが。

――あ、そうですか。……で、発効は。

――明日、ご自宅に照会書類がとどくと思います。それに必要事項を記入していただいて、当支店にお持ちいただくか、郵送で送り返していただければ完了いたします。

――ということは、明日、発効するんですね。

――はい、支店に来ていただければ。

――弟はキャッシュカードの申請をしましたか。

――はい、カードも発行いたします。

——分かりました。どうも。

電話を切った。

「昨日、改印届が出てます」

「くそったれ、思たとおりや」

「青木から取りあげた印鑑は無効になったんですか」

「ああ。いまは無効や」

桑原は上着の内ポケットから象牙の印鑑を出した。悔しそうに見つめて、またポケットにもどす。

「明日、大草が甲子園支店に行ったら、新しい印鑑が発効しますわ」

「ほんまに、柴田のよめはなにを考えとんのや」

桑原は眉根を寄せる。「クソどもに通帳を渡すから、こんなことになるんやないけ」

「えらいこっちゃ。どないします」

思わぬ展開に息を呑んだ。七百万が泡と消えていく。「——もういっぺん、改印届を出したらあかんのですか。紛失した印鑑が見つかったというて」

「無駄や。通帳がない。それに、おまえは大草とちがう」

「なんか手だてがあるでしょ」

「やいやいいうな。考えとんのじゃ」

桑原は黙り込んだ。眼をつむり、ヘッドレストに頭をつけて動かない。

二宮はじりじりする。なにか策はないかと考えはするが、思いつかない。

「──しゃあない。勝負するか」

ぽつり、桑原はいった。「武内に会お」

「武内に？」

「これから行くんや、西宮《にしのみや》へ」

「西宮へ？」

「おまえはオウムか。真似すんな」

「武内に会うて、なにするんです」

「大草の通帳と新しい判子を取りあげるんやないけ」

「それは、なんぼなんでも無理でしょ」

「無理も道理もあるかい。明日になったら、大草は口座から金をおろしてしまう」

「東西急便の裏口座に移すんですね」

「分かったら行けや。西宮へ」

桑原はシートにもたれて長い息をついた。

第二阪奈道路、阪神高速東大阪線、神戸線を経由し、鳴尾川町に着いたのは二時すぎだった。桑原はシートを倒して眠っている。

東西急便本社の車寄せにＢＭＷを駐めた。桑原を起こす。

ロビーに入った。受付カウンターにピンクの制服の女性がふたり座っている。このあいだは確か、襟元にリボンをつけていたが、今日は丸襟のブラウスだけだ。

「こんちは。暑いでんな」

桑原がいった。「武内専務に面会したいんですわ」

「失礼ですが……」

「二蝶興業の桑原と二宮企画の二宮です」

「お約束でしょうか」

「お約束はしてまへん」

「お待ちください」

ひとりが立って、カウンター裏の部屋に入っていった。

「おもしろいのう。眼の前に電話があるのに、なんで使わへんのや」

桑原は残った女性にいった。

「ややこしい客は別扱いにする規則でもあるんか」

女性は曖昧に首を振った。桑原は天井の監視カメラを指さして、

「あのカメラはどこにつながってるんや」

「すみません。警備上のシステムについてはお答えできません」

女性はマニュアルどおりの対応をする。マスクをつけたヤクザふうの男と、黄色いヒヨコ柄のサマーセーターを着た男は、誰が見ても相当に怪しい。

「あんた、森山さんかいな」

桑原は女性の胸の名札を覗き込んだ。「二蝶興業の社長も森山というんやで」

「あ、そうですか」彼女は怯えている。

「下の名前は」

「理紗《りさ》です」

「森山理紗。かわいいお顔にぴったりやな」

愛想よく、桑原はいう。「おじさんに名刺をくれるか」

「わたし、名刺はありません」

「ほう、そら残念や」

桑原は監視カメラに向かって手を振った。

ほどなくして、もうひとりの女性がもどってきた。

「申しわけありません。武内は本日、在社しておりません」

「社におらんかったら、どこにおるんや」

「九州に出張しております」

「な、あんた、客を追い返すときは、もっとうまい嘘をつかんとあかんで」

桑原はカウンターの花瓶の白バラを抜いた。鼻先にかざして匂いを嗅ぎながら、「奈良急の放火の証拠があがりましたと武内専務にいえや。ここでわしに会わんかったら、どえらい後悔します、とな」

「お言葉ですが武内はおりません」気丈にいう。

「ほな、総務部の中堂にいわんかい。柴田のよめを騙して手に入れた大草の通帳について、話がある、と」桑原は完璧なヤクザ口調だ。

「承知しました。そう申します」

彼女はまたカウンター裏の部屋に入り、もどってきた。「――中堂がお会いします」

「それでええんや。中堂も後悔しとうないんやろ」

桑原は白バラを胸ポケットに差した。

女性の案内で応接室に入った。ソファに腰をおろして煙草を吸う。サイドボードはおろか、キャビネットもパーティションもない殺風景な部屋だ。ブラインドの羽根が一枚折れて垂れさがっている。

ノック——。スーツにネクタイの男がふたり、部屋に入ってきた。ひとりは中堂、もうひとりは中堂よりひとまわり若い小柄な男だ。薄い眉、細い眼、透明なセルフレームの眼鏡——。奈良東西急便社長の新庄がいった、〝ほとんど印象に残っていない〟顔は、大草にちがいない。ふたりはソファに並んで腰かけた。

「アポもとらずに押しかけてすんまへん」

桑原はいった。「中堂さんとは名刺交換してまへんでしたな」

「ああ、そうでした」中堂はスーツのポケットから名刺を出す。

「そちらさんは」

「大草と申します」

男は一礼し、名刺を手にする。桑原と二宮も名刺を出して交換した。

《株式会社東西急便　総務部　次長　中堂義郎》

《株式会社東西急便　総務部　主任　大草誠一》

とあった。

「なるほど。おふたりは総務部の上司と部下かいな。息の合うたコンビで大活躍でんな」

桑原はにやりとして、「大草さんも兵庫県警のＯＢでっか」

「いえ、ぼくはちがいます」大草はかぶりを振った。

「元ドライバー？」

「現場経験はありません」

「ほな、入社してからずっと本社勤務のエリートや」

「エリートなんかじゃないです」

大草はいかにも気の弱そうな優等生タイプだ。日頃から中堂のいいなりになっているから、自分名義の通帳や銀行印まで提供したのだろう。

「桑原さん、用件を聞きましょうか」遮るように中堂はいった。

「いわんでも分かってまっしゃろ。柴田と青木が奈良急から引っ張った七千万ですわ。あんたが北陵署の斎藤を使うて柴田のよめから掠めとった通帳、返してもらいまひょか」

「返す、というのは妙ですな。あなたの持ち物じゃないでしょう」

「あの金はもともと奈良急の裏金作りのための闇給与ですわ。わしは新庄社長から回収してくれと頼まれてますねん」

「奈良急の新庄社長がそんな非合法の依頼をしましたか、大阪の二蝶会の桑原さんに」

中堂のものいいは平静で余裕がある。桑原をまったく恐れていない。

「委任状はお持ちですか」

「委任状?」

「新庄社長に頼まれたんでしょう。だったら、その証拠を見せてもらいましょうか」

「中堂さんよ、ここは大丈夫かいな」

桑原は頭のそばで指をまわす。「極道に追い込みをさせるのに、書付を渡す間抜けがどこにおるんや。あんたも腐れの警察OBやったら、それくらいのことは知ってるはずやで」

「腐れのOB……」

中堂はさもおかしそうに笑った。「ヤクザがずいぶん思い切ったことをいうね」

「柴田や青木だけやない、奈良急は落合や河出みたいな警察あがりが寄ってたかって食いもんにしたんや。この東西急便もいっしょやないけ。おまえみたいな兵庫県警の余りもんを総務の渉外担当に据えて極道対策をしてくさる」

桑原は脚を広げ、両手をだらりとさげて中堂を睨めつける。「いずれはおまえも武内の腰巾着をやめて、この会社を食うたろと思てんのとちがうんかい」

「桑原さん、いいたいことはそれだけですか」

中堂は顔色ひとつ変えない。「あなたの用件は分かりました。武内が出張から帰ったら伝えましょう。ここはおとなしく、おひきとりください」

「あほんだら。用件はこれからじゃ」

桑原はスーツの内ポケットに手を入れた。中堂と大草はハッと上体をひく。桑原が出したのは白い封筒とＩＣレコーダーだった。

「これは沖縄で青木から回収した柴田の遺書や。おもろいことが書いてあるから聞けや」

桑原は封筒の表書きを中堂に見せてから便箋を抜いた。読みはじめる。

「――さて、同封致しましたメモリーチップは本年五月三十日十八時ごろ、奈良市油坂町の路上に駐めた車中において、奈良東西急便副社長の落合堅治と小生が交わした会話を録音したものです。いつか小生の身を護るものと所持しておりましたが現在は利用する手段もなく、貴兄にお送りするのが最善と判断致しました。ご活用下さい」

桑原はそこまで読み、レコーダーの再生スイッチを押した。


――どないや。肚くくってくれたか。

――しかし、贈収賄と放火では次元がちがいすぎる。

――段取りは任せてくれ。あんたは知らぬ存ぜぬでええんやから。

――どういう段取りなんや。

──桐間はいま、桜花連合の理事長争いで金がいる。少々の荒っぽいことでも請けるやろ。それに桐間は奈良の人間やない。我々との関係が表に出るおそれもない。この仕事にはぴったりや。

──わしは金を都合するだけか。

──そういうことやな。

──なんぼや。

──二本ほど用意してくれるか。

桑原は再生スイッチを切った。

「な、中堂さんよ、この遺書とメモリーチップが世間に出たらどないなると思う。東西急便は極道に金を渡して自社ビルに火をつけるような会社やと、どえらい騒ぎになる。落合と桐間は逮捕。芋づるで花鍛冶組の下っ端も逮捕。おまけに柴田、落合、桐間の三匹が揃うて武内の娘の結婚披露宴に出席してたとなったら、武内は奈良急の整理どころやない。親分の武内がひっくり返ったら、子分のあんたもこの会社を放り出されて路頭に迷うんとちがうんかい」

「ほう。二蝶会の桑原さんは想像力がたくましい」

中堂は手にあごをやって、「武内の娘さんの披露宴というのは」

「これや」

桑原は写真を一枚、出した。「神戸の『ポートピアホテル』。平野賀津雄の孫の結婚式は招待客が三百人もおったそうやな」

「どこで手に入れたんです、この写真」

「青木にもろたんや」

「青木はどうしようもない骨なしですな」

中堂はソファに片肘をつき、脚を組んだ。「で、あなたの要求は」

「同じことをなんべんもいわすなや。柴田のよめから掠めた通帳を返さんかい」

「通帳と、そのメモリーチップを交換するんですか」

「柴田の遺書もつけたるがな」

「しかし、わたしの一存ではね……」

「一存もへったくれもあるかい。遺書とチップがあったら、武内は落合を追い込めるんやぞ。落合は武内のいうままに東西急便本社から借りたマル暴対策費を清算して、奈良急を解散させる。武内にとっては何億もの値打ちがあるのが、この遺書とチップやないけ」

「なるほど。その取引は一考の価値があるかもしれないね」

「一存や一考やともったいぶってる暇があったら、武内に報告せいや。どうせ三階の役員室で、おまえが来るのを待っとんのやろ」

桑原の言葉に、中堂の視線がわずかに揺れた。武内は社にいるらしい。

「大草くん……」

中堂は大草に目配せした。大草は立って部屋を出ていった。

「あの男はなんや。あんたのサーバントかい」

桑原も脚を組んだ。

「彼は元ボクサーですよ。全日本のフライ級三位まで行って引退した。去年、総務部に来て、企業ゴロや総会屋のあしらいを勉強してます」

「なんと、ひとは見かけによらんな」

「一度、スパーリングでもしてみますか」

「へっ、金にもならんゴロはまかへんのや」

「そのマスクは」

「金になるゴロをまいたんや」

桑原はマスクをとり、煙草を吸いつけて、「あんた、生まれはどこや」

「神奈川です」

横須賀だと中堂はいう。「神戸の大学に進学して、それからはずっと関西ですよ」

「それで東京弁かい。兵庫県警の刑事が東京弁ではやりにくかったやろ」

「だから辞めたんです、警察を」

「武内があんたをスカウトしたと聞いたけどな」

「かもしれません」

「武内の娘は平野賀津雄の曾孫を産んだんかい」

「男の子です。そろそろ一歳かな」

「武内が奈良急をきれいに整理したら、いずれは東西急便の社長やろ。あんたも総務担当の役員になるわけや」

「ま、そう願いたいものですな」

「総務部は警察あがりの巣か」

「ツブシが利くんですよ、警察ＯＢは」

「そら皮肉やのう。奈良急はツブシが利きすぎて解散や」桑原は天井に向かってけむりを吹きあげた。

　大草がもどってきた。中堂に耳打ちし、ソファに座る。中堂はいった。

「通帳をお渡ししましょう」

「ほう、そうかい」桑原は上体を起こす。

大草が興和銀行の通帳をテーブルに置いた。表紙に店番号と口座番号、《大草誠一様》とある。

「中、あらためるで」

桑原は通帳を手にとって開いた。「——これはなんや。残高がちがうがな」

通帳を大草に突きつけた。大草は中堂を見る。

「なにをいってるんだ、あんたは」中堂がいった。

「この残高を見てみいや。三千百二十万しかないやないけ」

「それがどうかしたのか」

「わしはな、七千万やと聞いてきたんやぞ」

「七千万……」

「六月十八日や。三協銀行三条宮前支店に柴田が来て、母親名義の七千万を引き出した。柴田は現金をバッグに詰めて支店を出たんや」

「だったら、その通帳の日付を見ればいいだろ。六月十八日に《田中一郎》から《大草誠一》へ三千百二十万円が振り込まれてる」

「なんやと」

桑原はまた通帳を開いた。「ほんまやな……」

「あんたもバカじゃなさそうだから、金の流れは分かるだろ」

「柴田は三条宮前支店の近くで青木に会うた。ふたりは二千万ずつ現金を分けて、残りをこの口座に振り込んだんかい……」

「そう、そのとおりだ」

「しかし、青木は難波の大同銀行で自分の口座から二百万の金をおろしたんやぞ」

「偽装だよ。青木が逃走資金をおろせば、誰も二千万円を持っているとは思わない」

青木は別の隠し口座に二千万円を預けたのだろう、と中堂はいう。

「くそったれ、柴田のよめも二千万の札束を隠しとるんやないけ」

「だから、その通帳を差し出したんだ。北陵署の斎藤に」

「どいつもこいつも腐っとる。反吐が出るぞ」

「じゃ、遺書とチップと披露宴の写真をもらおうか」

「聞こえんな」

「え……」

「胸に手をあてて聞いてみいや。おまえは二蝶会の桑原さんを騙しとるやろ」

「言いがかりもいい加減にしろ。その通帳にまちがいはない」

「通帳は本物や。銀行印も本物か」

「届出印は君が持ってるだろ」

「これかい」

桑原はにやりとして、大草の印鑑を出した。「欲しかったらやる」

いって、ガラステーブルに放った。象牙の印鑑はころがってカーペットの上に落ちる。大草がそれを拾った。

「な、中堂よ、わしはさっき、興和銀行の甲子園支店に電話したがな」

「甲子園支店に？」

「改印届や。明日、発効するらしいな」

「なるほど。二蝶会の桑原さんは切れ者だ」

中堂は笑い声をあげた。「新しい届出印をお渡ししよう」

「そいつは、いま受けとるわけにはいかんな」

桑原は首を振る。「明日、甲子園支店へ行って改印手続きを完了せいや。改印が済んだことを証明する書類と、新しい銀行印を持ってきたら、メモリーチップと遺書をやる。時間は昼の十二時、取引の場所は興和銀行甲子園支店の前、来るのはあんたひとり。それでどないや」

「分かった。いうとおりにしよう」

「ほな、わしらは帰る」

桑原は封筒とICレコーダーをポケットに入れて立ちあがった。中堂と大草、二宮も立つ。

「おっと、ひとつ忘れもんや」

桑原は振り返った。「あんたにひとつ礼をせないかん」

「なんだ」中堂は桑原のほうを向く。

「これや」

いうなり、桑原の腕が伸びた。拳が中堂の鼻梁にめり込む。中堂はソファにぶつかり、腰から崩れ落ちた。顔を押さえた指のあいだから血がしたたる。大草がファイティングポーズをとった。

「やめとけ。おまえは堅気やろ」

桑原は大草に正対する。「ボクシングとほんまの喧嘩はちがうんやぞ」

大草は拳をおろした。桑原は呻いている中堂を一瞥し、

「これでこいつも明日からマスクや」

傾いたソファを元にもどして応接室を出た。

「なんでまた、中堂を殴ったんです」

BMWを運転して東西急便本社をあとにした。

「あのボケはわしを騙そうとした。イエローカードを出しとかんとな」

「あれはいきなり、レッドカードやないですか」

「おまえも欲しいか、レッドカード」

「遠慮しときますわ」

バス通りを北上し、国道四三号線を右折した。武庫《むこ》川入口から阪神高速神戸線にあがる。

「明日、十二時に西宮で中堂に会うて、一時に道頓堀で落合に会う。間に合うんですか」

「西宮から道頓堀は三十分もありゃ行ける」

桑原はカーオーディオのスイッチを押した。「作戦と取引は迅速をもってよしとするんや」

「しかし、その迅速な取引で、中堂と落合に同じものを売りつけてもええんですか」

「売りつける、とはなんちゅう言いぐさや。人聞きがわるいやろ」

「メモリーチップやCDは簡単にコピーできるとして、柴田の遺書はどないするんです」

「本物の遺書は落合にやる。落合は柴田と長いつきあいやったから、柴田の筆跡を知ってるかもしれん」

「ほな、中堂には遺書を渡さんのですか」

遺書は万年筆で書かれている。インクは青だ。コピーをしても一目でバレる。

「いや、渡す」

「どうやって」

「おまえが書くんや」

「なんですて……」

「梅田へ行け。封筒と便箋と、万年筆も買う」

「切手もいるでしょ。柴田の遺書は青木宛に郵送されたんやから」

「よう気がつくやないけ。おまえには才能がある」

「そうですかね」

「コンサルなんぞやめて、詐欺師になれ」

桑原はオーディオの音量をあげた。マーヴィン・ゲイが流れはじめた。

大阪梅田——。三番街の駐車場にBMWを駐め、地下街の文房具店に入った。遺書と同じような太字の万年筆とインク、似たような封筒と便箋を桑原は買った。とりあえず道具は揃ったが、遺書を偽造する場所がない。喫茶店のテーブルで面倒な文章は書けないのだ。
しゃあない、部屋をとろ——。桑原は『新阪急ホテル』のツインをとった。二宮はライテイングデスクに腰を据えて遺書を写しはじめる。筆跡を似せようとして何度も書き損じた。

「気迫や、気迫。遺書はラブレターやないんやぞ」

桑原はベッドに腰かけ、ミニバーのブランデーとスコッチをロックで飲む。「この世におさらばする人間が地獄の赤鬼に挨拶状を出すつもりで書かんかい」

「鬼に読ませる手紙やったら、来年のことを書きましょか」

「おまえ、わしをおちょくっとるな」

「いや、書きます。ちゃんと」

便箋と封筒を書き終えたのは三時間後だった。あまりに集中したので眼の奥が痛い。こめかみを揉みながら後ろを向くと、桑原はベッドに大の字になって眠っていた。

こいつ、また寝てくさる——。

喉の奥で吐き捨てて、隣のベッドに横になった。


薄暗い海の底を歩いていた。名も知らぬ魚がそばを泳ぎ、海藻がゆらゆら揺れている。ぼんやりとした人影が前に見えた。背を向けて歩いている。短髪、猪首、黒っぽいジャケット、歩いているはずなのに足がない。人影は立ちどまった。振り向く。柴田だ。こっちへ来い、と手招きする。二宮はあとずさった。柴田が迫ってくる。

「こら、起きんかい」

肩を揺すられた。眼をあけると桑原がいた。

「ああ、びっくりした。怖い夢や」

「なにをごちゃごちゃいうとんのや。おまえはほんまに、一年中寝とるの」

「何時です」

「もう九時や。どえらい長いこと寝てしもたわ」

「ついでに朝まで寝ましょか。ここはホテルやし」

「腹減った。飯を食いに行く」

桑原はクロゼットを開けた。ハンガーにかけていた上着をとる。

二宮はまた眼をつむった。眠くてしかたない。

「ひとりで行ってください。わるいけど」

「飯を食うたら新地へ行くんや。明日の前祝いをする」

桑原はいって、「三百万、いらんのやったら、そこで寝とけ」

「ちょっと待ってください」

飛び起きた。「それ、なんのことです」

「おまえの分け前やないけ」

「七百万のはずですよ。おれの取り分は」

「その七百万というのは、なにが理由や」

「七千万のテンパーセントです」

「大草の通帳には三千百二十万しか入ってなかったやないけ」

「そんな……」

「じゃかましい。わしはおまえに一割をやるというたんや」

「ほな、もし、あの通帳に一億円が入ってたら」

「一千万、やるわい」

　嘘だ。ちゃんちゃらおかしい。日本が沈没してもそんなことはありえない。

「不服か、三百万で」

「三千百二十万のテンパーセントは三百十二万です」そういうしかない。

「おまえという男は死ぬほど細かいのう」

「十二万で宝くじを買いますねん。一億円、当たるかもしれんでしょ」

「勝手にさらせ」

　桑原は上着をはおり、ポケットから携帯電話を出した。ボタンを押す。

「――ああ、セツオか。わしや。――おまえ、ＩＣレコーダーのコピーできるやろ。そう、メモリーチップや。──明日までにな。──よっしゃ。わしはこれから新地へ行く。本通りの『喜寿庵』へ来い。花屋の真ん前の蕎麦屋や」

桑原は携帯をポケットにもどした。鏡の前で髪を梳《と》きつける。

「セツオが新地へ来るんですか」

「セツオくん、や。おまえは呼び捨てにするなというたやろ」

メモリーチップをセツオに預けて、三、四枚、コピーさせておくと桑原はいう。

「抜かりがないですね」

「わしは二蝶興業の渉外部長やぞ」

「へーえ、そうですか」

傷害部長かと思った。

15

午前十時──。『新阪急ホテル』の部屋に、セツオがコピーしたメモリーチップ三枚をとどけに来た。桑原はセツオに五万円の小遣いをやり、チップを受けとった。

桑原と二宮はルームサービスで朝食をとり、十一時にチェックアウトした。桑原は地下街の鞄店で布製のボストンバッグを買い、駐車場へ行く。二宮がＢＭＷを運転して西宮へ向かった。

「頭がガンガンするんやけど、二日酔いですかね。飲酒運転にならへんやろか」

「あほみたいに飲むからじゃ。おまえはほんまに酒癖がわるい」

「そういや、三軒目の店は憶えてへんのです」

一軒目は『パロッティ』というクラブで、印象はよくなかった。どこか得体の知れない不動産屋とか企業舎弟のような客が多く、ホステスもすれた感じだった。おもしろくないから話もせずに酒ばかり飲み、二軒目の『アンバサダー』に移ったときはかなり酔っていた。

桑原には玲奈《れな》がつき、二宮には美咲《みさき》がついた。ピアノの伴奏で美咲と『ロンリー・チャップリン』をデュエットし、美咲がいまどきの若い子には珍しい音痴だと知った。アンバサダーは一時前に出たらしいが、三軒目のクラブかラウンジの階段を降りたあたりで記憶が途切れている。眼覚めたときはホテルの部屋だった。

「おれ、酒を控えんとあきませんね。コザでも酔いつぶれてしもたから」

桑原がそばにいると、なぜか悪酔いする。

「おまえはアパートで梅干し舐めながら紙パックの焼酎でも飲んどけ。横に女がつく店は金を捨てるのといっしょや」

「美咲ちゃんと同伴の約束なんかせんかったですか」

「貧乏人が同伴なんぞするな」

堂島入口から阪神高速にあがった。環状線を半周して神戸線に入る。金曜日だから車の流れはわるい。

「もうちょっと早ようにホテルを出たほうがよかったですかね」

「おまえがぐずぐず飯を食うからじゃ」

「二日酔いでね、まだ吐き気がしてますわ」

煙草に火をつけた。ニコチンが頭にまわると少しははっきりするような気がする。「中堂は時間どおりに来ますかね」

「来るやろ。昨日、レッドカードを出しといたからな」

「レッドカードの仕返しは」

「そんな根性があるかい。あのボケは極道やない」

桑原は鼻で笑う。「それに通帳の金は、元はといえば奈良急の闇給与や。東西急便から出た金やない」

「思えば長い道程《みちのり》でしたね。ようやく苦労が報われる」

「おまえはなんの苦労もしてへん。ゴロのいっぺんもまいたわけやないやろ」

「お言葉ですがね、おれは住処《すみか》を追われて、自分の事務所にも近づけんホームレスですわ」

むっとした。「いまだに放火の嫌疑も晴れてない、お尋ね者ですねん」

「放火の捜査をしてる奈良県警の刑事《デカ》は、なんちゅう名前や」

「岡本と北浜ですわ」

ふたりとも捜査一課だった。筋金入りだ。

「今度、岡本と北浜が来たら、ＩＣレコーダーで柴田と落合の話を聞かせたれ。それでおまえは無罪放免や」

「落合や桐間が逮捕されたら、まずいのとちがうんですか。桑原さんのことを喋るかもしれませんよ」

「そやから今日、落合と取引するんや。金さえ手に入れたら、あとは野となれ山となれやないけ」

　これが桑原の野放図なところだ。最後の最後はどうにかなると高をくくっている。そうして高をくくったまま、ヒットマンに背中を撃たれて命を落とすのがイケイケのヤクザのパターンなのだ。二宮が桑原の親戚なら、一億円の生命保険をかけても元はとれる。そのほうが宝くじより効率がいい。

　武庫川出口をおりた。国道四三号線を西へ走る。《甲子園》の交差点を右折したのは十一時五十分だった。

「まだ十分前や。駅をすぎたとこで停まれ」カーナビを見ながら、桑原はいう。

　阪神甲子園駅の高架をくぐった。車を左に寄せ、コンビニの手前に停める。ハザードランプを点けた。

「興和銀行はこの五百メートルほど先や」

　桑原はカーナビを指さした。《甲子園五番町》。バス通り沿いの左側に銀行がある。

「どきどきするな。中堂は妙な小細工をしませんかね」

「どんな小細工や」

「川坂の本家に泣きを入れたり、兵庫県警の知り合いに応援を頼んだり……」

　いままでけっこう危ない橋は渡ってきたが、警察の世話になったことはない。強請や恐喝で前科がつくのは願いさげだ。

「たった三千万のために本家が出張《でば》るかい。警察を走らせたりしたら、中堂だけやない、武内まで火の粉をかぶるやろ」

桑原はいって、「喉、渇いた。ビールが飲みたい」

「おれはいりません。運転やし」

「誰も、おまえに飲んでくれとはいうてへん」

桑原は車を降りた。ガードレールを跨ぎ越してコンビニに入り、ポリ袋を提げて出てきた。車に乗り、マスクをとって缶ビールに口をつける。

「しかし、こんなときによう酒を飲めますね」

「ビールは酒やない」

「あと三分です。行きますか」

「よし、行け」

右のウインカーを点けて走りだした。赤信号で停まる。交差点の百メートルほど向こうに、《興和銀行》の袖看板が見えた。

十二時二分前、甲子園支店の前にＢＭＷを駐めた。反対車線にヤマト急便のトラックが駐まっている。バス停のそばにワゴン車とワンボックスの軽四が駐められているが、車内にひとはいない。近くの歩道を歩いているのは、小脇に書類袋を抱えた事務服の女性と、日傘をさした初老の女性だけ。

「来た……」

ルームミラーを覗き込んでいた桑原がいった。「大草を連れてくさる」

二宮は振り返った。中堂と大草が並んで歩いてくる。ふたりともグレーのスーツだ。中堂は顔の真ん中に白い絆創膏を貼っている。

「おまえは座っとれ。エンジンは切るな」

桑原は車外に出た。ボンネットの前をまわってガードレールの横に立つ。中堂がそばに来た。二宮はサイドウインドーをおろした。

「約束がちがうのう」

桑原は中堂にいった。「ひとりで来るというたんやないんかい」

「改印だ。口座の名義人が来ないと手続きができない」

中堂は険しい表情で桑原を睨めつける。鼻は桑原と同じくらい腫れていた。

「そいつはまた話がちがうやないけ。わしに会う前に改印手続きは終わってるはずやぞ」

「大草の手もとに照会書類がとどいたのは十一時だ。そんな余裕はない」

「そうかい。そら忙しかったな」

桑原は平然と、「ほな、いまから手続きを完了せいや」

「その前に、あんたの品物を見せてもらおうか」

「ここにあるがな」

桑原はスーツの内ポケットから、ＩＣレコーダー、遺書、披露宴の写真一枚を出してＢＭＷのボンネットに並べた。

「もう一度、聞かせてもらおうか」

「なんと、用心深いの。さすがに元刑事や」

桑原はレコーダーの再生スイッチを押した。柴田と落合の声が聞こえる。

「分かった。それはいい。次は封筒の中身だ」

「はい、はい」

桑原は封筒から便箋を出した。二宮は緊張する。遺書は昨日、書いたのだ。

桑原は便箋を広げた。中堂はじっと見る。小さくうなずいた。

「あんた、ええ顔やの。マスクがいるんやったら余分があるで」

「いらん」

中堂は吐き捨てて背を向けた。大草をうながして銀行の玄関へ歩きだす。

「待たんかい」

桑原はいった。「わしも行くがな」

「好きにしろ」

中堂と大草は銀行へ入っていった。

桑原はレコーダーと封筒、写真をポケットに入れ、車の後ろにまわってトランクを開けた。

梅田で買ったボストンバッグを出す。バッグを持って二宮のそばに来た。

「キー、寄越せ」

「なんでキーがいるんです」

「わしが銀行から出てきて、車がなかったら困るやろ」

「おれが逃げるとでもいうんですか」

「おまえは奈良の歩道橋にカード入れを取りに行ったとき、キーを抜いて出ていったやないけ。忘れたとはいわさんぞ」

「そういや、そんなことがありましたね」

「ここへもし、中堂の息がかかったチンピラが出てきてチャカをかまえたらどないするんや。おまえはこの車で逃げるやろ」

「そら逃げますわ。命は惜しいから」

「ほら、キーを寄越せ」

この男は誰も信用していないのだ。二宮はエンジンをとめ、キーを抜いて桑原に渡した。

「そのバッグは」

「札束を入れるんやないけ」

「通帳と印鑑をもらうんやないんですか」

「通帳と印鑑でおろした金をもらうんや」

「ほな、はじめからそのつもりで……」

ボストンバッグは落合から受けとる一億円を入れるためのものではなかったのだ。

「おまえは甘い。新地のクラブで通帳と印鑑を見せびらかしても、女にはもてへんのやぞ」

なにやら意味の分からないことをいって、桑原は興和銀行に入っていった。二宮は煙草をくわえたが、ただ待っているのも業腹だ。煙草を捨てて車を降りた。ガードレールを跨いで、銀行に入った。

中堂と桑原はロビーのシートに座っていた。大草は相談窓口で書類になにか書いている。

二宮は桑原の隣に腰をおろした。

「こら、車で待っとかんかい」

「エアコンが切れたからね、暑いんですわ」

「君らはいったい、どういう関係なんだ」仏頂面で中堂が訊いた。

「梅に鶯《うぐいす》、松に鶴、こいつとわしはいつでもワンセットなんや」桑原は笑う。

「君は企業舎弟か」中堂は二宮に訊いた。

「おれは正真正銘の建設コンサルタントですわ。現場の工程をスムーズに進行させるのが主な業務です」

「要するに、前捌《まえさば》きなんだろ」

中堂は前捌きという言葉を知っていた。二宮の身辺を調べさせたにちがいない。

大草がこちらに来た。改印手続きが完了したという。桑原は中堂に口座の金額をおろせと要求し、中堂はあっさりうなずいた。

「小切手はいらん。帯封つきの現金や。このバッグに入れてくれ」

桑原は大草にボストンバッグを差し出した。大草は中堂を見る。

「いいんだ。いうとおりにしろ」

中堂の指示で、大草はバッグを受けとった。出納の窓口へ行き、行員に通帳と印鑑を示して預金の引出し伝票を書く。

「さ、メモリーチップと遺書と写真をいただこうか」中堂がいう。

「このチップをコピーしたかどうか訊かんのかい」

桑原はＩＣレコーダーの裏蓋を開けてチップを取り出す。

「取引はこの一回だ。もし二回目の要求があったときは、君の命はない」

「へっ、そのときは川坂の本家筋が出てくるか」

「君も金バッジのヤクザなら、ケジメのつけ方は知っているはずだ」

「さすがに東西急便の渉外部長は金筋やな」

「わたしは部長じゃない。総務部の渉外担当だ」

「そういう肩書のないやつが、ほんまは怖いんや」

「二蝶興業の桑原部長にそういってもらったら光栄だね」

中堂の表情はかたく、口もとが小刻みに震えている。よほど頭にきているのだ。

「あんた、兵庫県警のときは捜査二課やったんやてな」

「それがどうかしたのか」

「組事務所の捜索なんかしたことはあるんか」

「何度もある。企業犯罪にヤクザはつきものだ」

「ほな、極道に殴られたことはあるんかい」桑原はにやりとした。

「君にひとつ教えておく」

中堂はいった。「ヤクザが警察官に手を出したら、その組はつぶれるんだ」

「そら残念やのう。おまえはもう菊の代紋を返上したんや。いまは東西急便の三下で、武内のパシリやないけ」

中堂の顔が紅潮した。拳を握りしめる。

「なんや、銀行でゴロまくんかい」

桑原は挑発するようにマスクを外した。鼻に絆創膏を貼った男同士が睨みあっている光景は奇妙で、どこかおかしい。

出納のカウンターにビニール包装の札束が置かれた。煉瓦より少し大きな塊は一千万円だろう。三つの塊を大草は手早くバッグに入れる。帯封の札束ひとつと余りの札も入れてジッパーを閉めた。隣の窓口の老人が驚いた顔でそのようすを見つめていた。

大草がそばに来た。ボストンバッグを中堂の足もとに置く。

桑原は中堂とのあいだのシートにメモリーチップと封筒、写真を置いた。マスクをつけ、バッグをとって立ちあがる。足早に甲子園支店を出た。

ＢＭＷに乗った。桑原はボストンバッグをリアシートに放って助手席に座る。

「ほら、道頓堀へ行け」

二宮はキーを受けとった。エンジンをかけて発進する。

「くそっ、手間どった。あと四十分もないぞ」

「一時までに道頓堀へ行けますかね」

インパネの時計は十二時二十二分を示している。

「今日が金曜やというのを忘れとったわ」

桑原は珍しく、シートベルトを締めた。二宮も締める。いま検問にあったり、パトカーに捕まったりするわけにはいかない。

交差点を右折した。一キロほど走ってまた右折し、国道四三号線に向かう。十台ほど先にバスがいるからスピードは出せない。

「このくそ忙しいときになにをノロノロしとるんや。追い越せ」

「ここは追い越し禁止です」

対向車線も車でいっぱいだ。「どうしても間に合わんときは、落合の携帯にかけたらええやないですか」

「番号を知らんのや」

「奈良急に電話して訊くんです。細谷は落合の番号を知ってるでしょ」

「おまえもたまにはええことをいうの」

桑原は携帯を出して一〇四にかけた。奈良東西急便北陸トラックターミナルの番号を訊き、電話をする。

「呼び出すとき、細谷は業務部長ですからね」

「いちいちうるさい。分かっとるわ」

桑原は話しはじめた。細谷はいないらしい。落合の携帯の番号は聞けなかったが、細谷のそれは聞けた。

「細谷のやつ、落合といっしょかもしれんぞ」

「ほな、安岡いう大男もいっしょですかね」

「そうやろ。細谷は落合の茶坊主で、安岡は落合のガードや」

ようやく、バス通りから四三号線に出た。左折して百メートルほど走り、武庫川入口から阪神高速神戸線にあがる。渋滞とまではいかないが、高速も混んでいた。十二時三十五分――。あと二十五分しかない。

「飛ばせ。追越し車線を走ってる車は蹴散らせ」

車間距離を詰めて前のワゴンにぴたりとついた。ワゴンは走行車線に移る。

追越し車線と走行車線を縫うようにして走った。Ｖ8、四・四リッターのエンジンはさすがによくまわる。

阿波座《あわざ》出口から中央大通を東へ行き、御堂筋を南下して道頓堀橋に着いたのは一時三分だった。六車線の西の端にＢＭＷを駐めた。西側の歩道に落合はおらず、乗っていそうな車も付近に見あたらない。橋の東側はタクシー乗場で、十数台が客待ちをしている。タクシー乗場の周辺にも落合はいなかった。

「帰ったんですかね。落合は」

「たった三分の遅刻や。落合はまだ来てへん」

桑原もあたりを見まわす。「あのボケにもレッドカードを出さんといかんかのう」

「こんなとこで手出しはやめてくださいよ。戎橋《えびすばし》の警官が飛んでくるんやから」

東へ五十メートルほど行った戎橋のたもとに交番がある。いつも三、四人の警官が常駐しているのだ。

「おれ、頼みがあるんやけど、よろしいか」

「あん……」

「いま、分け前をください」

「なんやと……」

「三百十二万円、いま欲しいんです」

「なにをおまえは血迷うとんのや。わしのことを信用できんのかい」

「信じるとか信じへんの問題やない。おれは自分の稼ぎをこの手ににぎりたいんです」

この先、なにが起こるか分からない。いちばん怖いのは桑原の気が変わることだ。この男のいうとおりにして、いままでどれだけ危ないめにあったことか。それを思うと、分け前はいま、受けとっておかないといけないのだ。

「おまえは真底、育ちがわるいのう」

桑原は舌打ちして、「ええわい。約束や。金はやる」

リアシートのボストンバッグを引き寄せた。ジッパーをひく。無造作にビニールを破って帯封の札束を三つ抜き、十二枚の札を足して二宮の膝に置いた。

「おおきに。ありがとうございます」

思わず笑みが洩れた。これで年収の半分を稼いだのだ。札束のふたつはズボンの右のポケットに、残りは左のポケットに押し込んで大きく息を吐いた。あとは落合から受けとる一億円のうち、どれだけをもらうかの交渉だ。

「ここでこんなことをいうのはなんやけど、もうすぐ一億円が入りますよね」

桑原の顔色をうかがいながらいった。「そっちのほうも一割ほどいただけたら、おれはもう、めちゃくちゃうれしいんですけど……」

「な、二宮くん、その話は終わったはずやで。東大寺で」

「おれはあのイカサマ麻雀をしてから貧乏神にとり憑《つ》かれたんです。恵美須町のウィークリーマンションや沖縄での経費、コロナはドアが飛んでしもうて廃車やし、ここ半月は仕事もしてへんから収入もゼロ。せめてあと一千万もらえたら、おれは二宮企画を廃業せんでも済むんです」

「上等や。廃業せんかい。極道相手のサバキてなもんは、まっとうな稼業やない」

「サバキをやめたら、おれ、桑原さんとの縁が切れてしまいます」

「切れたらええやないけ。わしも本望や」

「おれ、嶋田さんから桑原さんを紹介してもろたとき、いずれは二蝶会の頭をとる男やと聞いたんです」歯の浮くような嘘をいった。

「ほう、若頭《かしら》がそんなことをいうたか」

「おれ、嶋田さんに会うたら、今回の顚末を話さんとあきません」

じんわり、プレッシャーをかける。「桑原さんも嶋田さんに報告せんとあかんでしょ」

「おまえ、ひょっとして、わしを脅してんのか」

「めっそうもない。そんな命知らずは大阪にいてませんわ」

「そうかい……」

桑原は少し考えて、「しゃあない。四百万や」

「えっ、四百万くれるんですか」

「わしも男や。約束どおりにしたろ。あと四百あったら七百になるやろ」

「ありがとうございます。感謝します」

さほどうれしくはない。当然の報酬だ。「さっそくやけど、いまもらえますか」

「もういっぺんいうてみい」

「そやから、そのバッグの中の金を……」

「おまえ、どつかれたいか。いまここで」

「いや……」

「落合から一億入ったら、四百はやるわい」

桑原はさも不機嫌そうに、「その代わり、若頭にはわしのいうとおりに喋るんやぞ」

「話は合わせます。どんなふうにでも」

「おまえというやつは大した男や。わしはときどき、おまえの操り人形やないかと思うときがある」

「人形遣いは黒衣《くろこ》ですわ。黒衣は人形あってこその稼業です。おれはそれで満足してますねん」

「おまえ、強いのう」

「そうですか」

「柳に枝折れはない。ようういうたもんや」

桑原はシートにもたれて煙草を吸いつける。「何時や」

「七分です。一時七分」

桑原は携帯電話を出した。さっき聞いた細谷の携帯の番号を押す。

「──あかん。電源を切ってくさる」

二宮はあたりを見まわした。橋の上に駐まっている車はタクシーのほかに、シルバーのハイエースと白のカローラ、軽四のミニバン──それだけだ。

東側の歩道は約十人、こちら側の歩道は五人ほどが歩いている。

「なんか、雲行きが怪しいのう」

「おれも……」いやな予感がする。見も知らぬチンピラに頭を撃ち抜かれそうな。

頭を振って煙草をくわえた。ライターを擦る指が震えている。

と、ルームミラーにベンツが映った。ダークグリーンのSクラス。まっすぐ近づいてくる。

あれか──。煙草を消した。

ベンツはBMWのすぐ後ろに停まった。左の運転席からダークスーツの男が降りる。落合でも細谷でもない。目付きと物腰はヤクザだ。

「桑原さん、ヤバい」ドアハンドルに手をかけた。

「じたばたすんな」桑原は後ろを見つめている。

ダークスーツは腰をかがめてリアドアを引いた。ライトグレーのスーツを着た髭の男が現れ、そのあとから白髪の男が降りてくる。男は臙脂《えんじ》色のジャケットに黒のズボン、脚が不自由なのか、杖をついている。

「おい、まさか……」桑原の顔がひきつった。

白髪はボディーガードふたりを引き連れてゆっくり歩いてきた。ＢＭＷの車内を覗き込んで、ウインドーを軽くノックする。

「桑原さん……」

声が掠れた。逃げられない。

桑原がウインドーをおろした。白髪は桑原に、

「久しぶりやな。憶えてるか」

「そら、もちろんですわ」

桑原は頭をさげた。「お元気そうで」

「いや、そうでもないな。年々、弱る一方や」

白髪の口調は柔らかい。「あんた、落合を待ってるんやな」

「ええ、そうですけど」

「落合の代わりにわしが来た。ちょっと顔貸してくれるか」

「落合はなんで……」

「その話は長うなるんや。立ち話はつらいさかい、場所を替えよ」

「すんまへん。脚がおわるいのに、気がつきまへんでした」

「ほな、『サウスタワーホテル』でも行こか。ついて来てくれ」

白髪は杖をつき、離れていった。ガードに支えられるようにしてベンツに乗り込む。左のウインカーを点滅させてベンツは走りだした。

「ほら、ついて行け」

いわれて、エンジンをかけた。ベンツを追走する。

「誰です、あれ」

「岐楊組組長、田端藤市。東和桜花連合の理事長や」

「ほんまですかいな」驚いた。思ってもみなかった人物が現れたのだ。

「田端は大物やぞ。四、五年前まで本家の若頭補佐をしてた」

「桜花連合の理事長は引退同然やと思てましたけど」

だから、理事長の座を桐間組の桐間実と俠邑組の東野規三郎が争っているのだ。

「わしもそう思てたがな。半分幽霊みたいな爺が顔を出しくさった」

桑原はさもうっとうしそうに、「田端はうちの先代の知り合いや」

昭和三十年代、神戸川坂会が四国に進出したとき、田端藤市と二蝶会先代の角野《かくの》達雄は川坂の戦闘要員として高松市内の旅館に半月ほど寝泊まりし、親しくなったという。

その後、田端は泉佐野で岐楊組を組織し、角野は毛馬で二蝶会を組織した。才覚と運があれば若くして組持ちになり、日本の経済成長に乗って組を大きくできる、ヤクザにとってはよい時代だった。

「先代は盆暮れに田端と飲んだ。わしは先代のガードやったから田端を知ってるんや」

田端は早くから泉佐野の土建業界に食い込み、稼いだ資金を泉州の組筋にばらまいて東和桜花連合の三代目理事長に選ばれた。川坂会若頭補佐になったときは億を超える上納金を本家におさめたらしい、と桑原はいう。

「田端は金儲けがうまい。次の理事長を指名せずに桐間と東野に競わせてるのは、両方から金が入ってくるからやろ。……先代もよういうてはった。これからの極道は田端みたいな立ち回りをせんと大きくなれん、とな」

「ぼろくそですね。桜花連合の理事長を」

「わしはああいう爺が嫌いなんや」

「齢はなんぼです」

「七十は超えてるやろ。うちの先代より年上や」

「岐楊組は譲ったんですか」

「譲ってへん。阿部とかいう若頭は六十をすぎとる」

「角野さんは六十前に引退したのに」

「そこが先代と田端の器のちがいや。先代はようできてはる」

亡くなった二宮の父親は角野の舎弟だったが、二宮は角野を知らない。いまの二蝶会組長森山とも言葉を交わしたことはない。

16

ベンツは御堂筋を南下し、難波の髙島屋前に行きあたった。信号待ちをする。

「いわれたとおりについて行ってもええんですか。向こうは三人《と》ですよ」

「田端がおるときにドンパチはせえへん。あいつらがわしらを殺る気やったら、道頓堀橋の上でやられてる」

「ガードは拳銃とか持ってるんですか」

「かもしれん」

「やめましょか、ついて行くの」

「あほいえ。ここで話《ナシ》をつけんかったら、もっと危ないんじゃ」

信号が変わった。ベンツは右折し、阪神高速の高架の側道を走って『サウスタワーホテル』の駐車場に入っていく。二宮は距離をつめて駐車場のループをあがった。

ベンツが停まり、ダークスーツが外に出てリアドアを開けた。髭と田端が降りる。二宮は少し離れた区画にＢＭＷを駐めた。

田端とガードふたりはホテルの玄関からロビーへ入っていった。桑原と二宮もあとにつづく。ロビー脇の喫茶室に入り、窓際のソファに腰をおろした。

「すんまへん。おふたりの紹介をしてもらえまっか」桑原はいった。

「うちの若い衆や。妹尾《せのお》と板東。よろしゅうにな」

杖を髭に預けて、田端はいった。髭が妹尾、ダークスーツが板東だ。ふたりとも無表情で口をきかない。

ウェイトレスが水を持ってきた。かなり緊張したようすでグラスをテーブルに置く。無理もない。五人とも、どう見ても筋者なのだ。田端はビール、妹尾と板東はアイスコーヒー、桑原と二宮はアイスティーを注文した。

「ひとつ訊いてよろしいか」

桑原がいった。「わし、分からんのやけど、なんで理事長が出てきはったんです」

「東西急便や」

田端はソファに寄りかかった。「本社のある人物から頼まれてな」

「専務の武内でっか」

「さあ、誰やったかいな」

「その頼みというのは、落合が握ってる裏金を回収してくれと？」

「ま、いろいろあるがな」

無駄だ。訊いても、田端が喋るわけはない。

「わしは昨日、奈良で落合に会うたあと、西宮の東西急便へ行きました。どうやら、そのあたりの動きが洩れたみたいでんな」

「世の中、あんたひとりでまわってるわけやない」

田端は煙草をくわえた。すかさず板東がライターの火を差し出す。田端は小さくけむりを吐いて、「何十年もこの稼業をして、わしみたいな立場になると、あちこちから頼みごとが来る。そいつをうまいこと交通整理して事故が起こらんようにするのも、わしの役目なんや」

「しかし、落合はなんで来んかったんですか」

「落合はいま、警察や」

「えっ、そうでっか……」

「今朝、奈良県警に呼ばれて出頭した。そろそろ逮捕状が出るころやろ」

奈良店の火事とは関係なく、柴田や青木などの現職警察官に対する贈賄容疑で逮捕されるという。

「ほな、わしはもう落合には……」

「一、二年は会えんやろ」

こともなげに田端はいって、「落合との取引、宙に浮いてしもたな」

「………」桑原は黙って天井を仰ぐ。

「落合が出てきたときは、また追い込むか」

「いや、わしはそれほど暇やないんですわ」

桑原は指で眼鏡を押しあげ、「落合はどこぞに金を躱《かわ》してから出頭したんでっか」

「なんのことや」

「奈良急が東西急便本社から引っ張ったマル暴対策費は四十億。そのうちの十億が裏の対策費で、その半分ほどを落合は懐に入れてますねん」

「ほう、そいつは初耳やな」

田端の表情はまるで変わらない。「今日の取引で、落合からなんぼつまむつもりやったんや」

「そいつは理事長、知ってはりまっしゃろ」

「いや、知らんな」田端はとぼける。

「一億ですわ」

「そら大きく出たもんや」

「なんせ、柴田と落合と桐間組が放火にからんだ証拠ですわ」

桐間の名が出たとき、田端の口もとがわずかに歪んだ。

「その証拠というのは」

「柴田が青木に宛てた遺書、柴田と落合の話を録音したメモリーチップ、落合が奈良県警の現職警官に振り込んだ闇給与を証明する給与台帳のコピー。その三点セットです」

「なるほど。そら一億の値打ちがあるかもしれん」

田端は三点セットの内容を知っていながら、桑原の口からいわせて確認したのだ。桑原もこの種の交渉ごとはうまいが、田端はその上を行く。二宮は感心した。

さっきのウェイトレスがビールと飲み物を持ってきた。妹尾と板東は周囲に注意を払って一分の隙もない。東和桜花連合は傘下に十数組の組織があると聞いていたが、岐楊組の構成員は何人いるのだろうか。訊いてみたいが、口をはさめる雰囲気ではない。

ウェイトレスがそばを離れ、田端はビールに口をつけた。桑原はアイスティーを飲む。

「あんた、二宮くんやったな」

田端が話しかけてきた。「むかし、二宮いう幹部が二蝶会におったけど、関係あるんかいな」

「はい。おれの親父ですわ」

「やっぱり、そうかいな。なんとなく面影があるさかい、そうやないかと思たんや」

「親父とつきあいがありましたか」

「会うたら、世間話ぐらいはした」

田端はうなずく。「土建と解体をやってはったやろ」

「おれが解体屋を継ぎましたけど、つぶしてしまいました。いまはサバキの斡旋仲介をしてます」

「それやったら、うちの組も仕事をもらわないかんな。泉佐野で仕事をするときは声かけたってくれるか」

「すんません。こちらこそよろしくお願いします」

「名刺、もろとこか」

「あ、はい……」

気はすすまないが、名刺を出した。田端は受けとり、

「西心斎橋の福寿ビル……。なかなか賑やかなとこに事務所をかまえてるんやな」

いって、名刺を妹尾に渡した。これで二宮にも無言の脅しをかけたというわけだ。

「話をつづけよ」

田端は桑原のほうに向き直った。「落合は檻の向こうに行ってしもた。あんた、三点セットをどないするつもりや」

「さあ、どないしますかね……」

　桑原はアイスティーの氷をストローでまわす。

「まさか、もういっぺん東西急便に売りつけるつもりやないやろな」

「やっぱり知ってはりましたか」桑原は笑う。

「総務の中堂いう男が甲子園の銀行であんたに会うたそうやないか」

「なにからなにまで筒抜けでんな」

「ここはひとつ相談や。三点セットをわしに預けへんか」

「理事長にお預けしたら、なんぞええことがありますか」

「あんたの命を保証したるがな」

「ほう、わしの命《タマ》でっか」

「花鍛冶の連中をなんべんもかわいがったそうやな」

　田端は薄ら笑いを浮かべた。「勝井はさらわれて野井戸に吊るされ、東と池崎はぼろぼろに殴られて組の笑いもんや。勝井は絶縁、所払い。東と池崎も沖縄に行ったまま、花鍛冶とは縁が切れたそうやで」

「すんまへん。わしもシノギをするからには、あちこちでぶつかりますねん」

「ぶつかるのはかまへん。おたがい、男を売る稼業やさかいな」

田端の口調は柔らかいが、底に凄味がある。「けど、ぶつかったあとは筋目をとおすのが、この世界の定《き》めやで」

「わし、筋目がとおってまへんか」

「花鍛冶に喧嘩を売っといて、なんの挨拶もないのはおかしいやろ」

「お言葉ですけど、わしは売られた喧嘩を買うたんですわ」

「森山はんは知ってるんかいな。あんたのしてることを」

「いや、知らんと思いますわ」

「そらあかんな。子のしてることを親が知らんかったら、どないして納めをつけるんや」

田端はじりじりと桑原を追いつめる。「それともうひとつ、東西急便と奈良東西急便の両方に同じもんを売りつけるのも、行儀がええとはいえんな」

痛いところをつかれたのか、桑原は黙ってアイスティーを飲む。

「どないや。わしのいうてることはまちごうてるか」

桑原はストローをくわえたまま返事をしない。

「な、桑原よ、わしはおまえが角野はんのガードをしてるころから知ってるんや。あんまり聞き分けのないことをしたら、わしは森山はんとサシで話をつけなあかんようになる。おまえも小指の一本飛ばしたくらいでは済まへんのやで。ここは機嫌よう、わしに任せてくれへんか」

　田端はじっと桑原を見た。桑原は顔をもたげて、

「分かりました。理事長にお任せします」

「そうか。よかった」

　田端はうなずいた。「花鍛冶の件は、わしの名にかけてチャラにしたる」

「ついでに桐間組もチャラでっか」

「ああ。桐間はわしが押さえたる」

「理事長は近々、引退しはると聞きましたんやけど、跡目は誰が継ぐんでっか」

「そんなことは、おまえにゃ関係ない」

「奈良県警に引っ張られた落合が放火のことを喋ったら、桐間はあとを継げまへんな」

「落合は喋らへん。それは心配ない」

「県警と話ができてますんか」

「ま、そんなとこや」

「ほな、お預けしますわ」

　桑原は柴田の遺書とメモリーチップ、ＣＤ‐Ｒをテーブルに置いた。「すんまへん。失礼します」

頭をさげて立ちあがる。田端はソファにもたれたまま、桑原と二宮を見送った。

ＢＭＷに乗った。

「やられたのう」

さもおかしそうに桑原はいう。「なんのことはない。出来レースやったんや」

「なにが出来レースです。一億円、パーやないですか」

エンジンをかけて走りだす。

「落合は警察にとられた。どうしようもない」

「奈良県警と話ができてるというのは、どういうことです」

「落合はな、県警に呼ばれたんやない。わしらが顔を出したんをみて、自分から出頭したんや」

「一億円を払うのがいやで、わざわざ逮捕されに行ったんですか」

駐車場のループをおりた。左折して堺筋へ向かう。

「落合は金を躱した。一年か二年食らい込んで、出てくるころにはほとぼりが冷めてる」

「しかし、放火や保険金詐欺が明るみに出たら、一年や二年では済まんでしょ」

「おまえは鈍いのう。県警はもう、放火のことには蓋をする肚や」

「蓋をする？」

「よう考えてみぃ。県警が放火をついて、コンピューターの給与台帳が表に出たらどないするんや。現職警官十二人を、またぞろ処分せなあかんようになるんやぞ」

「あ、そうか。そういうことや……」

せっかく下火になってきた県警批判が再燃するのだ。

「放火の捜査は証拠不充分で打ち切りや。臭いものには蓋をして、長いものには巻かれるのが日本のムラ社会の伝統やないけ」

奈良東西急便と奈良県警の贈収賄事件は柴田の自殺、青木と落合の逮捕、奈良東西急便社長と関連会社幹部の書類送検、県警交通部幹部の処分で幕が引かれると桑原はいう。

「一億円は諦めるんですか」

「このわしが諦めるわけないやろ」

「力強いお言葉ですね」

堺筋に出た。「逆転の方策は」

「さぁな、問題はそれや」

桑原はつぶやいて、「とりあえず、飯を食お」

「なに食います」

「ステーキや。釣鐘町に旨い肉を食わせるステーキ屋がある」

「ステーキか。久しぶりやな」

ヒレかサーロインをレアで食いたい。いや、タルタルステーキもいいかもしれない。考えるだけで唾が湧いた。

「わしはステーキや。おまえはハンバーグにしとけ」

「そんなあほな」

「おまえというやつは頭のてっぺんから足の爪先までパラサイトやのう。わしといっしょにおって、金出したことあるか」

「高速代は出してましたよ。コロナを運転してたときは」

「そうかい。おまえは太っ腹や」

「でもないですけどね」

「ステーキ、わしに奢れや」

「おれみたいな貧乏人に奢らしてどないしますねん」

「ついさっき、三百十二万ほど稼いだんは、どこのどいつや」

桑原はせせら笑う。「中央大通を右に曲がれ。松屋町筋をすぎたら左折や」

そこへ電話が鳴った。桑原は携帯を出す。

「——はい。——なんや。——それで。——いまごろ遅いわい。——これから飯を食うんや。来たかったら来んかい。——そう、二宮の奢りや」

口早にいって、桑原は電話を切った。

「誰です」

「中川や。落合が県警に呼ばれて逮捕されるというてきよった」

桑原は舌打ちする。「あのデブはおまえ以上に役立たずや」

「中川も来るんですか、ステーキ屋に」

「ブタがウシを食いに来るんや」

さもうっとうしそうに桑原はいった。


九百グラムのサーロインが焼けた。料理人が切り分けて、ワインを振りかける。白い蒸気がたちのぼった。

どうぞ、お召しあがりください——。タレと岩塩の皿を揃え、料理人はワゴンを押して離れていった。

「旨そうやの。霜降りの松阪牛は何年ぶりやろな」

紙エプロンをつけた中川が箸を割る。

「待たんかい。食う前にいうことがあるやろ」

桑原は煙草のけむりを吐く。かまわず中川はステーキを口に入れて、

「預かった披露宴の写真は調べた。びっくりするなよ。新郎は平野康政、新婦は武内久美。民政党の平野賀津雄の孫と東西急便専務の武内の娘が一昨年の十月十日に結婚したんや」

いまさらなんの値打ちもないことを中川はいう。「それと、大草いう男は東西急便の社員や。総務部主任の大草誠一。主に渉外を担当してる」

「そうかい。大草は東西急便の社員やったんか」

桑原は素知らぬ顔で話を合わせる。ＢＭＷのトランクに大草の口座から引き出した二千八百万円があることを、中川は知る由もない。ステーキに岩塩をつけて口いっぱいに頬張り、ビールで飲みくだす。二宮も食べはじめた。

「で、落合の逮捕状はいつ出たんや」桑原が訊く。

「昼すぎに奈良地裁が出した」

逮捕状の罪名は斡旋贈賄。落合のような長期にわたる複数人物への贈賄は心証がわるく、保釈も認められないだろう、と中川はいう。

「青木はまだ捕まらんのですか」二宮は訊いた。

「久米島から羽田へ飛んで、それっきりや。いずれ逃走資金が尽きたら出てきよるやろ」

「逃走資金て……？」

「難波の大同銀行でおろした二百万や」

中川は青木が二千万円の現金を所持していることを知らないのだ。それだけの逃走資金があれば、一年や二年は潜伏できる。

「落合は金を躱したんやろ」

桑原がいった。「どこへ隠したんや」

「知らん」中川はかぶりを振る。「ただし、マル暴対策費のうち表に出てる三十億は、東西急便本社が既に回収したらしい」

「落合のにぎってる裏金は、正確にはなんぼや」

「さぁな。六億いう説もあるし、四億いう説もある」

「落合には細谷とかいう子分がおるやろ。あいつは知らんのか」

「そんなことまで、わしには分からん。わしは奈良県警やない」

「そうか……」

桑原はステーキには箸をつけず、携帯を出してボタンを押した。しばらく電話を耳にあてていたが、舌打ちして切った。

「誰に電話した」

「細谷の携帯や」

桑原はまた電話をかけた。「――奈良東西急便ですか。すんまへん、細谷業務部長を。――県警の鈴木です。――あ、そうでっか。ほな、行ってみます」

桑原は携帯を切り、ビールを飲みほした。椅子を引く。

「どこ行くんや」

「細谷に会う」

細谷は今日、休暇をとって自宅にいるという。

「やめとけ。落合の子分を責めても金にはならんぞ」

「おまえに指図されることはないわい。わしにはわしの考えがあるんじゃ」

「肉、食わんのか」

「食えや、ひとりで」

桑原はポケットからメモリーチップとCD‐Rを出した。セツオが余分にコピーしたものだ。「これをおまえにやる」テーブルに置いた。

「なんや……」

「粟国島で手に入れたんや。青木からな」

「そうかい。やっぱり、わしに隠しとったんやな」

「もし、わしの身になにかあったら、おまえの才覚で金にせいや」

桑原は腰をあげた。二宮も立つ。

「待て」

中川が呼びとめる。「ここの勘定は」

「おまえが払え」

さっさと店を出た。


橿原市城殿町――。細谷の自宅の前にＢＭＷを駐めたのは四時だった。夕暮れにはまだ早いが、あたりは薄暗い。空には厚い雲が垂れ込めていた。

桑原は門柱のインターホンを押した。犬小屋のそばでミニチュアダックスが尻尾を振っている。この犬は番犬にならない。

――はい、細谷です。

応答があった。女の声だ。

――奈良県警の斎藤です。ご主人は。

――お待ちください。

ほどなくして玄関のドアが開いた。細谷が顔をのぞかせる。桑原を見て表情をこわばらせた。

「細谷さん、今日は道頓堀で待ってたんやで」

門扉越しに桑原はいう。「取引をキャンセルするんやったら、連絡くらいしたれや」

「いや、それは……」細谷は言葉につまる。

「落合の代わりに極道が三人も来よったがな。一億円の三点セットをとられたやないけ」

桑原の声は近所中に聞こえるほど大きい。「どないして始末をつけるんや、こら」

細谷はあわてて外に出てきた。白いU首シャツとウールのズボン、サンダルを履いている。

「落合は今朝、県警に呼ばれたんです。だから道頓堀には行けなかったんです」

「一億円はおまえが預かって、持ってくるんやなかったんかい」

「まさか、そんなわけはないでしょう」

細谷は周囲を見まわす。

「親分の落合がおらんようになって、おまえはこれからどないするんや。奈良急も近々、解散するんやろ」

「それは、あなたには関係ないことです」

「退職金代わりにパスワードを洩らしたんか」

「パスワード……？」

「奈良店のホストコンピューターや。焼ける前に給与データが抜かれてたやないけ」

「桑原さん、あなたのいわれることは理解できません」

細谷は伏し目がちに低い声で喋る。隣近所が気になってしかたないようだ。

「おまえはなんや、わしがうっとうしいんかい」

「いえ、そんなことは……」

「ほな、わしの訊くことに答えたれや」

桑原は細谷をいたぶるように、「落合が貯め込んだ裏金はなんぼや」

「………」

「こら、わしの質問が聞こえんのか」

桑原の声がまた一段と高くなる。

「桑原さん、静かにしてくれませんか」

「おまえが答えんからやないけ」

「一億五千万円です」

「なんやと」

「だから、落合が持っているのは一億五千万円です」

「嘘ぬかせ。五億はにぎってるという話やぞ」

「それは誰から聞きました」

「落合が追い落とした男や」

「新庄社長ですか」

「かもしれん」

東西急便本社から融資された〝マル暴対策費〟が四十億。そのうち十億が裏金で、その半分を落合が隠し持っているはずだと桑原はいった。

「そう、落合は四億五千万円を持ってました」

細谷はうなずいた。「いまさら隠してもしかたない。わたしが裏帳簿を管理してたんです」

「四億五千万がなんで一億五千万に減ったんや。三億円はどこに消えたんじゃ」

「本社に還流したんですよ」

「還流？　どういうことや」

「落合は脅されてました。……この一年、ずっと脅されつづけてました」

言葉を区切るように細谷はいう。「神戸川坂会系の、ある有力組織です。落合は脅されて、二千万、三千万といった現金を何度も本社の人間に渡しました」

落合の裏金は東西急便本社に返済されるのではなく、専務の武内が管理する裏口座に入ったのだという。

「ほな、なにかい、武内は本社から奈良急に融資した金を落合に洗わせて、自分の懐に入れたということか」

「一種のマネーロンダリングでしょう。だから還流といったんです」

「川坂の組織というのは、東和桜花連合か」

「そうです」細谷はあっさりうなずいた。

「落合が金を渡した本社の人間は中堂やな」

「知ってたんですか」

「いま、分かったんや。カラクリがな」

桑原は吐き捨てた。「くそったれ、落合に残った一億五千万は退職金かい」

「わるくはないでしょう。従業員三百人弱の運送会社の副社長としてはね」

細谷は嘆息した。この男もどさくさにまぎれて相当の金を掠めとったにちがいない。

空がいっそう暗くなり、額にポツリときた。雨だ。

「武内に入った三億は〝折れ〟か」

「折れ……？」

「折半や。武内と桜花連合の」

桑原は空を見あげた。「極道が追い込みかけて切り取りするときはな、折れが相場や」

「そこまでは知りません」

「落合と奈良県警は話がついてるんやな」

「なんのことです」

「放火や。落合は知らぬ存ぜぬで幕を引くんやろ」

「桑原さん、わたしはほんとに知らないんです」

「火事の保険金はなんぼや」

「契約額は二億五千万円です」

「いつおりるんや」

「知りません」

火災保険云々は総務部の管轄だといい、まだ支払請求はしていないはずだという。

「そうかい。そらけっこうや」

桑原はにやりとした。「えらいまわり道をした。もっと早ようおまえを叩くべきやったわ」

いって、細谷に背を向ける。ＢＭＷのドアを引いて乗り込んだ。

ワイパーを作動させて走りだした。桑原が携帯電話をかける。

「――すんまへん、武内専務はいてはりまっか。――わし？　二蝶興業の桑原です。――そうでっか。ほな、これから行きますわ。——六時前には着きますやろ」

桑原は電話を切った。「武内は東西急便の本社におる。行って、ケリをつけたる」

「どういうケリです」

「落とし前をつけさせるんやないけ。落合の代わりに」

桑原はスーツの内ポケットから、セツオがコピーしたメモリーチップを出した。「こいつを金にする」

「それが金になりますか」

「細谷に聞いた二億五千万の火災保険や」

奈良店の放火が落合の手引きだと知れたら保険金はおりない。そのことをネタに、桑原は武内を攻めるという。

「武内になんぼ請求するんです」

「一億や。落合の代わりに払わしたる」

桑原は呆れるほどしぶとい。絶対に諦めないところは称賛に値する。

「おまえの事務所にＣＤ‐Ｒがあるな」

「二枚あります」

セツオがコピーした奈良急の給与台帳だ。一枚はキャビネットの抽斗、一枚はトイレの天井裏に隠している。

「事務所に寄れ。それから西宮へ行く」

大和高田から南阪奈道路に入ったあたりで、雨は本降りになった。

17

阪神高速道路が渋滞し、西心斎橋の事務所に着いたのは五時すぎだった。暗い。雨は降りつづいている。

福寿ビルの前にＢＭＷを駐めた。桑原とふたりで五階へあがる。事務所のドアに鍵を挿したとき、廊下に滴が落ちていることに気づいた。

「誰か来たんですかね」

わるい予感がした。滴は隣のドアまで行かず、事務所の前でとまっている。

「錠は壊れてへんのか」

「異状はないですね」

「ほな、入らんかい。ＣＤ－Ｒをとってこい」

いわれて、ドアを開けた。照明のスイッチを押す。室内のようすは一昨日の夜、出ていったときと変わりなかったが……。

「そのままや。中に入れ」

後ろから聞こえた声は、桑原ではなかった。

桑原が両手を小さくあげて事務所に入ってきた。背後に三人の男がいる。桑原は背中に拳銃を突きつけられていた。

「座れや。そこへ」

拳銃をかまえているのは東だった。東の横に池崎。ふたりの後ろにいる髭の男は、昼、『サウスタワーホテル』で会った、岐楊組の妹尾だった。

桑原はおとなしくソファに腰をおろした。

「おまえも座れや」

二宮は妹尾にいわれた。膝が痺れ、顔から血の気が失せているのが自分でも分かる。桑原の向かいに浅く腰かけた。東と池崎が桑原の脇、妹尾が二宮の横に立つ。

「おまえら、なんや、待ち伏せしとったんかい」

桑原は脚を組み、ソファの背もたれに片肘をかけた。東と池崎に向かって、「桜花連合の理事長に聞いたぞ。沖縄に行ったまま、花鍛冶とは縁が切れたとな」

「じゃかましい。おどれを殺すために帰ってきたんじゃ」東は桑原に銃口を向ける。

「こいつはチャカを持ったら大きな口を叩くのう」

桑原はせせら笑った。「わしともういっぺん、サシでやってみるか」

「このガキ、誰にものいうとんのじゃ。殺すぞ。こら」

「おう、おう、花鍛冶を破門された田舎極道が威勢がええがな」

桑原はマスクをとった。東をじっと睨めつける。「二蝶会の桑原さんを弾けるもんなら弾いてみいや。桜花連合をつぶす覚悟でな」

「おどれ……」

東の口もとが震えた。いまにも引鉄《ひきがね》をひきそうだ。

「まぁ、待て」

妹尾がいった。桑原を見おろして、「メモリーチップとＣＤ－Ｒや。コピーを出したれや」

「コピー？　なんのこっちゃ」桑原は首をかしげる。

「猿芝居はやめとけ。おまえがコピーを持ってるのは分かっとんのや」

「わしはコピーなんぞ、とってへんぞ」

「おまえは東西急便の中堂にチップとＣＤと柴田の遺書を渡した。そのあとで、うちの理事長にも同じもんを渡したがな」

「ほう、そうかい。わしは秘密にしとったんやけどな」

桑原は笑った。「ネタがバレたらしゃあないわ」

「さっさと出せ。コピーや」

「がたがたぬかすな。いま、所長が出すわい」

桑原はあごをしゃくった。二宮は立って、キャビネットからCD－Rを出す。妹尾に渡した。

「これはなんや。コピーはたった一枚か」妹尾は二宮に訊く。

「そう。その一枚だけです」

「嘘ぬかせ」

「ほんまにそれだけです」

「チップのコピーは」

「ありません」必死で首を振った。

「舐めんなよ、こら」

池崎がそばに来た。

「嘘やない。ないもんはないんです」

「ほざくなッ」

脇腹を蹴りあげられた。一瞬、息がとまる。身体をくの字に折って呻いた。

「助けを呼びたいんやったら呼ばんかい。ここでぶち殺したる」

「…………」苦しい。息が継げない。声が出ない。

途端に、池崎の膝が顔に来た。肘でブロックしたが、横に飛ばされる。キャビネットに頭を打ちつけ、一回転して落ちた。

「出さんかい。コピーはまだあるやろ」

四つん這いになったみぞおちに靴先がめり込んだ。横倒しになり、仰向きになった眼に池崎の顔と天井が映る。おれは気絶するんかな——、そう思った。

「もうええ。やめとけ」

桑原がいった。「チップはわしが持ってる」

スーツの内ポケットからチップを二枚出した。テーブルに放る。チップは跳ねてカーペットの床に落ちた。

「このボケ、さっさと出しとけや」東が笑い声をあげた。

瞬間、桑原はクリスタルの灰皿をつかんで東の腕に叩きつけた。拳銃が飛ぶ。桑原は跳ね起きて東の顔に頭突きを入れ、股間を膝で突きあげる。のけぞった喉に拳が伸びると、東は腰から崩れ落ちた。

池崎が桑原に突っ込んだ。桑原は退かずに踏み込んでショートフックを放つ。ふたりはもつれあってソファに倒れ込む。桑原は反転し、池崎のこめかみに肘打ちを入れる。馬乗りになって池崎を殴る桑原の頭に妹尾が花瓶を叩きつけた。花瓶が砕け散る。桑原は倒れず、池崎の髪をつかんで殴りつづける。妹尾が桑原の首に腕を巻きつけた。

二宮はキャビネットに寄りかかって起きあがった。拳銃を探す。デスクの下に落ちていた。膝立ちになり、腕を伸ばして銃をつかんだとき、後頭部に衝撃を受けて二宮の視界は消えた。


蛍光灯、天井、ソファ、デスク、カーペット、花瓶の破片——。二宮は覚醒した。干からびたバラが顔のそばにころがっている。誰もいない。

デスクの脚をつかんで上体を起こした。キャビネットとデスクの抽斗はすべて引き抜かれ、書類が散乱している。壁の時計は六時を指していた。

いつ気絶したんや——。ぼんやりした頭で考えた。

そう、この事務所に入ったのは五時すぎだった。小一時間は意識を失っていたらしい。

ズボンのポケットに手をやった。ない。帯封の札束が三つともない——。ばらの札と後ろポケットのカード入れはあった。

もう一度、事務所を見まわした。桑原だ。桑原もいない——。

床に座ったままデスクの電話に手を伸ばした。子機が落ちてくる。拾って、二蝶会の短縮ボタンを押した。

——はい、二蝶興業。

すぐにつながった。低い声はセツオではない。

――嶋田さん、お願いします。

――失礼ですが。

――二宮です、二宮企画の。

――お待ちください。

電話の切り替わる音がした。

――おう、啓坊《けいぼう》か。どないした。

嶋田だった。

――桑原さんがさらわれました。

――なんやて。

――泉州の岐楊組と花鍛冶組です。組員が三人、うちの事務所に来て、桑原さんが連れていかれました。

いままでの事情は抜きにして、昼からの経緯を話した。道頓堀橋の上で東和桜花連合理事長の田端に会ったこと。橿原から西宮の東西急便へ行く途中、西心斎橋の事務所に寄ったこと。東と池崎、妹尾に襲われて気絶していたこと。気がついたら桑原がいなかったこと。桑原は殺されるかもしれないこと。

——助けてください。桜花連合に話をつけられるのは嶋田さんだけです。

——何時や、桑原がさらわれたんは。

——たぶん、五時半ごろやと思います。

部屋を見まわした。CD－Rもチップもない。桑原のマスクがテーブルの下、眼鏡が冷蔵庫の前に落ちている。

——分かった。啓坊はそこにおれ。錠をおろして、灯も消せ。わしはいまからそっちへ行く。

——すんません。頼みます。

電話を切り、膝をついて立ちあがった。脇腹に激痛が走った。デスクに両手をついて俯いたまま痛みをこらえる。首筋を生ぬるいものが伝ってデスクにしたたった。血だ。

頭に手をやった。髪がごわごわに固まり、後頭部が腫れている。指先で触ると、腫れの真ん中が窪んで切れているのが分かる。掌は茶褐色の血に染まり、髪の毛がからみついてきた。

床に落ちているパソコンのディスプレイが割れて凹んでいるのは、妹尾に叩きつけられたからだろう。あんな重いもので殴られながら、よくも頭蓋骨が陥没しなかったものだと自分ながらに感心する。

後頭部を押さえて歩いてみた。脚に怪我はない。鉄扉に錠をおろし、ドアチェーンをかけて、照明を消した。隣のパーキングビルの明かりが羽根の垂れさがったブラインドから射し込む。ソファに倒れ込んで、じっと動かなかった。

ノック――。我に返った。眠っていたのかもしれない。

起きあがったら吐き気がした。嘔吐《えず》きを抑えてドアのところへ行き、スコープを覗く。嶋田とセツオがいた。

二宮はドアを開けた。ふたりが入ってくる。嶋田はソファに座り、セツオはその後ろに立った。嶋田は黒地にピンストライプのダブルのスーツ、セツオはチノパンツに虎の刺繍のスカジャンをはおっている。

「ひどい顔やな、え」嶋田がいった。

「頭が割れて脳味噌が洩れてるような気がしますわ」

吐き気はおさまらない。頭と脇腹も痛い。

「こいつに話を聞いた」

嶋田はセツオを横眼で見て、「だいたいの事情は分かった」

「ことの発端は奈良東西急便です」

「ここへ来る途中、岐楊組の田端に電話を入れた」

「どうでした、桑原さんは」

「田端は、知らんと、とぼけよった」

嶋田は舌打ちをして、「花鍛冶の若頭《かしら》の福島にも電話をした。東と池崎は破門したと、それだけや」

「そんなあほな……」

「桑原にもしものことがあったら、二蝶の代紋にかけてケジメをとると釘を刺した。これから田端んとこへ行く」

「おれも行きます」

「啓坊はやめとけ。わしはおまえのようすを見るために寄っただけや」

「お願いです。連れてってください」

「堅気が出る幕やない」

「おれはサバキで食うてるんです。ここで退《ひ》いたら明日からのシノギができません」

「やめとけ。下手したら命のやりとりになるんやぞ」

「このとおりです。連れてってください」

頭をさげた。「おれは足しにはならんかもしれんけど、多少の意地はあるんです」

意地だけではない。三百万だ。なにがなんでも取りもどさないといけない。

「分かった。そこまでいうんやったらついてこい」

嶋田はうなずいた。「そのチンピラみたいなセーターを脱いで、顔を洗え。血だらけやぞ」

〝トゥイディ〟のセーターを紺のポロシャツに着替え、血のついたチノパンツも替えた。包帯がないから野球帽をかぶって事務所を出た。頭の傷はずきずきして、野球帽に血が滲む。

桑原のＢＭＷは福寿ビルの前に駐まっていた。トランクの中のボストンバッグが気になったが、確かめようがない。動かそうにもキーがなかった。幸い、雨が降っているから駐車違反の取締りはないだろう。

嶋田のベンツは四ツ橋筋に駐められていた。車内に二蝶会の組員はいない。嶋田はセツオとふたりだけで岐暢組に乗り込むつもりなのだ。二蝶会の若頭を張るほどの大物なのに、こういう野放図なところが嶋田にはある。嶋田は若いころ、賭場荒らしに来た敵対組織の組員を日本刀で斬りつけ、殺人未遂で四年の服役をしている。気質が似ているから、嶋田は桑原をかわいがるのだろう。ガードのセツオが得物を持っているかどうか気になったが、訊きはしなかった。

セツオが運転し、嶋田と二宮はリアシートに座って泉佐野に向かった。

「セツオに訊いても分からんことがある」

嶋田はいった。「そもそも、東西急便とからんだ原因《もと》はなんや」

「先々月の接待麻雀です」

「接待麻雀？」

「毛馬の雀荘で奈良県警の柴田を接待したやないですか」

あのときの経緯を説明した。桑原の仕組んだイカサマで二百三万円を稼ぎ、六十一万円の分け前をもらったことはいわない。

「あの麻雀は、わしが桑原に任せた。啓坊は代打ちをしただけやと思てたがな」

「いま思たら、あの麻雀がケチのつきはじめでした。奈良県警の監察の刑事が事務所に来たんです」

監察課は交通部の汚職を内偵していた。それにひっかかったのだ。「――あとはもう、泥舟に乗って底なし沼に漕《こ》ぎ出した狸でした。次々に災難が降りかかってきて、あげくの果ては放火の犯人に仕立てあげられそうになりました」

新歌舞伎座裏のスナックビルで花鍛冶組の東と池崎に襲われたこと。免許証やカード入れを取り返しに奈良東西急便前の歩道橋へ行ったこと。そこで奈良店の火災に遭遇したこと――。ひとつひとつ、詳しく説明した。嶋田は黙って聞いている。

奈良東西急便と奈良県警の贈収賄疑惑発覚、柴田の自殺、青木の逃走、青木を追った沖縄行、那覇からコザ、伊江島から粟国島──。桑原に引きずられて、めまぐるしく動いた。

「──で、青木から取りあげた柴田の遺書とメモリーチップ、闇給与のＣＤ‐Ｒを金にしようとして、桜花連合の理事長にぶつかったんです」

「桑原も長いこと事務所に顔を出さんへんと思たら、そんなシノギをしとったんか」呆れたように嶋田はいう。

「嶋田さんには報告がなかったんですか」

「桑原がやってたんは組のシノギとちがう。わしにいちいち報告する必要はない」

「すんません。こんなときだけ出張ってもろて」

「かまへん。桑原はうちの兵隊や。兵隊を見殺しにしたら、若頭のわしが笑いもんになる」

「嶋田さんは桜花連合の理事長を知ってるんですか」

「知らんこともないけど、つきあいはない」

嶋田はつぶやいて、「いざとなったら、先代に出てもらわんといかんかもしれんな」

「桑原さんもそんなこというてました」

田端藤市と初代二蝶会組長の角野達雄は親交があった、と──。「森山さんは田端を知らんのですか」

「そら、もちろん知ってる。……知ってるけど、うちのオヤジは桑原のケツ持ちなんかせえへん」

これが二蝶会のシノギなら、当然、森山が出るべきだと嶋田はいう。「しかしな、桑原は組に断りを入れてへん。そこがややこしい」

先代組長を引っ張り出すと、二代目組長の森山の顔をつぶすことになる。下手をすれば嶋田の首が飛ぶ——若頭を解任される——のだ。

「桑原もしゃあないやつや。あいつのイケにはなんべんもえらいめにおうたがな」

苦々しげに嶋田はいうが、本気で怒っているふうはない。嶋田はやはり、桑原がかわいいのだ。

「申しわけないです。嶋田さんに尻拭いしてもろて」頭をさげた。

「啓坊はええんや。気にすることはない。ここで桑原の命《タマ》をとられたりしたら、桜花連合と戦争になるからな」

いって、嶋田は長いためいきをついた。

泉佐野市白梅町——。国道二六号線から一筋北へ入った池のそばでベンツは停まった。

岐楊組の組事務所は四階建の細長いビルだった。窓の少ない黒いタイル張りの建物は誰が見ても胡散臭く、近寄りにくい。車寄せには、昼間に見た白のベンツとダークグリーンのジャガー、シルバーのマジェスタが駐められている。

セツオが車を降り、後ろにまわってドアを開けた。嶋田と二宮は車外に出る。セツオは走ってビルの玄関へ行き、インターホンのボタンを押した。

――はい。岐楊総業。

男の声が聞こえた。

――二蝶興業のもんです。

庇下の監視カメラに顔を向けながら、セツオはいった。すぐにアルミドアが開いて茶髪の組員が出てきた。

「お待ちしてました。どうぞ」

茶髪に案内されて中に入った。玄関は広い。壁はオークの板張り、床に黒い大理石を敷きつめている。正面にタタミ一畳ほどもある花梨《かりん》の衝立。その上の壁面に、五代目神戸川坂会組長と田端が並んで立つ写真の額が掛かっていた。

応接間に通された。天井にシャンデリア、壁は凝った織りの布クロス、シルクの緞通《だんつう》に虎の皮を敷き、剝製《はくせい》の頭がこちらを睨んでいる。虎の皮はワシントン条約違反だと思うが、そんなことを口に出せる雰囲気ではない。しかし、組事務所というやつは、どうしてこうインテリアに品がないのだろうか。

嶋田は革張りのソファに腰を沈めた。セツオはそばに立つ。二宮は座っていいものかどうか分からない。

「なにをしてるんや」嶋田がいった。

「いや、こういうときはどないしたら……」

「啓坊は二蝶のもんやないやろ。わしの隣に座ったらええんや」

いわれて二宮は帽子をとり、腰をおろした。セツオは両手を後ろに組んで直立不動だ。

「ひとつ教えてください」

嶋田にいった。「桜花連合の構成員は何人ほどいてるんですか」

「さぁな……。枝が十二、三本はあるみたいやから、二百人は超えてるやろ」

思っていた以上の大組織だ。組員が六十人ほどの二蝶会よりずっと大きい。二蝶会内の組持ちの幹部は嶋田のほかにふたりしかいない。

「岐楊組の組員は何人です」

「二十人もおらんのとちがうか」

「意外に少ないですね。理事長の組やのに」

「連合というのは寄り合い所帯や。兵隊が多いから頭をとれるわけやない」

嶋田は小さく首を振る。「このご時世、兵隊の数より金や。シノギの良し悪《あ》しと立ち回りのうまさがものをいう」

　いつかしらん、桑原も同じようなことをいっていた。二蝶会の森山が二代目を襲名したときの話だ。森山の組は十人に足りなかったのに、資金力でほかの幹部を圧倒していたという。ヤクザの組長レースは派閥領袖が順繰りで政権をとる民政党の権力構造とそっくり同じなのだ。嶋田はいま二蝶会の若頭だが、必ずしも三代目を継げる保証はない。嶋田が組のシノギをしくじれば、森山はためらいなく跡目を代えるだろう。

　ノック──。ドアが開き、田端が入ってきた。ガードの板東を従えている。

「すんません、理事長。事務所にまで押しかけて」

　嶋田は立って田端に一礼した。二宮も立ったが、礼はしない。

「まぁ、まぁ、堅苦しい挨拶はええから」

　田端はソファに座った。板東が後ろにひかえる。田端と嶋田を挟んで板東とセツオが向き合った格好だ。

「で、桑原はどないです」嶋田は訊いた。

「それがな、うちのもんをあちこちに走らせとるんやけど、妹尾が見つからんのや。花鍛冶のふたりも行方知れずでな」さも困ったように田端はいう。

「妹尾はなんで、東や池崎といっしょですねん」

「そこや、わしに分からんのは」

田端は首に手をやって、「どういうわけで勝手な真似をしよったんやろな」

「妹尾はCDとチップをとったんですわ。コピーを出せと、桑原を脅してね」

嶋田は田端をじっと見る。「理事長が指示しはったんやないですか」

「あほなこというたらあかん。わしがそんなことするはずない。CDやチップは『サウスタワーホテル』で受けとったんやから」

「ほな、なんで妹尾が二宮の事務所に行ったんです」

「あいつはそういう男なんや。わしと桑原のやりとりを聞いてて、コピーがあるにちがいないと考えたんやろ」

「妹尾は理事長に無断で桑原をさろうたんでっか」

「そういうことかもしれんな」

田端は素知らぬ顔で横を向く。なにもかも自分が指図しておきながら、この対応は大したものだ。嶋田はしかし、平静な口調で、

「妹尾はむかしから、東や池崎と知り合いでっか」

「そら知ってるやろ。同じ泉佐野の不良仲間や」

「花鍛冶を破門された極道と岐楊組の極道がつるむのは、格好《なり》のええことやおまへんな」

「ほう、そうかい」

田端の口もとが歪んだ。「おまえはなんや。たかが二蝶会の若頭の分際で、東和桜花連合理事長のわしに喧嘩を売ってるんか」

「桜花と込み合うつもりはおまへん。……けど、桑原になんぞあったら、うちもそれなりのことはするというてますねん」

嶋田は田端の視線をはね返す。「桑原を返してもらいまひょか。手ぶらでは毛馬に帰れまへんのや」

嶋田と田端は睨みあった。セツオと板東も睨みあう。

冷たい汗が二宮の背中を伝った。ヤクザもこれくらいの大物になると手出しはしないが、ガードはなにをするか分からない。板東はまちがいなく道具を持っている。

「本家の若頭補佐まで務めはったお方に失礼は承知の上で来たんですわ」

嶋田は両膝に手をあてた。小さく頭をさげる。「桑原を返してもらえまへんか」

「おまえ、桑原がどんなことしたか、知ってるんかい」

「それは聞きました。あちこちで揉めたそうでんな」

「花鍛冶の連中はともかく、沖縄まで行って暴れた落とし前はどうつけるんや。コザの蘇泉会。若い衆に怪我させたんは桑原やぞ」

「そいつは話の筋がちがいますな。桑原は青木とかいうクズを追いかけて沖縄に飛んだんですわ。コザの蘇泉会に青木を預けたんは、桜花連合の桐間組でっせ」

「…………」田端はなにかいおうとして口をつぐんだ。ソファにもたれて腕を組む。

「桑原のイケイケには困ってるけど、あいつはうちの組員ですわ。組員になんぞあったら、知らんふりはできまへん。同じ川坂の枝内で込み合うのがどういうことか、理事長は誰よりもよう知ってはるのとちがいまっか」

「ほな、桑原にどういうけじめをつけさせるつもりや」

「指でも詰めさせまひょか」

「犬の餌にもならんな」田端は鼻で笑う。

「東西急便の件は理事長に預けます。わしの首にかけて、桑原に手出しはさせまへん」

「そんなもんではけじめにならんやろ」

「沖縄は、わしが責任持ちますわ」

「花鍛冶はどないするんや」

「理事長に任せます」

「勝手やな」

「理事長の枝内に、わしが口出しできまへんやろ」

「分かった。おまえのいうことはよう分かった」

組んでいた腕を解き、田端は肘掛けに寄りかかった。「今日のとこは帰れ。桑原はわしが探す」

「戸板に乗せられて帰ってくるてなことはおまへんやろな」

「ないやろ。たぶん……」

「さすが、理事長ですな。泉佐野まで来た甲斐がありましたわ」

嶋田は腰を浮かした。「それと、もうひとつだけよろしいか」

「なんや……」

「この二宮のポケットに入ってた金が三百万ほど消えてますねん。ついでに探してもらえまっか」

「分かった。探す」田端はうなずいた。

「ほな、失礼しますわ」

嶋田は立ちあがった。

ベンツに乗った。セツオが運転する。

「おおきに。ありがとうございます」嶋田にいった。

「ん……。なんのこっちゃ」

「奪られた三百万です。おれ、いおうとしていえんかったんです」

「三百万は大金や。啓坊が苦労して稼いだんやないか」

嶋田は笑った。「桑原の車のトランクには三千万があるんやろ」

「正確には二千八百八万ですわ。中堂から三千百二十万を受けとって、三百十二万をおれがもろたんです」

「啓坊は欲がないな。一千万ぐらいとらんかい」

「あの桑原さんが、そんな分け前をくれると思いますか」

「あいつはケチか」

「死ぬほどケチです」

「わしが桑原にいうたろ。啓坊にもっと渡せと」

「ほんまですか」

うれしかった。「嶋田さんの命令やったら、桑原さんも聞きますよね」

「桑原がまともな身体で帰ってきたらな」

つぶやくように嶋田はいい、「ミナミや。啓坊の事務所へ行け」

レッカー車を手配して桑原のＢＭＷを毛馬へ運ぶよう、セツオにいった。

湯が沸いた。冷蔵庫からコーヒー豆を出し、ミルで挽《ひ》く。ペーパーをパーコレーターにセットし、沸騰した湯を少しずつ注いだ。粉がぷっくり膨らむ。少し待って、また湯を注いだ。マグカップを温め、コーヒーを入れてソファのところにもどった。

「砂糖しかないんです」

「わしはいつもブラックや」

嶋田はひとすすりした。「旨い。啓坊は淹《い》れ方が上手やな」

「こないだ、アメリカ村にコーヒー豆の専門店ができたんです」

ブルーマウンテンのブレンドを悠紀が買ってくる。悠紀の指導で淹れ方も習得した。粉をじっくり蒸らすのがコツだ。

「啓坊はサバキをはじめて何年や」

「さぁ、何年になるかな」

去年の暮れ、児島ビルから福寿ビルに事務所を移した。それまで、児島ビルに三年、難波の府立体育館裏に二年いたから――、「足かけ六年ですね」

「サバキを六年もつづけたら上出来や。ややこしい商売やのに」

「その代わり、二宮土建は五年でつぶしてます」

孝之から継いだ解体屋だ。不渡りを食らって倒産し、業界のコネをたよって主に前捌きを斡旋仲介する建設コンサルタントをはじめた。嶋田には解体屋のころから建設会社を紹介してもらったりして、世話になっている。

「親父さんが早ように引退せんかったら、二宮土建も倒れはせんかったのにな」

孝之は先代二蝶会大幹部から企業舎弟になった。日雇い労働者の不法就労および不法斡旋行為によって検挙され、二年の服役を終えて出所したときはもう、まともな取引先がなくなっていた。二宮土建は孝之がいてこその会社だった。

「わしは残念でしかたない。啓坊の親父さんが組に残ってたら、まちがいなく跡目をとってた。いまの森山はんとは器量がちがう」

「親父はきつい糖尿病でした。二蝶会に残ってても早ように引退してますわ」

コーヒーを飲んだ。こうして嶋田とふたりきりで話をするのは何年ぶりだろう。「嶋田さんが三代目を継いだら、誰を若頭にするんですか」

「そんな先のことは考えてへん」

「桑原さんはいま、若頭補佐ですよね」

「あれはあかん。骨の髄から一匹狼や。若いもんをまとめられるような男やない」

――と、携帯電話が鳴った。嶋田は着信ボタンを押す。二言、三言、返事をして、電話を切った。

「田端ですか」

「そう、田端や」

「桑原さんは」

「南港や。工事現場におる」

嶋田は腰をあげた。「運転してくれるか」

ベンツのキーを放って寄越した。


住之江区南港――。南港野鳥園から北へ五百メートルほど行った広大な埋立地の一角に鉄骨の躯体が五棟、ぼんやりシルエットになって見えた。

「あれやな……」

南港北埠頭に建設中の倉庫群だと嶋田はいう。「あの、いちばん海側の現場や」

二宮はベンツを現場に乗り入れた。ダンプやシャベルローダーの轍《わだち》に突っ込んで泥がはねる。雨はやんでいるが、いたるところに水たまりがある。地面は渦を巻いたようにうねっていた。

右に左にステアリングを切りながら五棟の躯体《くたい》の脇を走った。廃土の山が重なって、それ以上、前には進めない。ベンツを駐めて車外に出た。

嶋田とふたり、廃土のあいだを抜けると、クレーンが二基立っていた。高いアームの先から掘削機が地面に刺さっている。コンクリート打設前のケーシングチューブを眼にして、二宮は『旭レジデンス』の現場を思い出した。桑原が天海組のチンピラを地中坑に放り込んだのだ。ケーシングチューブは等間隔に並んでいる。

「どこや、桑原は」小さく、嶋田はいう。

「たぶん、地中坑ですわ」

チューブを覗いていった。水面まで七、八メートルか。

四本目の地中坑で、桑原を見つけた——。

18

八月、盆の最中《さなか》――。

おふくろと悠紀を車に乗せて下寺町《したでら》へ行った。松屋町筋から東へ入った就教寺に孝之の墓がある。

「ふーん、けっこう古いお寺やね」

悠紀は車をおりて山門を見あげる。

「むかし、秀吉がな、近郊の寺をこのあたりに集めたんや。いまでいう都市整備計画プロジェクトやな」

「物知りやね、啓ちゃんて。講釈師みたい」

「ああ、そうかい」

悠紀を連れてくるのではなかった。たまたま事務所にいて、これからおふくろと墓参りに行くといったら、わたしも行く、とついてきたのだ。

悠紀は先月末、阪大出の医者と見合いをして、すぐに断わった。外見と教養、収入は申し分ないのだが、マザコンの匂いがしたという。

母親と息子をいっしょに見たら、なんとなく分かるやんか。あのねっとりした感じ。マザコンというのは絶対に治らへんねんで——。

話を聞いて二宮は快哉を叫び、悠紀の英断に『シェ・モア』のフランス料理とドンペリで応えた。悠紀は男を見る眼がある。

山門をくぐって低い石段をのぼり、本堂の裏手にまわった。墓地は三百坪ほどか。大阪市内の墓地としてはけっこう広い。

孝之の墓の前にひとがいた。男が三人——。嶋田、桑原、セツオだった。

「悦子おばちゃん、わたし、帰る」

「そう……」

「あの松葉杖をついたひとが嫌いやねん。ごめんね。お墓参りはまたするから」

悠紀はくるりと背を向けて歩いていった。

二宮は水汲み場でバケツに水を入れ、柄杓《ひしゃく》を持って墓地へ歩いた。

「お参りしてくれたんですね」

おふくろが嶋田にいった。花立てには白や黄色のユリが挿され、線香のけむりがたなびいていた。

「ついでに寄らしてもろたんですわ。わしのおふくろの墓が生玉《いくたま》の青蓮寺《しょうれんじ》にあるさかい」

嶋田は黒のスーツを着ている。「二宮の兄貴は今年が三回忌ですな」

「おおきに、ありがとう。嶋田さんだけです。丁寧にしてくれはるの」

「兄貴にはほんま、世話になりっ放しでしたさかいな」

「嶋田さんのおかあさんは」

「ちょうど十年前ですわ。生きてたら八十七です」

「女のひとが喜寿で亡くならはったんは、ちょっと早いですね」

「わしが親不孝したせいですやろ」

おふくろと嶋田が話しているあいだに、二宮は柄杓で墓に水をかけた。桑原が松葉杖をついてそばに来る。

「もっとゆっくりかけんかい。水が飛び散って線香が消えるやろ」小さくいう。

「すんませんね、気が利かんで」うるさいやつだ。

「おまえ、いっぺんもわしの見舞いに来んかったな」

生成りの麻のジャケットに黒のオープンシャツ、桑原は左腕を肩から吊るし、右足首をギプスでかためている。サングラスをかけた鼻は腫れがひいていた。

「おれも三日ほどアパートで寝てたんです。肋骨二本にヒビが入っててね。頭は七針縫いましたわ」

あれからひと月以上経っているのに、上体をひねったりしたときはまだ脇腹が痛い。頭の傷は産毛《うぶげ》のような髪が伸びてきた。

「おまえはほんまに運が強いのう。感心するぞ」

「こんなに怪我して、運が強い、はないでしょ」

「わしは放火のことをいうとんのや。犯人のおまえが逮捕もされんと、のうのうとしてくさる」おふくろと嶋田を気にしているのか、桑原の声は低い。

「あれから刑事が来ましたよ。七月の終わりですわ」

奈良県警捜査一課の岡本と北浜だ。ふたりが事務所に現れたときは任意同行を求められるかと思ったが、岡本の言葉は意外だった。現場遺留品のドライバーやバールから新たに三人分の指紋が検出されたといい、心あたりはないか、と二宮に訊いた。二宮はもちろん、ない、と答えた。岡本はにやりと笑い、北浜をともなって出ていった。ふたりの刑事の来訪は〝放火事件に関してはなにも喋るな〟という示唆にちがいなかった――。

「おれは中川に電話しました。そしたら、奈良県警はもう東西急便には触らへんと、そういうてましたわ」

「中川のガキ、口先三寸で、わしから何十万もの金をとりくさった」

「情報を売るのが、あいつのシノギやないですか」

「聞いたふうなことぬかすな。おまえは中川に一銭も出してへんやないけ」

桑原は眉根を寄せて舌打ちし、「ちょうどええ。おまえにちょいと話がある。こっち来い」

と、手招きする。

うっとうしいが、桑原のあとについて蘇鉄の植込みの陰へ行った。おふくろと嶋田は墓の前で談笑し、セツオはそばに控えている。白の半袖シャツを着たセツオはベンツのショーファーをおおせつかったのだろう。

「おまえにひとつ訊き忘れた。奈良急の給与台帳や。コピーしたCD－Rが一枚、事務所に残ってるやろ」

「CD－Rはみんな処分したやないですか」

「あほぬかせ。コピーは三枚作ったんや。一枚はおまえの事務所のキャビネットの抽斗、もう一枚はトイレの天井裏に隠したはずや」

二宮が忘れていたことを桑原は憶えていたのだ。この男はほんとにしつこい。

「あんなもんをどないするんです。東西急便に持っていくんですか。今度こそ、命がないですよ」

「おまえにゃ関係ない。わしのシノギや」

「もうええやないですか。金は充分、稼いだんやから」

嶋田が田端に探すようにいった二宮の三百万円は返ってきた。嶋田はBMWのトランクにあった二千八百万から千二百万を手打ちの金として田端に渡し、田端はそれを桐間組と花鍛冶組、コザの蘇泉会に分配した。嶋田はまた、二蝶会の友好団体である那覇の虎洞組に、迷惑料として二百万を渡し、それで沖縄ヤクザに対する始末をつけた。いまどきのヤクザのもめごとはすべて金で片がつく。――逆にいえば、金を出さなかったり、金額が少なかったりしたときは抗争になる。そのあたりの按配ができて、ことを丸くおさめられるかどうかが、二蝶会の若頭である嶋田の貫目の重さだともいえる――。

そうして桑原には千四百万円が残ったが、嶋田が出張ったことで〝桑原のシノギ〟は〝二蝶会のシノギ〟に変わった。千四百万はヤクザ世界の定法で〝折れ〟となり、桑原は七百万円を組に上納した。

「わしがどれだけ経費を使うたと思とんのや。二百や三百ではきかんのやぞ。二蝶会の桑原さんとヘタレのおまえの稼ぎが大して変わらんやないけ」

桑原はわめいた。「おまえが若頭を引っ張り込んだから、こんな羽目になったんや」

「おれが嶋田さんに知らせへんかったら、命はなかったんとちがうんですか」

「やかましい。おまえはいつでもいらんことするんや」

「はいはい。おれはいつでもいっちょ嚙みのいらんことしぃですわ」

「ＣＤ‐Ｒや。わしに寄越せ」

「分かりましたよ。速達で『キャンディーズ』に送ります」

　頭にきた。「おれはね、桑原さん、車のドアがとれたんですわ。事務所はむちゃくちゃに荒らされて、パソコンもファクスもきれいさっぱり壊れてしもた。誰も弁償してくれへんのです」

　パソコンとファクスは悠紀が日本橋へ行って中古品を買ってきた。キャビネットと椅子も一脚、買い換えた。全部で十八万円も使ったのだ。

「あんな赤錆だらけのポンコツはどうせ廃車やないけ。いま乗ってる車は」

「ロメオです。アルファロメオ」

「なんやと、こら」

「イタリアンレッドのアルファロメオ１５６。中古ですけどね。境内に駐めてるし、見ますか」

「じゃかましいッ」

　桑原はまたわめいた。嶋田とおふくろがこちらを向く。

「もひとついうとくけど、おれは二度と東西急便に近づきませんからね。ＣＤ‐Ｒはひとりで金にしてください」

「このあほんだら。誰がおまえみたいなやつに手伝わすかい」

桑原の大声が墓地中に響きわたった。

参考文献

『佐川急便再建3650日の戦い――4万人の意識革命――』「財界」編集部編（財界研究所）
『絶望！　佐川急便に明日はない！』佐川清語り　松家靖著（ゴマブックス）
『旅』2004年6月号「あ、沖縄に行きたい」（新潮社）
▼2001年2月から5月にかけての奈良県警贈収賄事件に関する左記の新聞報道、社説、論説、解説記事等。
朝日新聞。読売新聞。毎日新聞。産経新聞。赤旗。共同通信。

解説

青山ゆみこ

まず最初に、既にいろんな人に言い尽くされたかもしれないけれど、それでもやっぱり改めて言わねばならないことがある。「黒川博行は嘘つきだ」ということだ。

エッセイをはじめ、友人らしき作家に寄せた文庫の後書きなどでも、ことあるごとに自分を情けない男めかした記述を見かける。

博打ではいつも負けを過剰に申告し、歌を唄えば顰蹙《ひんしゅく》を買ったと落ち込み、いやらしい目つきで女から呆れられたとべそをかく……。

そのような文章を目にすると、「嘘つきー！」と私は叫ぶ。博打は強いし（麻雀で目の当たりにした）、歌にはしびれる（カウンターでうっとりとなった）。酒場では、余計なことを言わずにただ機嫌よく飲んでいる。つまり、男前なのだ。ハンサム、などという表面上の安っぽい讃辞には値しない、人間的な男前。もちろん女によくモテる。

例えば……路地にさり気なく佇《たたず》む小料理屋がある。そこに、一人の男がフラリと暖簾《のれん》を上げて入って行く。秋なのに色の枯れたアロハシャツ。一見しては職業の不明な男だ。強面の顔だが、ヤクザのような傲慢な雰囲気はない。喧嘩は強そうだ。男は、どこかで博打を打っていて、どうやらその帰りらしい。彼にとっては見知らぬ街で、その店はもちろん一見だ。カウンターだけの小さな店内に客はいない。粋な着物を着こなした、年の頃は四十代前半の女将が一人で片付けをしている。がらりと扉が開く音を聞いて、女将は下を向いたまま「あら、もう看板なの……」と言いかけてふと顔を上げる。「まあ、ちょっとなら良いわよ。入んなさいよ」。彼女は男を見て、自分が思っても見なかった言葉を繋ぐのにびっくりする。一時間後、女将はカウンターから出て男の隣で熱燗を飲んでいる。普段、常連客にもしないような打ち明け話をする自分。どうしちゃったのかしら、あたし。なんだか、今夜は、いい夜ね。不思議と懐かしいような……。

というような、男前だ。え、よくわからない？　あれ？　しかしながら、北新地や銀座の何人かのママさんは、今これを読んで激しく頷いているはずで、そのよくわからない感じが、黒川博行の魅力だということだ。

女にモテると言ったが、黒川博行は女たらしなのでもなく「人たらし」である。だから、男にもよくモテる。そして、何より自分のそうした性分に一向に気が付いていない、というのが最大の魅力だろう。で、具体的にどんなん？　と聞かれれば、本書に登場する、建設コンサルタント・二宮のダメ男ぶりと、イケイケヤクザ・桑原のやんちゃぶりを、足して二で割ったような感じだと答える。愛さずにはいられない、でしょ。

ちなみに、二十歳以上年下の女（私）が、しかも仕事でお世話になっている立場の編集者が、このように「黒川博行」と呼び捨てにしたり、半ば妄想めいた勝手な解説を書いても、彼は気分を害したりしない。ともすれば「あの野郎」的に文句を書いたとしても、黙って笑うだけだろう。そういう男なのである（断言）。

さて、本書もそうだが、黒川博行作品は、最後まで読んでも解決しないことが多い。にもかかわらず、読後には痛快で愉快な爽快感を抱く。あまりに気持ちが良くて、自然とニヤニヤと顔が歪んで、気が付けば、うへへへと哄笑《こうしょう》している場合もある。しかしなぜ、解決しないのにそんなことになるのか。それは、黒川作品が解決するのではなく、決着をつける物語だからだ。黒川博行は、強きをくじき、弱きを助け、白黒をはっきりさせて善悪を明らかにする。という間抜けな夢物語は書かない。現実の社会同様に、そしてそれ以上に、強きが威張り腐り、弱きこそがこづきまわされる不条理に満ちた世界を執拗に描く。

主人公の二宮は、これでもかと押し寄せるトラブルで酷《ひど》い目に遭い続ける。もがけばもがくほど、事態はドツボにハマる。そして、終結を迎えたとき、事態は解決するのではなく決着をつける。つまり、現実社会でもそういうことなのだ。フィクションのはずなのに、黒川作品は不公平と不条理に満ちた現代社会に生きる身に、多くのことを教えてくれるのだ。

とかなんとか言うと、「そんな難しいもんとちゃうけどなあ〜」と黒川さんはとぼけて笑うだろう。そういえば、初めてお目に掛かったときもそうだった。

関西を中心に発行している月刊誌の編集をしていた当時（三年ほど前）、「小説にみる喫茶店考」というお題でインタビューを依頼した。黒川作品の多くは大阪の街を中心に物語が展開されるが、その要所で喫茶店がよく登場する。描写から推測すると、実在する店がモデルとなっていそうな場面もあるので、作品をベースに話を聞いて行こうと考えた。

羽曳野《はびきの》のご自宅へお伺いし、黒川さんと対面。が、しかし、それは私の知っている顔ではなかった。私の知っているのは『疫病神』の文庫のカバー裏で見た、いかにも元美術教師のやや憂いを含んだ男の顔であった。が、目前にいる男は、その数千倍も強面のいかつい顔で、おまけにマフィア映画でしか見たことがないようなぶっとい葉巻をくわえている。

大至急、その場から逃げ出したくなった。おまけに、葉巻をくわえた作家は、短い挨拶を終えると、後は何も言わずにじっとこちらを見ている。私は慌てて唐突に喋りまくった。作品中の秀逸な大阪弁のやりとりや、根底に流れる「反権力」の気骨などから始まって、ちょうどパチンコ業界の利権をモチーフにした『封印』の文庫が出たタイミングだったこともあり、パチンコ店を営んでいた私の父の話なんかもしていた。黒川さんは、ただじっと聞いていた。そして、私は気が付いた。いつの間にか、「小説にみる喫茶店考」からテーマは遠く離れて、ただの一ファンとして熱い思いを語っているだけということに。いったい何のためにここに居るのかを、すっかり見失っていることに。話は途中で宙ぶらりんになり、私はコーヒーを飲みながら脇の下にぐっちょり汗をかいていた。

すると、黒川博行さんはおもむろに葉巻の火を消しながら、いきなり訊《き》いてきた。

「ほんで、青山さんは大阪の子ぉか」

隣では、髪をふわふわとさせた美人の奥様・雅子さんが「そうそう、どうなん？　大阪なん？」という、好奇心いっぱいのいたずらっ子のような顔をしていた。すっかり拍子抜けした。そして、そういう二人の親愛の情の示し方に、なんだか泣けてきた。ちなみに、その日は三人だったのだが、雅子さんは五人いても残るくらいの苺を、皿に山盛り出してくれた。

それも、なんだか泣けた。

以来、黒川博行さんには、「仕事」と「仕事と称して」の両方で、酒の席をともにしていただいたりしている。麻雀では、始めて一年のへっぽこ雀士を相手に、黒川流の優しさで楽しい麻雀をしてくれたが、私以外の二人はこてんぱんというか、ズタボロにされていた。黒川さんは、本当に麻雀が強い。強い者には厳しくえげつない強さを見せるが、弱い者にはとことん優しい。それは、麻雀だけでなく、実のところ作品でも一番の特徴であると、私は思う。


あるとき、普段どんな本を読むのか、というインタビュー記事を書いたことがある。黒川さんは、常々「俺は本はほとんど読まん」と公言されている。その実、話の流れで「よー知ってるなあ」と驚かされること多々なのだが。「そやなあ、小説を書くための資料やったら、読むで」ということで話を聞かせていただいた。

そのときのインタビュー記事を一部紹介すると――。

《小説を書くために取材はするが、めんどくさい。私の書く「反権力」な作品の性質上、取材対象はたいていが警察組織をはじめ「権力者」だ。彼らに、本当は大した好奇心もないのに取材をするのは面白くない。それもあってか、綿密な取材や実体験に基づいた本は印象に

残る。小説の参考にはあまりならないが、広瀬隆や宮崎学作品は資料になる。》
二年ほど前になるので、今ならまた違うラインアップになるだろうが、それで挙げてもらったのが以下の三冊だ。原田宏二著『警察内部告発者』、広瀬隆著『私物国家』、森功著『黒い看護婦』。
『警察内部告発者』にはこんな解説をくださった。
《警察の腐敗ぶり、いかに警察が「悪」に近づいてゆくのかという構造がよくわかる。――中略――組織の自浄を主張する人間ははじき出されるという日本社会の構図に変わりはない。》
『疫病神』から始まってシリーズ三作目となる本書では、主人公となる二宮とヤクザの桑原に加えて、強烈な存在感を示す人物がいる。マル暴担の刑事中川忠司だ。私の記憶が正しければ、初めて登場したのはシリーズ二作目の『国境』で、こんな風に描かれている。
《齢は四十すぎ、階級は巡査部長で出世の見込みはない。西淀川に女を囲っていて、いつも金に困っている。素行のわるさは仲間うちに知れ渡っているが、叔父が大阪府警の大物で、なんとか首が繋がっているような能なしだと、金田はいった。》
金を払えば情報も売るし恩も着せる、ヤクザと癒着した「腐れ刑事」である。
まだ本編を読んでいない人もいるだろうから詳しくは書かないが、本書は新興の大手運送っている。もちろん、金の匂いを嗅ぎつけた中川刑事も、そこに絡んでゆく。

会社が持つ数十億円に及ぶ闇のマル暴対策費を巡る裏金争奪戦がストーリーの大きな軸にな

つくづく、黒川博行さんは警察が嫌いなのだと、読めば読むほどに読み手には伝わってくる。平気で人を陥れるヤクザの桑原がいいヤツに思えるほど、辛辣《しんらつ》に中川の汚い人間性があぶり出されてくる。それは、警察というものへの、マリアナ海溝よりも深い不信感にも思える。こんなに警察嫌いな人も、滅多にいないだろう。

ということを、あるとき話してみると、黒川さんは言った。

「警察が嫌いとかいうよりも、権力をかさに偉そうにいうヤツが嫌いなんや。権力持ってるヤツはまた金も持ってるやろ。余計に鬱陶《うっとう》しいなあ」

黒川作品を読んだ後の痛快な気分とは、ミステリーの犯人捜しのそれではない。強くて偉そうなヤツをこてんぱんにいわしたった、という愉快さだ。カタギである二宮が、時としてヤクザの桑原をやりこめる場面があるが、そのときに読み手が感じる興奮も、同じような原理なのかもしれない。

黒川博行は、ミステリーの作家ではない。反権力小説作家なのだ。書店でもそういうコーナーを作って置いてくれたら面白いのになあ、と言ったら、黒川さんはどう言うだろうか。

「そうか？　そやけど、まあミステリーでええんとちゃうか」と、葉巻をくわえた強面で、やっぱりどうでも良さそうに笑うだろうな、きっと。

——編集者